JULIANE KOBJOLKE

Tausche Brautschuh gegen Flossen

INS NETZ GEGANGEN Die Thüringerin Lena Scholl ist 25, frisch verheiratet und dennoch viel zu oft allein: Ihr Mann Lukas ist Zeitsoldat und nicht selten für Wochen unterwegs. Auch der neu begonnene Job enttäuscht sie und keine ihrer der Freundinnen steht mit einer Schulter zum Ausweinen zur Verfügung. Lena flüchtet unter dem Namen »Kit Black« ins Internet, wo sie Christoph kennenlernt, der als Tauchlehrer auf Teneriffa arbeitet. Als ihr bewusst wird, dass sie beide beginnen, mehr füreinander zu empfinden, zieht Lena sich zurück, kann aber Christoph nicht vergessen. Dann erfährt Lukas von ihrer neuen Bekanntschaft und das Chaos ist perfekt. Zwar überwindet das Paar bei einem Kurzurlaub an der norddeutschen Küste die heftige Krise, doch der unbekannte Tauchlehrer gibt immer wieder Anlass zum Streit. Als Lena die Gelegenheit bekommt eine Freundin nach Teneriffa zu begleiten, erlebt sie eine Überraschung …

Juliane Kobjolke, Jahrgang 1977, lebt mit Mann, Sohn und Kater in ihrer Geburtsstadt Mühlhausen in Thüringen. Nach dem Abitur studierte sie Germanistik und Anglistik in der Absicht Lehrerin zu werden, entschied sich jedoch im Laufe des Studiums um und wechselte in die EDV. Nach zehn Jahren Tätigkeit in internationalen und mittelständischen Unternehmen arbeitet sie heute als freiberufliche Autorin und Texterin.

JULIANE KOBJOLKE

Tausche Brautschuh gegen Flossen

Roman

GMEINER *Original*

Ausgewählt von
Claudia Senghaas

Personen und Handlung sind frei erfunden.
Ähnlichkeiten mit lebenden oder toten Personen
sind rein zufällig und nicht beabsichtigt.

Besuchen Sie uns im Internet:
www.gmeiner-verlag.de

Im Ehnried 5, 88605 Meßkirch
Telefon 07575/2095-0
info@gmeiner-verlag.de

1. Auflage 2012

Lektorat: Katja Ernst
Herstellung: Julia Franze
Umschlaggestaltung: U.O.R.G. Lutz Eberle, Stuttgart
unter Verwendung eines Fotos von: © Christophe Schmid – Fotolia.com
Druck: Bercker Graphischer Betrieb GmbH & Co. KG, Kevelaer
Printed in Germany
ISBN 978-3-8392-1272-1

Für Marlo

Herz zu Herz

Heute ist Tagestag. Lukas' und mein Tagestag. Keine 20, keine 50, ganze 60 Tage sind wir verheiratet. Eine Mikro-Diamanten-Hochzeit halten wir also.

Ich lege die DVD in den Player, dimme die Lichter und geselle mich zu den Kissen auf die Couch. Vorhang auf und Bahn frei für eine Überdosis Endorphine:

Der Film beginnt mit einem winzigen roten Herz. Es bläht sich auf wie ein Luftballon. Unsere Namen, Lena und Lukas, stehen darauf. Das Herz wird größer, immer heller und steigt schließlich in einen minimal bewölkten Sommerhimmel auf.

Der Innenhof der mittelalterlichen Wartburg wird eingeblendet, es folgt ein Schwenk auf den Turm und die Burgmauern. Vor dem Eingang zum Zeremoniesaal warten die Gäste. Viele sind es nicht, denn Lukas und ich wollten eine Hochzeit ausschließlich mit den Menschen, die tatsächlichen Anteil an unserem Leben haben. Also warten dort meine Schwiegereltern, meine Großeltern sowie mein Bruder und seine Familie. Die Braut, also ich, die Brauteltern und die Freundinnen der Braut werden gleich eintreffen und perfekt im Zeitplan liegen, denn der Brautvater war so umsichtig, die zwei Kilometer lange Baustelle vor Eisenach zu umfahren.

Wenig später fährt die Limousine mit Sondergenehmigung auf den Hof. Der Brautvater steigt aus und öffnet die hintere Tür des auf Hochglanz polierten Wagens.

Und da bin ich in meinem wunderschönen Kleid. Es ist schlicht und fasziniert ganz ohne Rüschen, Perlen, Unterrock und Schnickschnack. Kaum stehe ich auf zwei Füßen, ist meine Mutter bei mir, um eines der weißen Blümchen festzustecken, das sich aus meinen hochgesteckten schwarzen Haaren gelöst hatte. Meine Mutter sagt etwas, das vom Geschnatter meiner Freundinnen übertönt wird. Ihr Auto mussten sie ein Stück weiter unten, auf dem letzten offiziellen Parkplatz der Burg stehen lassen und den Rest des Weges zu Fuß zurücklegen. Man hört sie lange, bevor sie den Hof betreten, denn Nina und Lilly sind in eine ihrer Diskussionen verstrickt. Anlass zu Unstimmigkeiten gibt diesmal offenbar Lillys Fahrstil und ihre Angewohnheit, besonders häufig auf die Bremse zu treten. Die Worte fliegen wie Pingpongbälle zwischen den Frauen hin und her, bis Hannahs Stimme ertönt und sie dem Streit mit einem einzigen Satz ein Ende bereitet. Als der Fokus der Kamera auf sie fällt, haben die Streithähne längst Unschuldsmienen aufgesetzt und gesellen sich unter Vortäuschung eitlen Friedens zu mir.

Ich erinnere mich, ich war den gesamten Morgen so aufgeregt, dass meine Mutter mir mit verrutschten Lidstrichen drohte. Daraufhin brachte ich meinen

Vater im wahrsten Sinne des Wortes zur Raserei, um ihn später auf die Geschwindigkeitsbeschränkungen aufmerksam zu machen. Wahrscheinlich wäre er am liebsten ausgestiegen und hätte mir den Platz hinter dem Steuer angeboten, doch meine Mutter klopfte ihm immer wieder beschwichtigend auf das Knie. So lange, bis er sich mehr darüber aufregte, als über meine nervösen Kommentare. Wenige Kilometer vor Eisenach schob sich die Sonne durch die Wolkendecke. Die Limousine erklomm die letzte Kuppe vor der Stadt und vor uns lag die Wartburg. Meine Burg an diesem Tag. Sie hieß mich willkommen von dort oben auf ihrem Hügel, inmitten dichten Grüns und einem Meer aus Ziegeldächern. Bei diesem Anblick waren sowohl Übelkeit als auch Unruhe vergessen und mit einem leichten Kopfschütteln fragte ich mich, warum ich überhaupt nervös, ja, halb ängstlich gewesen war. Was für eine Verschwendung von Emotionen, die ich lieber darauf verwendet hätte, mich zu freuen, zu genießen, glücklich zu sein. Und das bin ich in dieser Minute, die ich gerade zum x-ten Mal über den Bildschirm flimmern sehe, weshalb mich weder die Kämpfhähnchen von Freundinnen aus der Fassung bringen noch meine Schwiegermutter, die sich zunehmend verärgert über das Fehlen ihres Sohnes zeigt.

Selbst der besorgte Blick der Standesbeamtin, die aus dem Saal kommt, um sich zu erkundigen, ob die Hochzeitsschar vollständig ist, beunruhigt mich nicht. Mit einem Lächeln lasse ich sie wissen, dass Lukas schon auftauchen wird. Mein Vater macht einen Witz, über den alle lediglich deshalb lachen, weil sie den Gedanken an die schlimmste Situation überhaupt von sich schieben möchten. Als ich mich ein wenig abseits setze und meine Familie und Freunde beobachte, findet die Sonne abermals eine Wolkenlücke und sendet ihre Strahlen exakt zu der Stelle, die ich mir zum Warten ausgesucht habe. Mit einem tiefen Atemzug öffne ich mich für das Licht und die Wärme, schließe die Augen und lächele.

Im Nachhinein berührt es mich sehr, mich selbst dort sitzen zu sehen. Fast ist es, als betrachte ich eine Fremde, so wenig scheinen die Frau in Weiß und ich momentan gemeinsam zu haben. Sie ist absolut gelassen, so im Reinen mit sich und ihrem Leben, mit ihren Entscheidungen. Für sie gibt es keinen Grund zur Besorgnis. Nicht einmal der Bräutigam, der noch immer auf sich warten lässt, bringt sie aus der Ruhe. Sie ist sich sicher, dass er da sein wird; und die Geschichte, warum er und sein Trauzeuge erst fünf Minuten nach zwölf im Hof der Wartburg erscheinen, wird er ihr später erzählen. Was sie schon jetzt weiß, ist, dass die zwei Tagträumer die Baustelle vor Eisenach nicht umfahren haben.

Genau genommen war die Verspätung der beiden besiegelt, als sie sich auf halber Strecke zwischen Mühlhausen und Eisenach auf den Braustrauß besannen, der noch im Floristikgeschäft abgeholt werden musste. Also fuhren Sie mit Tempo 140 über gute alte ostdeutsche Landstraßen zurück und gurkten mit eingeschalteter Warnblinkanlage durch die Fußgängerzone Mühlhausens bis vors Geschäft, um daraufhin ein zweites Mal und mit noch ein paar Kilometer je Stunde mehr durchzustarten. Dass die Baustellenampel kurz vor Eisenach eine Rotphase von geschlagenen fünf Minuten hat, erfuhren sie nicht, da sie beschlossen hatten, sich nicht in der Schlage der Wartenden einzureihen, sondern über das Feld neben der Straße zu preschen. Glücklicherweise fährt Bastian einen Geländewagen – sah der auch nach dieser Fahrt nicht mehr ganz hochzeitstauglich aus.

»Willst du, Lukas Scholl, die hier anwesende Lena Bachmann zu deiner Frau nehmen?«, fragt die Standesbeamtin, und ich mache, auf der Couch sitzend, das Kissen umarmend, die Lippensynchronisation. »Willst du sie lieben, ehren und achten, willst du bei ihr sein in Krankheit und Gesundheit, bis dass der Tod euch scheidet, so antworte mit: Ja!«

»Ja, klar«, sagt Lukas und von den Plätzen hinter uns ertönt vielstimmiges Grunzen.

Seine Antwort klingt ein wenig verwundert, so als wolle er fragen, warum sonst wir alle versammelt seien, und ich lache, obwohl ich eigentlich gerade mit Weinen beschäftig bin. Nachdem auch ich mein schlichtes Ja gegeben habe, küsst mich Lukas, noch bevor er dazu aufgefordert wird. Er zieht mich an sich, legt seine Hände auf meine Taille. Meine Hände umschließen sein Gesicht, mein kleiner Finger spürt den Pulsschlag seiner Halsschlagader, das Leben, was hindurchgepumpt wird. Sein Leben, von dem er einen Teil offiziell mir geschenkt hat.

Mein Lukas, groß, sportlich, gut aussehend, 28 Jahre, Soldat auf Zeit, ist nun mein Mann. Und ich, Lena, 25 Jahre, Ex-Studentin, bin seine Frau. Für immer, haben wir uns versprochen.

Unsere Gäste klatschen und jubeln. Heute vor 60 Tagen hörte ich nichts davon, denn in meinen Ohren lag ein Summen wie von Starkstrom, und ein Kribbeln prickelte in meinem Bauch.

Eine neue Filmsequenz zeigt die Feier zu fortgeschrittener Stunde. Meine Großmutter stülpt sich den Blumen-Tischschmuck auf die frisch dauergewellte Frisur und sieht aus wie Julius Cäsar. Meine Schwiegermutter hat ihre Nervosität und Rührung in Sekt ertränkt und tanzt mit meinem Bruder Salsa. Mein Großvater verschafft sich Gehör, um das Chinesen-Lied zu singen. Es ist nicht jugendfrei, wird auf jeder guten Feier von ihm – ausschließlich von ihm – zum Besten gegeben und kommt wie immer grandios an.

Als ich um Mitternacht den Brautstrauß werfe, stehen vier Junggesellinnen hinter mir. Hannah bewegt sich nicht einmal, als der Strauß in die Höhe fliegt, und verschränkt zudem die Arme vor der Brust, damit das Teil im Notfall von ihr abprallt. Nina macht ein paar Schritte, bleibt dann abrupt stehen, um über Lilly und Theresa, die Freundin meines Bruders, zu lachen, denn die zwei sprinten, als ginge es um ihr Leben. Beide bekommen den Strauß zu fassen, doch Theresa schnappt sich das feste untere Ende und reißt die Blumen triumphierend in die Höhe, während Lilly mit nur einer Blüte Vorlieb nehmen muss.

An die stimmige Atmosphäre des Restaurants gewöhnt, muss ich bei der folgenden Filmpassage ein paarmal blinzeln, bis sich meine Augen mit dem Lichtwechsel abgefunden haben. Alles ist plötzlich grellblau, grellweiß, grellgrün.

Je länger ich hinsehe, desto deutlicher meine ich, die Hitze auf meiner Haut zu spüren und den würzigen Duft einzuatmen, der mir entgegenschlug, als ich das Flughafengebäude der Seychellen verlassen habe.

Nun filmen Lukas und ich abwechselnd. Die Kamera wackelt in meinen Händen, als ich ihn beim Knacken einer Kokosnuss filme. Auch nachdem Lukas das widerspenstige Obst 20-mal auf den Stein gedonnert hat, geht die äußere Schale nicht zu Bruch. Bald schreit er nach einer Axt und will sich zu den Hütten des Personals aufmachen, um sich eine zu besorgen. Meine weder ernst noch gut gemeinten Tipps quittiert er mit Grollen und schmettert die Frucht gegen eine Palme, woraufhin es weitere Kokosnüsse regnet, von denen zwei so günstig fallen, dass ihre Schalen Risse bekommen. Selig macht sich Lukas daran, die dicken Hülsen zu entfernen. Die brauen Kokosnüsse darin sind nicht nur viel kleiner als die, die man im Supermarkt zu kaufen bekommt, sondern geben meinem Mann auch wieder das Rätsel des Knackens auf. Zwar ist unser Bungalow mit allem möglichen luxuriösen Krempel ausgestattet, einen Bohrer oder etwas anderes, womit man die widerspenstige Nuss durchlöchern könnte, finden wir jedoch nicht. Lukas sucht einen spitzen Stein im Wasser und beginnt in bester Neandertalermanier auf die Kokosnuss einzuhämmern. Nach etwa einer Stunde knackt er die erste, eine halbe Stunde später und mit deutlich mehr Übung die zweite. Wir essen den ganzen Nachmittag Kokosnuss.

Und dann ist es dunkel. Gerade noch bin ich über dem Korallenriff geschnorchelt, habe mich auf der Sonnenterrasse geaalt und jetzt ist mir kalt. Der Fernseher ist so schwarz wie die Nacht vor dem Fenster, und wenngleich ich die farbenfrohen Bilder in meinen Gedanken zu halten versuche, verblassen sie doch.

Missmutig plumpse ich auf die Seite und umarme das Kissen fester. Habe ich mich nur wenige Monate zuvor gefreut, nicht mehr zur Uni fahren zu müssen, ginge es mir jetzt sehr viel besser mit der Gewissheit, morgen eine Vorlesung zu besuchen. Doch mein Grafikdesign-Studium ist vorbei, abgeschlossen mit Auszeichnung. ›Hurra, Karriere, ich komme‹, habe ich gerufen und bin losgerannt. Wahrscheinlich in die falsche Richtung, schließlich gibt es für den nächsten Tag nicht eine einzige Verpflichtung, nicht eine Herausforderung, kein Problem, das einer Lösung bedarf. Lukas hingegen muss wieder zur Bundeswehr. Zu allem Überfluss steht eine dreiwöchige Übung an. Die drei Wochen haben vorgestern begonnen.

Tolle Aussichten sind das.

Zweifellos ist ein Job die erste und eine zumeist recht wirkungsvolle Methode gegen Langeweile. Theoretisch habe ich einen. Ich bin Teamleiterin eines großartigen, zukunftsorientierten Projektes zur elektronischen Archivierung von Daten und dürfte nicht wissen, wo mir der Kopf steht vor lauter Verantwortung. Der Haken ist: Mein Büro in der Firma wurde noch nicht renoviert, weshalb ich von zu Hause aus arbeite, was prinzipiell optimal ist. Nicht optimal allerdings ohne Team. Noch weniger optimal ohne fundierten Auftrag. Momentan definiert sich mein Job durch eine einzige Tätigkeit. Das Warten.

Vor zwei Monaten wurde ich eingestellt, um den Dienstleistungsbereich Grafikdesign abzudecken. Mit Datenarchivierung hat das nicht wirklich zu tun. Offenbar hält mein Chef den Begriff EDV für ein längst nicht so weites Feld, wie es EDVler tun; doch flexibel, wie ich bin, sehe ich ihm diese Unwissenheit nach und bin gern bereit, diese Aufgaben zu erledigen. Nur soll er sie mir endlich geben! Ein finanzielles Entgelt, Gehalt im Fachjargon, wäre auch nicht schlecht. Dies ist der zweite Monat auf Entzug, und allmählich lechzt mein Bankkonto wie ein Verdurstender bei Sichtung einer Fata Morgana.

Ein Trostpflaster wäre es, könnte ich meinem Unmut darüber Luft machen. Bei meinen Freundinnen beispielsweise. Bei wenigstens einer von ihnen. Eine Freundin ist schließlich Vertraute, Seelenverwandte, Retterin in der Not, Lästerschwester, Trinkkumpanin und so vieles mehr. Eine Freundin ist nicht ersetzbar, nicht wegzudenken und ich darf mich glücklich schätzen, drei solche Frauen in meinem Leben zu haben. Nein, keine Bekannten, die ich alle paar Monate treffe, sondern richtige Freundinnen, wie oben beschrieben. Das ist Luxus.

Dummerweise befindet sich Lilly im Urlaub, Hannah auf Geschäftsreise und Nina hat Nachtdienst, weshalb sie den ganzen Tag schläft. Von allen unglücklichen Umständen ist dies derjenige, der mich am meisten frustriert.

Ein Kissen in der Umarmung, ein zweites unter dem Kopf drifte ich in einen Halbschlaf, wälze mich die halbe Nacht von rechts nach links und schaffe es dennoch nicht, aufzustehen und ins Bett zu gehen. Irgendwann schlummere ich ein und werde nach nur wenigen Stunden von etwas Feuchtem auf meiner Wange geweckt. Als ich die Augen öffne, blicke ich in hungriges Grün. Momo, unser Kater, macht mit einem Miau noch deutlicher, dass er gefüttert werden möchte, gibt sich vorerst jedoch damit zufrieden, mich geweckt zu haben und kuschelt sich an mich. Immer wieder stupst er seine Nase gegen mein Kinn und schnurrt. Keine halbe Stunde später ist sein Appetit vergessen, und der Kater scheint entschlossen, den Rest des Tages mit süßem Nichtstun zu verbringen.

Das habe ich nicht vor.

Ich habe vor, an der Uhr zu drehen. Wie Paulchen Panther. Nur rückwärts.

Nachdem ich den Kater mit Whiskas und mich selbst mit Knusperflakes versorgt habe, ziehe ich meine Kuschelstrickjacke über, wickele mir einen Schal um den Hals, schnappe Bleistift, Skizzenblock und Musik und laufe eine Etage nach oben auf unsere Dachterrasse.

Endlich regnet es nicht mehr. Die Aussicht, die der Morgen präsentiert, lässt einen grandiosen Tag vermuten, einen Tag voller Euphorie und wunderbarer Dinge, die es zu entdecken und zu unternehmen gibt. Und sie lässt mich beinahe vergessen, dass ich über das sonst so triste Mühlhausen blicke.

Zu jeder Jahreszeit gibt es solche Morgen, die nichts als pur sind und bei denen jeder Vergleich mit Tristesse einer Beleidigung gleichkommt. Wie unter einem Zauber hüllt sich meine Stadt in einen

Schleier aus Nebel. Die Sonne steht noch tief und legt einen goldenen Schimmer über die Dächer und Kirchtürme. Von der nahen Hauptstraße ertönt das Jaulen eines Martinhorns, das Brummen von Bussen und LKW – demnächst fordern sicher auch die Mühlhäuser eine Umgehungsstraße. Wie ungewohnt still wird es dann sein?

Ich setze die Kopfhörer auf und schalte die Musik ein. Statt der Verkehrsgeräusche gibt es Pearl Jam auf die Ohren. Nun ist die Aussicht wirklich perfekt, die Stimmung inspirierend und eine Kur für alle Sinne. Gar nichts ist mehr unerträglich. Was jetzt noch nicht gut ist, wird gut werden. Und ich bin nicht allein, bloß weil gerade niemand da ist.

›Da ist eine Wolke‹, singt Eddie Vedder mit seiner Reibeisenstimme, ›aber das Wasser bleibt ruhig.‹

Ich schließe die Augen, lege den Kopf zurück und lasse den Geist treiben, die Gedanken spinnen. Ich warte auf ein Bild, auf eine Farbe, auf einen Kuss der Muse. Lange ist es her, dass ich mein letztes Bild gemalt habe. Die Examensarbeit und die Hochzeitsvorbereitungen beanspruchten jede Stunde der vergangenen Monate und ich vermisste nichts, hatte bei all meinen Geistesblitzen und Einfällen keinen Platz in meinem Kopf für Ideen in Acryl. Wahrscheinlich hat die Muse sogar das ein oder andere Mal versucht, mich zu stoppen und mir zugerufen, dass ich eine Pause benötige, doch ich hab sie nie gesehen, weil ich viel zu schnell an ihr vorbeigejoggt bin. Jetzt schmollt sie und verweigert mir den Kuss. Sie erwartet, dass ich um sie kämpfe, was ich hiermit mache.

Oh du meine Muse!, versuche ich sie zu locken, komm zurück zu mir! Versüße mir den Tag! Lass mich malen! Ich werde dich nie wieder übersehen! Bitte, allerliebste Muse!, flehe ich sie an, sei nicht mehr böse, ich brauche dich doch.

Sie macht keine Anstalten. Sie ist wie vom Erdboden verschluckt. Und mit ihr mein Talent.

War das wirklich ich, die all die Bilder gemalt hat? Bin ich überhaupt gerade ich selbst oder ein alternatives Ich? Wer ist diese trübsinnige Person, die mein Inneres belagert?! Wieso verschwindet sie nicht und gibt mir mein Selbst zurück? Mein überholspursüchtiges, spritziges Tausendsassa-Selbst.

Per Knopfdruck bringe ich Eddie zum Schweigen und öffne die Augen. Das Licht ist noch das gleiche, doch die Stimmung ist dahin. Alles andere als glücklich schiele ich auf den leeren Skizzenblock zu meinen Füßen. Ein Murren ausstoßend ziehe ich die Kopfhörer von meinen Ohren und kicke den Bleistift fort. Einen Pinsel werde ich mit Sicherheit nicht anrühren.

Am Nachmittag tröste ich Momo mit dem Versprechen, nicht lange weg zu sein, und ziehe die Haustür hinter mir ins Schloss.

Nach Ladenschluss bin ich zurück und schleppe prall gefüllte Einkaufstaschen ins Schlafzimmer. Auf

Momos Miau antworte ich mit: »Ja doch, gleich.« Herr Nimmersatt hat Hunger, doch ich war auf Beutezug. Nun muss ich meinen Fang in Augenschein nehmen und eine Hymne auf die Shoppingmeile von Erfurt anstimmen. Ich habe meine letzten Hunderter auf den Kopf gehauen, aber das war es wert. Was sind schon 500 Euro, wenn man ohnehin pleite ist?

Ich kenne nicht viele Frauen, die nicht gern einkaufen. In Abhängigkeit von der Tagesform sind Shopping-Eskapaden mal Vergnügen, mal Therapie, mal Zeitgeist. Nicht selten sind sie eine Kombination aus allem. Ist der Strand tabu, weil es im Urlaub regnet, kann man immer noch shoppen gehen. Hat man eine Prüfung in den Sand gesetzt, ein liebes Haustier beerdigt oder das Gegenteil von Mamas Vorstellungen getan – das ultimative Heilmittel für jede miese, durch was auch immer verursachte Stimmung ist Shopping. Durch regelmäßige Ausflüge läuft man zudem nie Gefahr, eine gute Kollektion zu verpassen.

Zum Einkaufen brauche ich nicht zwingend Gesellschaft. Ich bin ebenso gern allein unterwegs und mein eigener Berater. Ohnehin ist mein Geschmack selten der von anderen, und so vermeide ich den Vorschlag, es zur Abwechslung mit einer Farbe zu versuchen.

Auch heute hatte ich eine richtig gute Zeit, wie man an der Anzahl der Tüten unschwer erkennen kann.

Während ich auspacke, die Preisschilder abschnippele und die Sachen im Schrank verstaue, nachdem ich alles noch einmal anprobiert habe, kommen mir erste Zweifel. Brauchte ich unbedingt eine neue schwarze Hose? Mussten es zwei Paar Stiefel sein, hätte nichts eines gereicht? Und ist die graue Tunika nicht eigentlich viel zu lang?

Mit einem Ruck werfe ich die Schranktür zu und lasse mich rücklings auf das Bett fallen. Ich habe heute 500 Euro ausgegeben! Bekäme ich endlich ein Gehalt überwiesen, wäre das völlig okay, aber so? Wie viele Dosen Katzenfutter hätte ich für 500 Euro kaufen können? 1.200?

Momo springt aufs Bett, um mich abermals anzumiauen, und wieder antworte ich ihm, als spräche ich kätzisch. Oder er deutsch.

Meine eigenen Gedanken gehen mir auf den Geist. Ich brauche jemand anderen als meinen Kater, egal wie verständnisvoll er mich anschaut. Ich muss reden. Nicht jammern, sondern ein normales Gespräch führen, und nicht miauen.

September-Manie

Der nächste Tag bringt endgültige Ernüchterung. Es regnet wieder. Kleine Regenbäche träufeln die Fensterscheiben hinab. Dahinter dunkelt es bereits. Zehn Stunden sind vergangen, seit ich mich aus den Federn gequält habe. Zehn Stunden, in denen ich absolut nichts getan habe. Zumindest nichts, was ich als sinnvoll bezeichnen möchte. Ich habe versucht fernzusehen, versucht zu lesen und meine Muse verflucht.

Ich fühle mich verwundet, wie grausam herausgerissen aus dem Hoch des Sommers, fort von Wärme und Licht. Vorbei sind die Grillpartys und nächtlichen Badeausflüge, die Open-Air-Konzerte und Barfußzeiten. Das Laub hat sein Grün gegen ein Bunt getauscht und rieselt von den Zweigen. Die pummeligen Junikäfer sind tot. Die Grillen zirpen nicht mehr. Bald ziehen die Schwalben und Wildgänse in den Süden.

Nach einem gleichgültig zusammengewürfelten Abendessen fahre ich den Computer hoch.

Das World Wide Web bietet vielfältige Möglichkeiten gegen Langeweile. Man kann einkaufen, an Auktionen teilnehmen, den Urlaub in Indien buchen und schauen, wie das Wetter dort sein wird. Man kann sich informieren und fortbilden, hundert Versionen von Mah-Jongg spielen, Musik aus Japan hören und mit Google die ganze Welt bereisen. Man kann Texte in falsches Englisch übersetzen, sich um Jobs in Kalifornien bewerben, das Leben von weltweit verstreuten Bekannten verfolgen und kommentieren und überhaupt überall seinen Senf dazugeben. Man kann recherchieren, wie man Brandade mit Kabeljau zubereitet, oder in Erfahrung bringen, unter welcher Form von Kopfschmerz man leidet, um sogleich Medikamente zur Abhilfe zu bestellen. Man kann E-Mails schreiben oder neue Leute über Singlebörsen und in Chaträumen kennenlernen. Und wenn einem echte Mitmenschen nicht gefallen, macht man sich einen Avatar, heiratet einen anderen und kreiert Avatar-Kinder.

Immer öfter stelle ich fest, dass ich meiner Oma auf die Frage: »Woher hast du das?« mit »Aus dem Internet« antworte. Sie findet, es ist ein toller Laden. Ich finde, es gibt keinen Grund mehr, das Haus zu verlassen.

Als ›Kit Black‹ logge ich mich in einen Chat ein, den ich vor Jahren hin und wieder besucht habe.

Zwei Stunden lang wechsele ich kein einziges vernünftiges Wort und habe genug des Nonsens. Eben verabschiede ich mich von einem Menschen, der nur betrunken sein kann, als ich mit jemand anders ins Gespräch komme. Wie gewohnt ist es allgemeines Geplänkel.

Eine gute Möglichkeit, einen lahmen Small Talk anzukurbeln, ist oftmals die Frage nach dem Ort, an dem sich der andere befindet. Die meisten schreiben von zu Hause aus in Hamburg oder Köln, einige sind im Büro, andere sitzen mit dem Laptop bei Burger King oder im Park. Mir fällt ein, dass ich noch nie mit jemandem gechattet habe, der wie ich aus Thüringen stammt.

Als ich meinen aktuellen Gesprächspartner, der sich ›Inseltaucher‹ nennt, nach seinem Aufenthaltsort frage, öffnet er ein Fenster, das zur Kommunikation zwischen ausschließlich uns beiden dient.

›Ich bin auf Teneriffa‹, schreibt er.

Jemand, der das Cybern nicht mal in den Ferien lassen kann, ist mir bislang nicht begegnet.

›Wollen wir tauschen?‹, tippe ich. ›Du kommst her und erledigst meinen Nicht-Job, während ich für dich Urlaub mache.‹

Als wäre die Möglichkeit eines Kurzurlaubs greifbar, zähle ich die verbleibenden Tage in Einsamkeit. Auf Teneriffa würde die Zeit wie im Flug vergehen. Ganz sicher würde mir dort anderes einfallen, als vor dem PC zu sitzen.

›Ich lebe hier seit fünf Jahren‹, schreibt der Inseltaucher und überrascht mich nun richtig.

Ich bewundere jeden, der den Traum vom Auswandern umsetzt. Die meisten reden darüber, malen sich ein Leben anderswo aus und bleiben doch für immer in Deutschland, wo sie bis zum bitteren Ende über Politik und Wetter nörgeln. Bedenke ich es recht, so befinde ich mich auf dem besten Weg, ein solcher Nörgler zu werden.

Für die Dauer eines Jahres habe ich in Kalifornien gelebt. Damals und auch während meines Studiums wäre es mir nie eingefallen, den Rest meines Lebens in derselben schrulligen thüringischen Kleinstadt zu verbringen, in der ich geboren wurde. Ich doch nicht, ich reisefreudiges, nie an Heimweh leidendes Mädchen. Doch alle meine Freundinnen sind hier. Lukas ist hier. Er ist dem Auswandern nicht abgeneigt, zieht das Bleiben aber vor, insofern er nach seiner Zeit bei der Bundeswehr einen Job findet, der seinen Vorstellungen entspricht. Außerdem mag ich meine schrullige Kleinstadt irgendwie. Sie versprüht einen Charme, der mich bisher immer wieder nach Hause geholt hat und dort die meiste Zeit freiwillig hält. Und ich mag unsere Wohnung. Ja, mein ganzes Leben, das mag ich. Eigentlich.

Manchmal sprechen Lukas und ich von einer Finca in Spanien oder Italien, wohin wir in jedem Winter fahren und übersiedeln wollen, wenn wir alt sind. Ich meine, dass wir so lange nicht zu warten bräuchten, hätten wir erst einmal die Finca.

Im Grunde ist es nichts als eine Spinnerei. Die Wirklichkeit sieht eher so aus, dass wir in Deutschland bleiben, hier in unserer hellen, großen Altbauwohnung oder irgendwo in der Nähe von Frankfurt oder München. Wir werden in gut bezahlten Jobs arbeiten. Ein- oder zweimal im Jahr geht es mit dem Nachwuchs in den Urlaub. Es wird Herbst werden und Winter, und zwar regelmäßig. So wird es kommen, und so wäre es nicht nur okay, sondern schön. Auch das ist noch ein Traum, allerdings ist dieser, im Vergleich zu dem anderen, sehr viel realistischer.

Was nicht heißt, dass ich nicht gern die unmöglichsten Dinge träume. Mit offenen und geschlossenen Augen.

Das Gespräch mit dem Inseltaucher verläuft von nun an sehr abwechslungsreich. Er schreibt, dass er eine Tauchschule besitzt, und erzählt Anekdoten von seinen Ausflügen und Erfahrungen mit Touristen. Da ich Tauchanfänger bin, kann ich meinen Beitrag zu den schrecklichsten Anfängerfehlern leisten. Trotzdem teile ich seine Faszination für die Unterwasserwelt.

Auf den Seychellen haben Lukas und ich fünf wunderschöne Spots betaucht, unter anderem das Aldabra-Atoll, welches zum Weltnaturerbe der UNESCO gehört. Der Inseltaucher zeigt sich beeindruckt, da er selbst nur den Atlantik und Pazifik erkundet hat, die vielen legendären Spots im Indischen Ozean kennt er lediglich aus Fachbüchern. Teneriffas Unterwasserwelt ist längst nicht so spektakulär wie das endlose Blau anderswo auf der Welt, gibt er zu, und reagiert begeistert, als ich ihm von meiner Begegnung mit einem Mantarochen erzähle.

Bevor er auf Teneriffa sesshaft wurde, lebte er in North Carolina. Während seines Studiums der Meeresbiologie beschäftigte er sich eine Zeit lang mit Haien und betauchte Spots, an denen sie leben.

›Was hat dich veranlasst, Deutschland zu verlassen?‹, will ich wissen.

Offenbar habe ich einen wunden Punkt getroffen, denn er blockt ab und sagt, dass es zu lang her ist, als dass sich eine Erinnerung lohne. Für ihn sei das Thema Deutschland erledigt, für nichts und niemanden käme er zurück. Nicht einmal in Gedanken.

Ich weiß nicht, wie ich reagieren soll. Mehrmals tippe ich etwas ein, doch lösche es sogleich wieder, weil es mir unpassend erscheint.

›Was bedeutet dein Name, Kit Black?‹, lese ich erleichtert darüber, dass er die Konversation in andere Bahnen lenkt.

›Kit steht für »Kitty« und bedeutet also »Katze«. Ich habe ein Faible für Katzen und Schwarzes‹, kläre ich ihn mit einem Lächeln auf. ›Das klingt okkult, doch mit Grabtänzern oder Hilfsgrufties habe ich nichts zu tun.‹

Nicht aus Prinzip gebe ich schwarzen Dingen den Vorzug. Die Objekte meines Begehrens vergleiche ich sogar oftmals mit den gleichen in anderen Farben, doch entscheide mich zumeist für die schönste Nichtfarbe der Welt.

Bevor ich mich versehe, erzähle ich von meinem Shoppingausflug und wie mich mein Nicht-Job praktisch veranlasst hat, so viel Geld auszugeben. Während ich tippe und tippe und lese und immer wieder schmunzle, überlege ich, wie kurios das ist, was ich mache. Mit einem Unbekannten diskutiere ich die Probleme und Freuden des Alltags. Bloß weil ich eine normale Unterhaltung wollte und niemand sonst zur Verfügung stand.

Als draußen die Morgendämmerung einsetzt, bin ich es, die das Ende des Gesprächs sucht. Zwar bin ich kaum müde und könnte noch Stunden auf der Tastatur herumhacken, doch ich meine – vielleicht gerade weil ich weitermachen könnte –, dass es Zeit ist, den Chat zu verlassen und ins wahre Leben zurückzukehren. Also verabschieden wir uns bis irgendwann vielleicht mal wieder.

Im Bett liegend überkommt mich ein schlechtes Gewissen wegen Lukas, was ziemlich bescheuert ist, denn weder er noch ich sind über die Maßen eifersüchtig. Mit einer Freundin aus der Schulzeit trifft sich Lukas gelegentlich auf einen Kaffee und amüsiert sich nachher mit mir über die an mich herangetragenen Hinweise. Man sage es mir nicht gern, heißt es dann, doch der Lukas wurde abermals mit dieser Frau im ›Café Olé‹ gesehen. In der Einkaufspassage, am helllichten Tag! Die Erkundigung, ob zwischen uns beiden alles in Ordnung ist, ist reine Formsache.

Natürlich ist zwischen uns alles in Ordnung. Wahrscheinlich läuft es sehr viel besser als bei anderen, die sich täglich eine Szene machen. Das rufe ich mir auch jetzt ins Bewusstsein, wenngleich es mir irgendwie missfällt, dass ich es mir überhaupt sage.

Warum denkst du denn darüber nach, du dumme Nuss!, rüge ich mich selbst und schlummere, über die Wirrungen und Irrungen meiner Gedanken, alsbald ein.

Keine drei Stunden später werde ich vom Schrillen des Telefons geweckt. Es ist mein Chef, der am anderen Ende der Leitung spricht. Im Gegensatz zu mir wirkt er munter und wahnsinnig motiviert. Ich muss mich ein paarmal räuspern, bevor ich überhaupt imstande bin, eine Silbe zu formen. Zudem habe ich Mühe, auf den Beinen zu bleiben und die Augen offen zu halten. Er hat sich den besten Tag des vergangenen Monats ausgesucht, um mich ins Büro zu bitten.

Mit einem Seufzen schlurfe ich ins Bad und stelle die Dusche an. Als ich unter den Strahl lauwarmen Wassers trete und die Müdigkeit abspüle, regt sich vorsichtiger Optimismus in mir. Vielleicht ist mein Büro inzwischen fertig oder der erste Mitarbeiter in meinem Team eingestellt? Möglicherweise sind sogar der Server und die Software eingetroffen, mit welchen die Datenarchivierung realisiert werden soll. Mich da einzuarbeiten wäre eine monatsfüllende Aufgabe. Also genau das, was ich jetzt haben muss.

Im Büro erwartet mich das Übliche: Ein zweistündiges Gespräch mit dem Chef, das mich so gar nicht weiterbringt und so überhaupt keine für mich wichtigen Informationen enthält. Nach wie vor liegt mein Büro brach, und die Stellenausschreibung für mein Team wurde nicht einmal aufgegeben. Je mehr mir dieser Mann erzählt, desto wütender werde ich und kann bald kaum noch still sitzen. Ich bin es leid, ständig zu nicken oder eine zweisilbige Bemerkung einzuwerfen – dies zum Zeichen, wie interessiert und aufmerksam ich bin. Viel lieber möchte ich ihn auffordern, seine Zeit sinnvoll zu nutzen und auch meine nicht zu verschwenden. Prinzipiell habe ich davon zwar gerade zu viel, doch ich bestimme gern selbst, wie ich sie rumbringe. Für heute hätte ich es vorgezogen, auszuschlafen.

Mein Chef stammt aus einem Vorort von Bremen und leitet dort bereits eine Firma, die Datenarchivierung als Dienstleistung anbietet. Dies mit einigem Erfolg, wie mir zum inzwischen fünften Mal versichert wird. Offenbar lauert man bei der jungen Thüringer Zweigstelle auf die finanzielle Unterstützung des Landes. Immer wieder erklärt mir mein vollleibiges Gegenüber im grauen Anzug, dass er gute Kontakte zu einem Landtagsabgeordneten pflegt, der gern einen über den Durst trinkt, und dass alles eine Frage der Zeit ist. Dies äußert er in einem unangenehm jovialen Tonfall und mit einer Zuversicht, die mich staunen lässt. Je öfter ich es höre, desto mehr bedauere ich es, den Arbeitsvertrag unterzeichnet zu haben.

Noch während meines Studiums habe ich mich bei der Firma beworben, die im großen Stil als neu angesiedeltes Unternehmen Stellen in der Region vergab, unter anderem an Grafik- und Webdesigner. Das versprochene Gehalt war verlockend und das Vorstellungsgespräch sehr angenehm. Es war meine erste Bewerbung und erschien mir damals wie ein Sechser im Lotto, dass ich aus der Vielzahl der Bewerber ausgewählt wurde. So einfach hatte ich es mir nicht vorgestellt, in Nordthüringen eine Arbeitsstelle zu finden, in der ich meine im Studium erworbenen Kenntnisse tatsächlich umsetzen konnte.

Augenscheinlich ist es alles andere als einfach.

In dieser Firma stimmt gar nichts. Es gibt keinen Arbeitsplatz, es gibt keine Arbeit, es gibt kein Geld. Während mein Chef noch quasselt, beschließe ich, mich neu zu bewerben und dabei keine Kompromisse einzugehen. Zudem sollte ich diesen vor sich hin brabbelnden Menschen verklagen. Was ich nicht tun werde. Ich denke, sobald dieser Job der Vergangenheit angehört und ein neuer gefunden wurde, werde ich nur durchatmen und vergessen.

Bis dato besteht meine Tagesaufgabe darin, der Sekretärin Nachhilfe in Excel zu geben. Außer mir ist sie die einzige Angestellte der thüringischen Niederlassung und macht auf mich einen mittelmäßig verzweifelten Eindruck. Wahrscheinlich bekommt auch sie kein Gehalt und unser Chef begründet es in ihrer mangelnden Sachkenntnis, die man – nebenbei bemerkt – beim Vorstellungsgespräch hätte ausschließen können.

Nachdem ich die Frau in den Grundlagen von Excel unterrichtet und ihr die wichtigsten Funktionen erläutert habe, mache ich mich auf den Heimweg. Dies nicht ohne einen erneuten Stopp im Büro des Chefs, um ihn wissen zu lassen, dass seine Sekretärin sich nun bestens mit besagtem Programm auskennt.

»Im Übrigen meldet mein Bankkonto inzwischen ein Minus«, füge ich mutig und so freundlich es eben geht hinzu.

Er reagiert nicht einmal annähernd schuldbewusst. »Na so was«, wundert er sich. »Die Zahlung wurde doch bereits veranlasst und müsste längst verbucht sein.«

Mich wundert überhaupt nichts mehr. Über eine tückische Bodenfalle bin ich aus dem Wunderland zurückgekehrt und renne nun dem Karnickel mit der tickenden Uhr hinterher.

Am Abend grase ich das Internet erfolglos nach Jobs ab, backe mir eine Pizza auf und verkrümele mich mit einem Buch ins Wohnzimmer. Ich bin keine Leseratte, doch hätte ich Lust, eine zu werden, würde ich endlich das richtige Genre für mich entdecken.

Den Wälzer klappe ich nach nicht einmal 50 Seiten zu, raffe ich mich auf und starte erneut den PC. Dieses Mal geht es direkt in den Chat, wo ich etwa eine Stunde damit zubringe, die wenig anspruchsvollen Diskussionen kommender und gehender Teilnehmer im Hauptfenster zu belächeln.

Irgendwann lese ich nicht mal mehr mit. Das Bild verschwimmt bereits vor meinen Augen, da poppt ein Gesprächsfenster auf.

›Noch wach?‹, schreibt der Inseltaucher und in meinem Bauch macht sich ein mulmiges Gefühl breit.

›Nicht mehr wirklich‹, antworte ich. ›Es gab schon aufregendere Abende.‹

›Zum Beispiel?‹

›Eine Beach Party auf Rügen bei strömendem Regen. Eine Eskorte von der amerikanischen Polizei, nachdem ich wegen Raserei angehalten wurde und keinen Führerschein dabeihatte. Eine nächtliche Fahrt auf einer total leeren Autobahn. Ein Pearl-Jam-Konzert.‹

›Du bist aber anspruchsvoll.‹

›Nö, bloß ein bisschen von mir selbst gelangweilt.‹

›Das geht vorüber. Pearl Jam sind klasse.‹

›Wow, sag nur, du kennst Pearl Jam?‹

›Sagte ich ja gerade. Sie sind klasse. Aber die Chili Peppers sind besser.‹

›Kein Vergleich. Die machen ganz andere Musik.‹

›Sind wir irgendwie megamies drauf heute?‹

›Ich weiß nicht, ich kann nur für mich reden. Ich bin's wohl.‹

Als er schweigt, rechne ich mit der automatisierten Nachricht, dass sich der Gesprächspartner abgemeldet hat. Sie kommt und kommt nicht. Bald gebe ich nach und tippe: ›Sorry!‹

›Wollen wir sie killen, die olle Laus, die dir über die Leber gelaufen ist?‹

›Mit einer Axt, bitte!‹

›Gern doch. Schieß los!‹

Also erzähle ich ihm von der Firma und dem Excel-Crashkurs und dem Datenarchivierungsprojekt und meinem Studium, mit dem ich doch eigentlich so viel mehr anfangen können sollte. Ich erzähle ihm auch von meinen abwesenden Freundinnen und von Lukas und meiner Posthochzeitsdepression.

Nicht einmal die Tatsache, dass ich verheiratet bin, schockiert oder beleidigt ihn, und allmählich wundere ich mich, mit wem ich es zu tun habe. Da er offenbar nicht im Chat ist, um die Liebe seines Lebens zu finden oder den besten Cybersex der Woche zu haben, muss er eine so verlassene Seele sein wie ich. Warum sonst besucht er nicht nächste Strandbar und kippt ein paar Cocktails?

›... und es regnet, regnet und regnet‹, schließe ich, nachdem ich mir alles, was mich so aus der Fassung bringt, von der Seele geredet habe.

›Das tut es eben ab und zu‹, antwortet er – wahrscheinlich als Metapher gemeint. ›Sogar hier hat es heute geregnet. Immer Sonnenschein wäre doch langweilig.‹

›Hm‹, tippe ich ein. ›Ich hätte absolut nichts gegen eine tägliche Sonnenscheingarantie von acht Stunden. Ich hätte außerdem nichts gegen einen Herbst ohne Regen und einen Winter ohne Schnee.‹

›Ich glaube, du hast einen Hang zum Perfektionismus‹, mutmaßt der Inseltaucher und entlockt mir ein Lächeln.

›Zum Glück ist das nichts, weswegen man mich in eine Suchtklinik einweisen könnte.‹

›Du bist gerade 25 und kommst frisch von der Uni. Der erste Job, den man findet, ist so gut wie nie der richtige. Es ist oftmals nicht mal das, was man wirklich tun möchte. Ich bin mir sicher, dein derzeitiges Tief resultiert fast ausschließlich in dieser Scheinfirma – sorry, aber ein markttaugliches Unternehmen kann es einfach nicht sein. Also kündige und lass dir mehr Zeit auf der Suche nach einem besseren Arbeitsplatz.‹

›Bist du wirklich Tauchlehrer?‹

›Ganz wirklich.‹

›Bei Friseusen, Kosmetikern, Taxifahrern oder gar Therapeuten kann ich verstehen, dass sie eine Menge Geschichten hören und Übung im Erteilen von guten Ratschlägen haben. Ist die von Tauchern benutzte Zeichensprache so umfangreich?‹

Seine Reaktion auf meine Alberei ist ein vor Lachen herumkullernder Smiley.

›Kannst du das Meer sehen, dort wo du bist?‹, frage ich, weil ich überlege, ob der Anblick eines Ozeans je alltäglich werden kann. Ich glaube, ich würde jeden Abend bei Sonnenuntergang nirgends so gern sein wie am Strand.

›Wenn ich auf meinem Stuhl eine Drehung um 180 Grad mache, sehe ich es. Da wir Neumond haben, ist es rabenschwarz und schillert nur ein wenig. Die Linie des Horizonts ist kaum zu erkennen.‹

›Wie warm ist die Luft?‹

›Es sind 23 Grad.‹ Wieder sendet er einen Smiley, diesmal jedoch ein kleines, schadenfrohes Teufelchen.

›Ich glaube, ich wollte es nicht wissen.‹

›Doch, das wolltest du. Ich habe es schriftlich.‹

Das Ziehen meiner Gesichtsmuskeln macht mir bewusst, dass ich schon geraume Zeit breit grinse.

›Für heute muss ich mich verabschieden‹, lese ich im selben Moment, als ich meine identische Nachricht an ihn schicke.

›Das war synchron‹, lautet sein prompter Kommentar. Dann tänzelt ein Smiley, der vor Müdigkeit gähnt, durch das Gesprächsfenster. ›Wie auch immer, das Bett ruft. Der erste Tauchgang morgen startet eine Stunde früher als gewöhnlich, da wir einen längeren Anfahrtsweg haben.‹

›Dann schlaf gut!‹

›Du auch.‹

Ich klicke mich aus dem Chat und fahre den PC

herunter. Beim Zähneputzen summe ich eine Melodie in die Zahnbürste. Als mir das bewusst wird, halte ich einen Moment inne und lausche der Stille. Sie klingt nicht mehr so trist wie am Morgen. Der Gedanke, dass es einem völlig Fremden gelungen ist, mich aufzumuntern, ist schon ziemlich seltsam. Dennoch, die gute Laune gebe ich jetzt erst mal nicht mehr her. Die ist nun meine und begleitet mich zusammen mit dem angelesenen Buch ins Bett.

Es handelt von Zeitreisen. Als ich den roten Faden gefunden habe und die merkwürdigen Sprünge des Protagonisten in die Vergangenheit und die Zukunft nachvollziehen kann, erwärme ich mich für die Geschichte. Nichtsdestoweniger fallen mir nach 50 Seiten die Augen zu.

Das sanfte Prasseln der Regentropfen ist das Erste, was ich beim Aufwachen höre. Das Zweite ist ein zaghaftes Miau von Momo, der mein Erwachen bemerkt und auf seinen Appetit aufmerksam macht. Wieder gibt es Whiskas für ihn und Knusperflakes für mich. Nachdem ich drei Ladungen Wäsche gewaschen und die Wohnung aufgeräumt habe, mache ich es mir auf der Couch gemütlich und versenke meinen Geist in den Zeitreisen-Schmöker. Als ich gegen Abend ein Hungergefühl verspüre, schnippele ich Obst in eine Schale. Mit Einbruch der Dunkelheit gieße ich mir ein Glas Wein ein und versorge mich später noch zweimal mit Nachschub. Gegen Mitternacht verschwinde ich im Bett und lese die letzten 20 Seiten des Romans.

Ich bin stolz auf mich. Nicht nur habe ich ein Buch in zwei Tagen ausgelesen – mein persönlicher Rekord –, ich habe heute außerdem nicht einmal den PC angeschaltet. Jetzt bin eingelullt von der Geschichte und bereit für das Traumland.

Morgen werde ich ein anderes bislang missachtetes Buch zum Retter des Tages ernennen.

›Du hast dich rar gemacht‹, beklagt sich der Inseltaucher nach meiner fünftägigen Abwesenheit im Chat. ›Hat dich die Muse endlich geküsst?‹

›Leider nicht‹, antworte ich und ignoriere seinen Vorwurf. Unsere abendliche Konversation hat mir gefehlt, aber eine Routine möchte ich nicht daraus machen. ›Zwei Bücher und ich haben die Couch platt gedrückt. Eines über Zeitreisen und einen John Grisham, in dem es um einen Anwalt ging.‹

›Welches hat dir besser gefallen?‹

›Ersteres, eindeutig.‹

›Kann ich verstehen‹, schreibt der Inseltaucher und lässt mich durch eine Abkürzung wissen, dass er schmunzelt. ›Beinahe wäre ich selbst ein Anwalt geworden.‹

›Ach du Schreck! Wie bist du diesem Schicksal entkommen?‹

›Dadurch, dass ich Deutschland den Rücken gekehrt habe.‹

Es erstaunt mich, dass er das Thema aufgreift. Da er meine Erkundigung nach seiner verlassenen Heimat so abrupt abgeblockt hat, wäre ich sicher nie wieder darauf zu sprechen gekommen. Auch jetzt mag ich nicht fragen. Zum einen fällt mir partout keine Formulierung ein, zum anderen habe ich das Gefühl, dass ich sowieso gleich eine Menge zu lesen zu bekomme.

›Ich stamme aus einem Vorort von Stuttgart‹, flimmert es im Gesprächsfenster.

Ich lehne mich zurück.

›Mein Vater war Anwalt mit eigener Kanzlei und ich war dabei, in seine Fußstapfen zu treten. Riesige Fußstapfen waren das, ein Lebenswerk und der Respekt einer ganzen Stadt. Mit alldem hatte ich weniger ein Problem, wahrscheinlich wusste ich es nicht einmal recht zu schätzen. Im Nachhinein betrachtet, hatte ich keine Ahnung von irgendwas, nicht einmal von dem, was ich sein wollte, sondern war mir bloß sicher, dass es nichts mit meinem Jurastudium zu tun hatte.‹

Also hat er das Studium sausen lassen und ist abgehauen?, überlege ich, verwerfe den Gedanken jedoch, als mir auffällt, dass er von seinem Vater in der Vergangenheitsform spricht. Es musste eine Menge mehr geschehen sein.

Was der Inseltaucher dann schreibt ist wie ein Film, der auf langweilige Weise harmonisch beginnt und in einer sorglosen, kunterbunten, zukunftsfrohen Welt spielt. Neben dem Bilderbuchanwalt gab es eine Bilderbuchmutter, die zu Hause blieb, um sich der Erziehung des Sohnes zu widmen. Später bekam auch die Bilderbuchfreundin ihren Auftritt. An der Stelle ihres von Emanzipation inspirierten Heiratsantrages hätte eigentlich der Abspann des Films eingeblendet werden sollen, doch da ging er erst richtig los. Eine zweite Frau tauchte auf, die mir persönlich zwar sympathisch erscheint, in den Augen der Bilderbucheltern aber den Horror schlechthin verkörperte. Zu allem Unglück wurde sie schwanger und die Familie zerstritt sich. Am Abend vor der geplanten Aussprache kamen die Eltern bei einem Autounfall ums Leben. Die Beziehung zur schwangeren Freundin ging in die Brüche, da sie sich für einen anderen Mann entschied. Am Schluss verlor sie das Kind.

Mir rasendem Puls warte ich auf jede neue Zeile, dabei zweifele ich noch, ob ich das, was der Inseltaucher schreibt, glauben kann. Natürlich passieren solche Tragödien, jeden Tag. Nur habe ich nie jemanden kennengelernt, dem so viele Unglücke auf einmal geschehen sind und der aus purer Verzweiflung und Schuldgefühlen vor sich selbst davongelaufen ist.

Warum sollte er sich das alles ausdenken? Um Mitleid zu kassieren?

Unwahrscheinlich. Seine Sätze haben einen sehr nüchternen Touch. Sie sind nicht triefend vor Tragik, nicht annährend so jammervoll wie einige meiner es waren.

Warum schreibt er mir das?

›Warum schreibe ich dir das alles?‹, fragt er und mir läuft ein Schauder über den Rücken. ›Wie ist eigentlich dein richtiger Name?‹

Dreimal platziere ich meine Finger auf der Tastatur, doch hebe sie stets wieder an, um nicht zu schreiben. Ich befürchte, dass, wenn ich ihm meinen Namen verrate, unsere virtuelle Verbindung ein wenig an Distanz verliert.

›Lena‹, tippe ich nach einer kleinen Ewigkeit.

›Hallo, Lena. Ich bin Christoph.‹

In der Nacht habe ich einen seltsamen Traum. Darin bin ich ohne Pause im Internet unterwegs und erwarte plötzlich von Christoph ein Kind, obwohl Lukas und ich für Nachwuchs sorgen wollten. Mein Bauch wird dicker und dicker, doch ich verheimliche Lukas die Schwangerschaft aus Angst, dass er mich verlässt. Als er es weiß, gehen wir zum Ultraschall, um in Erfahrung zu bringen, ob es ein Junge oder ein Mädchen ist. Es ist ein Mädchen und man kann deutlich die Taucherbrille erkennen, die es trägt. Lukas findet das suspekt und vor lauter Panik springe ich von der Brücke, die über den eigentlich flachen Fluss unserer Stadt führt. Unter Wasser gibt es bunte Fische und ein altes Wrack, das mit Korallen bewachsen ist. Ich kann sogar atmen. Ich will das Wrack aus nächster Nähe betrachten und schwimme dicht heran. Es öffnet sich ein Bullauge, meine Großmutter steckt den Kopf raus. Sie nimmt mir meine Zigaretten weg und predigt, dass Schwangere nicht rauchen dürfen. Zudem wirft sie mir vor, dass das Kind nur deshalb eine Taucherbrille aufhat, weil ich ständig am Qualmen bin.

Meine pseudoitalienische Sippe

Am späten Nachmittag des nächsten Tages zwängt sich die Sonne durch eine Lücke in den Wolken und schiebt sie mit Kraft auseinander.

Ich muss raus! Raus! Raus! Aus dieser Wohnung. Fort von der Couch. Und vor allem ganz weit weg vom Computer, an dem ich schlichtweg zu viel Zeit verbringe. Vor allem nachts. Dass die Gespräche mit Christoph längst kein unverfängliches Geplänkel mehr sind, beweist der Traum, über den ich immer wieder nachdenke. Da dieser Mann auf der Insel im Atlantik es nun sogar in meine Träume schafft – und dies nicht gerade als Nebendarsteller – ist es zweifelsohne Zeit, ein bisschen Frischluft zu schnappen und zu Verstand zu kommen.

Durch den Feierabendverkehr fahre ich ans andere Ende der Stadt. ›Bachmann Village‹ nennen Lukas und ich das Wohngebiet, was weniger darauf zurückzuführen ist, dass mein Vater alle dort stehenden Häuser gebaut hat, sondern vielmehr darauf anspielt, dass dort lauter Bachmanns wohnen. Jeder einzelne ist mit mir verwandt. Das Haus meiner Eltern war das erste in der neu erschlossenen Siedlung und eines der ersten Projekte meines Vaters als selbstständiger Architekt. Dem folgte das Nachbarhaus, in welchem meine Großeltern einquartiert wurden – was vor allem praktische Gründe hatte. Meinem Onkel und meiner Tante gefiel es am Stadtrand plötzlich so gut, dass sie ihre eigentlich heiß geliebte Wohnung in Stadtmitte aufgaben und ins dritte Haus zogen. Das vierte sollte verkauft werden, doch da wurde Theresa, die Freundin meines jüngeren Bruders Karsten, überraschend schwanger. Haus Nummer fünf wurde tatsächlich verkauft, wenn auch an einen Bruder von Theresa. Der heißt zwar nicht Bachmann, aber gehört trotzdem zur Familie.

Damals waren Lukas und ich noch nicht verheiratet und wohnten in einer Zweiraumwohnung. Als wir uns auf die Suche nach etwas Geräumigeren machten, appellierten meine Großeltern an den Gerechtigkeitssinn meiner Eltern und meinten, auch für Lukas und mich müsse ein Haus her. Dass wir einer über zwei Etagen verteilte Altbauwohnung den Vorzug vor ›Bachmann Village‹ gaben, hat man uns übel genommen. Mir ganz besonders, schließlich ließ ich meine Familie damit wissen, dass ich nicht aufhören würde, ein Sonderling zu sein. Seit jeher war ich die Träumerin unter den Wachen, die immer ein paar Schritte vorauslief oder hinterhertappte. Ich war die oft unerträgliche Ironikerin und der unkommunikative Sturkopf, der von klein auf das Gegenteil vom Erwarteten tat. Dass ich mich weigerte, zur Familie zu ziehen, passte perfekt zu meinen restlichen Fehltritten. Beispielsweise erlaubte ich es mir einmal, über Weihnachten und Neujahr zu verreisen.

Ein anderes Mal behauptete ich, keine Lust auf eine Geburtstagsparty zu haben, und fuhr stattdessen ins Grüne – nur Lukas begleitete mich, und wir verrieten niemanden, wo wir waren, was gleich das nächste Übel war. Schließlich hat man in der Familie weder Geheimnisse noch ein Recht auf Privatsphäre.

So verschieden unsere Ansichten sind, so sehr unterscheiden sich auch unsere Charaktere, weshalb ich nicht selten überlege, ob ich bei der Geburt vertauscht wurde. Während die Bachmanns überall dabei sein müssen, die Welt um sich versammeln und dem Mainstream folgen, umgebe ich mich mit wenigen guten Freunden und sehe gar nicht ein, die Dinge zu mögen, die alle mögen, bloß weil alle sie mögen. Ich komme gern mit anderen Menschen zusammen, meine Eltern und Co. eingeschlossen, aber ich wünschte, sie würden nicht aus allem eine Party machen.

Doch die Bachmanns mögen Partys. Es wird gefeiert, was ansteht. Steht nichts an, feiert man ohne Grund. Geburtstage, Namenstage, Hochzeitstage, Ostern, Weihnachten, Pfingsten, Sankt Nimmerleinstag. All die Feste würden gar nicht so laut und heftig und oft sogar ohne Streiterei ablaufen, hätte sich die Familie seit der Geburt meiner Neffen nicht vergrößert. Nicht allein um die Zwillingsjungen, sondern um die ganze italienische Sippe meiner Schwägerin. Die ja dann auch in Teilen in ›Bachmann Village‹ einzog.

Bekanntlich sind Familienbande unter Italienern noch stärker als bei uns Deutschen. Ich befürchte, es hat die Bachmanns infiziert. Insbesondere meinen Bruder Karsten, der, seit er Theresa liebt und gemeinsame Sache mit ihren Brüdern macht, seinen deutschen Wurzeln zum Trotz im Herzen ein Italiener ist. Vielleicht wird er demnächst eine Änderung seines Namens beantragen. Aus Karsten wird Carisio oder so ähnlich.

Meine Eltern haben eine Flasche Weißwein geöffnet und chillen im Garten hinterm Haus. Sobald ich bei ihnen sitze, löchern sie mich zu meiner Arbeitssituation und möchten wissen, was ich vorhabe zu tun. Ich habe noch nicht geantwortet, da gesellen sich meine Großeltern hinzu, die gleichermaßen besorgt sind über meine Zukunft in der Firma. Während mein Großvater, einst selbst Unternehmer, das Unvermögen meines Chefs mit mürrischem Schweigen quittiert, äußert meine Großmutter die brillanteste Idee überhaupt.

»Schaff dir ein Kind an«, schlägt sie vor und wundert sich, warum ich so gereizt reagiere.

Überhaupt wundert sie manches. Warum haben Lukas und ich geheiratet, wenn wir doch nicht die Absicht hegen, in nächster Zeit Nachwuchs zu produzieren? Und weshalb fühlen sich Karsten und Theresa nicht im Mindesten zu einer Hochzeit verpflichtet, wo ihnen der Fauxpas unterlief, außereheliche

Kinder zu zeugen? Eine vollkommen verdrehte und in den Wurzeln faule und zum Scheitern verurteilte Welt ist das, sagt sie.

Zum Glück geschieht nun etwas, das alle ablenkt. In einer der bachmännischen Garageneinfahrten hält ein brandneuer Mercedes. Wie ich erfahre, handelt es sich um die Neuanschaffung von einem der drei Brüder meiner Schwägerin. Er hat sehr lange gesucht, bis er ein neues Mercedes-Modell fand, das dem alten und denen seiner Brüder in nichts nachsteht. Das Fabrikat muss eine der familiären Obsessionen sein, denn auch mein Bruder fährt Mercedes.

Aus dem brandneuen Mercedes steigt Allessandro, hinter ihm seine Frau und die beiden Jungs. Von meinem Vater werden sie mit lautem Hallo begrüßt und herübergerufen. Meinem Bruder ist die Ankunft des Schwagers nicht entgangen. Er kommt aus dem Nebenhaus gelaufen, gefolgt von Theresa mit den Zwillingen. Es dauert nicht lange bis auch Leonardo, Schwager Nummer zwei, samt Frau, Tochter und Sohn im Garten aufschlägt. Als mein Vater die Idee hat, Pizza zu bestellen, weiß ich, dass es wieder eine Party geben wird und spüre Enttäuschung in mir aufkeimen. Ich hatte gehofft, einfach einmal bei meinen Eltern sitzen zu können. Ich wollte über nichts Bestimmtes mit ihnen sprechen, sondern nur entspannen. Da das nun ausgeschlossen ist, will ich mich verabschieden. Wie befürchtet, werde ich von allen Anwesenden halb entrüstet aufgefordert zu bleiben.

Die Pizza bringt Giacomo, der dritte Schwager und Inhaber des Pizza-Lieferdienstes. Er wiederum erscheint in Gesellschaft seiner Frau und der drei Söhne.

Die Männer stehen zusammen, rauchen und trinken und gestikulieren mit Händen und Füßen, als würden sie streiten. Die Frauen stehen zusammen und reden über die Männer, die sich so verdammt italienisch aufführen, die Kinder, die genau wie die Väter sind, und über Headsets, mit denen man prima telefonieren kann, während man bügelt. Meine Mutter, die Kosmetikerin ist, gibt einer panischen Braut am Telefon Tipps, wie der gigantische Pickel auf der Stirn zu versorgen ist. Mein Vater und meine Großmutter steigern sich in einen Streit über die Farbe einer Regenjacke – capriblau – und über die Notwendigkeit der Anschaffung des Kleidungsstückes im Allgemeinen. Indes zertrümmern die Kinder das Spielzeug, fischen den Käse von der übrigen Pizza und trommeln mit herabgefallenen Ästen auf umgestülpten Plastikeimern, während im Hintergrund ein Benjamin-Blümchen-Hörspiel töröht. Mein Großvater, der im Krieg in Italien stationiert war, sitzt selig grinsend inmitten seiner Familie. Bald beginnt er italienisch zu sprechen und stimmt ›O Sole Mio‹ an.

Schön, dass wir endlich einmal wieder alle zusammen sind!

Natürlich lache und erzähle ich mit – wenn ich zu Wort komme. Leicht habe ich es nicht, denn ich bin nicht die Einzige, die vermutet, dass ich bei der Geburt vertauscht wurde. Immer wieder fragt man sich, wie es kommt, dass Karsten und ich so verschieden sind. Er ist laut, launisch und konservativ. Er ist ein Italiener, wie er im Buche steht. Und ich nicht. Ich bin so deutsch. So zurückhaltend, so humorlos. Das ist sehr verwunderlich, bei einem so italienischen Bruder! Offenbar bin ich nicht mal kinderlieb, bei dem Bogen, den die lieben Kleinen um mich machen.

Allessia, die Tochter von Schwager Nummer zwei, ist das einzige Kind, dessen Name nicht auf O endet. Mit Ausnahme meiner Neffen ist sie außerdem das einzige Kind, dessen Namen ich mit Sicherheit zuordnen kann. Allessias kleine Verwandte heißen: Allessio, Mercuzio, Lorenzo, Francesco, Edoardo und Pietro. Nach reichlicher Überlegung und dem Abgrasen von Online-Vornamen-Lexika wurden meine Neffen Giancarlo und Gasparo genannt. Karsten und Theresa, denen das auf Dauer offenbar zu umständlich ist, rufen sie kurz Janni und Gassi.

Nach dem Essen gesellt sich mein Großvater zu Karsten und den drei Italienern. Ich höre, wie er ihnen von meinem Ärger mit der Firma erzählt, woraufhin die jungen Männer noch wilder gestikulieren und ihre Mienen sehr nachdenklich werden. Es ist kein gutes Zeichen und ich stöhne innerlich.

Ist unser Verwandtschaftsverhältnis auch noch nicht besiegelt, so gehöre ich für sie längst zur Familie, sogar obwohl ich mich weigere, italienisch zu sein – und Mitglieder der Familie führt man nicht ungestraft an der Nase herum. Sollte mir nicht gleich etwas einfallen, was die Gemüter besänftigt, darf mein Chef um seine Gesundheit fürchten.

Während die Männer ihre Stimmen dämpfen, von Zigaretten auf Zigarren umsteigen und ihre Möglichkeiten durchspielen, rattert mein Hirn auf Hochtouren.

Italienische Männer können über die Maßen stur sein und verhalten sich Frauen gegenüber häufig dominant. Was meinen pseudoitalienischen Bruder und seine Schwager betrifft, so haben sie klare Vorstellungen von den Dingen, die Frauen zu tun haben. Neben den üblichen Pflichten im Haushalt und dem Gebären vieler Kinder setzen sie voraus, dass eine Frau sich aus ihren Geschäften heraushält, dass sie nicht meckert und keine Fragen stellt, wenn sie wegen eben dieser Geschäfte nicht pünktlich oder betrunken nach Hause kommen. Eine Frau muss gut aussehen, aber nie für andere oder sich selbst, sie darf nicht streitsüchtig sein und das Wort ›Emanzipation‹ nicht einmal buchstabieren können. Vor allen Dingen – das ist die Basis – muss sie respektvoll sein. Respekt ist sehr wichtig. Ohne Respekt ist ein italienischer Mann weder Mann noch italienisch. Ein Nichts also.

In Anbetracht all dessen kann ich die vier schlecht auffordern, sich um ihre eigenen Angelegenheiten zu kümmern.

Nun, ich könnte schon und habe nicht schlecht

Lust, doch vielleicht würde mein Chef dann noch heute Nacht mit einem Betonblock an den Füßen in die Unstrut tauchen. Nicht, dass ich ihm das nicht gönnen würde …

So schwer es mir auch fällt und so sehr es an meinem Stolz kratzt, ich muss über meinen Schatten springen.

Meine plötzliche Anwesenheit passt den Männern nicht. In einem Befehlston, der mich die Zähne zusammenbeißen lässt, fordert mich mein Bruder auf, zu Theresa und den anderen zu gehen.

Sobald es mir gelingt, die Kiefer zu lockern, lüge ich los und beichte den vieren von meinem schrecklichen Fehler, der meinen Chef eine Menge Geld gekostet hat.

»Er wollte mich entlassen«, gestehe ich kleinlaut und schiele wie gehetzt in Richtung meines Vaters. »Deshalb habe ich ihm angeboten, drei Monate unentgeltlich zu arbeiten.« Mit einem weiteren Blick über die Schulter, beschwöre ich Karsten, mich bloß nicht bei unserem Vater auffliegen zu lassen.

Er betrachtet mich skeptisch. Er will nicht glauben, dass ich mich so dämlich angestellt habe, doch verspricht, mich nicht zu verpetzen.

Leonardo, Allessandro und Giacomo mustern mich indes voller Bedauern, das sie zum großen Teil meinem Chef zollen. Sie alle sind schließlich Geschäftsmänner und wissen, warum sie Frauen lediglich zum Putzen einstellen.

Keinen echten Triumph verspürend, verabschiede mich von meinen Eltern und Großeltern.

Ich bin mir sicher, sobald ich verschwunden bin, werden Karsten und seine Schwager meinen Vater ins Gebet nehmen. Er wird mich morgen anrufen und ich werde ihm alles erklären. Bestimmt wird er sich fragen, warum Karsten so seltsam geworden ist, und mich einen Augenblick später bitten, nicht immer alles so mafia zu sehen.

Stunden früher als geplant, bin ich also wieder zu Hause. Endgültig ernüchtert öffne ich eine Flasche Weißwein, schenke mir ein Glas ein und spüle eine Kopfschmerztablette runter. Mein Schädel dröhnt noch eine Weile. Der Gedanke an Lukas treibt mir die Tränen in die Augen. Er fehlt mir so sehr. Ich brauche ihn – nur ihn. Die Gesellschaft meiner Eltern hätte mich irgendwie getröstet, die italienische Party hat es gewiss nicht getan. Sie hat das Gegenteil bewirkt.

Der Internetchat ist öde. Zumindest bis zu der Minute, in der sich der Inseltaucher einloggt. Statt des Grinsens, das sich sonst auf meine Lippen schleicht, beginnt mein Herz zu klopfen.

Herzklopfen? Herzklopfen!

Mit einem Klick verlasse ich den Chat und werde vom Desktopbild (einem surrealistischen Wald in Dunkellila) hypnotisiert.

Lena Scholl, sage ich mir, während ich tief in den

Wald laufe, du bist durchgeknallt. Von allen guten Geistern verlassen. Ist dir noch zu helfen?

Ist mir noch zu helfen?

Wieso habe ich Herzklopfen? Das kann nicht meines Herzens Ernst sein. Es ist manipuliert worden vom großen, bösen Internet.

Was weiß ich schon vom Inseltaucher? Dass er Christoph heißt. Dass er beinahe ein berühmter Stuttgarter Anwalt geworden wäre. Dass er eine Tauchschule auf Teneriffa besitzt. Zum einen ist das nicht sonderlich viel, zum anderen kann es erstunken und erlogen sein. Vielleicht hat er keine Tauchschule, sondern klappert tagtäglich die Strandpromenade ab, um den Touristen billige Sonnenbrillen, angeblich von Gucci, zu verticken. Vielleicht ist er nicht einmal auf Teneriffa, sondern hockt in einer düsteren deutschen Ecke am PC und hat Fotos von ermordeten Frauen an die Wand hinterm Monitor gepinnt. Vielleicht heißt er nicht mal Christoph, sondern Kurt oder Esmeralda.

Ich logge mich wieder ein und sende ihm eine Nachricht. Ich muss sichergehen. Um ihn nicht misstrauisch zu stimmen, beginne ich mit Small Talk über Gott und die Welt, dann erst frage ich.

›Wie heißt deine Tauchschule?‹

›Deep Blue‹, schreibt er.

Ab geht es zu Google! Der Name in Kombination mit dem der Insel führt zu einigen Ergebnissen. Inzwischen bin ich felsenfest davon überzeugt, dass mich keine der aufgelisteten Seiten zu einer Tauchschule bringt und grummele, als ich eines Besseren belehrt werde.

Mit dem Klick auf den Link zu einer spanischen Webseite ist das Herzklopfen zurück. Ein gelungener Unterwasserschnappschuss dient als Startseite, wo der Besucher entscheiden kann, ob er auf Englisch, Spanisch oder Deutsch fortfahren möchte. Die Seite wurde nicht professionell erstellt, wie mein geschultes Auge erkennt, doch sie wirkt seriös, da man bei der Gestaltung auf Firlefanz und animierte Bildchen verzichtet hat. Zudem ist sie übersichtlich. Ein Link führt zu weiteren Unterwasserbildern, ein anderer zu Wissenswertem über die Tauchspots von Teneriffa, ein dritter beantwortet Fragen zu den angebotenen Kursen. Unter den Kontakten findet sich neben der Anfahrtsskizze ein Foto von einer Bucht, in welcher ein Transportboot liegt. Das flache Gebäude im Hintergrund muss die Schule sein. Ein Link verspricht Informationen zum Team. Ich ahne, dass dort mehr Bilder warten, und zögere.

Einen mutigen Klick später sehe ich vier Fotos. Dreien schenke ich kaum Beachtung. Es ist das erste, das meine volle Aufmerksamkeit genießt, das Bild mit der Unterschrift ›Christoph Storm, Inhaber/Tauchlehrer‹.

Vermutlich kennt er die Person gut, die ihn fotografiert hat, denn sein Lächeln wirkt ungekünstelt und in seinen hellen Augen liegt ein fröhliches Blitzen. Die glatten, kinnlangen Haare im schönsten Straßenköterblond hat er aus dem Gesicht hinter die Ohren gestrichen. Umringt von Pressluftflaschen hockt er vermutlich bei der Vorbereitung eines Tauchgangs und überprüft den Luftdruck auf den Anzeigen. Sein schwarzer Neoprenanzug ist im Nacken halb geöffnet und schmiegt sich wie eine zweite Haut an seinen Körper, der schlank ist und von der Sonne gebräunt.

Widerwillig fasziniert erfassen meine Blicke jedes Detail der Fotografie. Von der Sonnenbrille, die auf dem Plattenweg liegt, wandern sie zu den Palmwedeln, welche rechts ins Bild ragen und den blauen Himmel kontrastieren. Immer wieder gleiten sie zurück zu dem großen Mann, der der Inseltaucher sein soll. Als meine Augen vor lauter Starren zu brennen beginnen, schließe ich die Seite und gehe wieder in den Chat.

Der Inseltaucher ist nicht mehr online, doch er ist nicht ohne Nachricht gegangen.

›Ich bin mit 100 Sachen von der Tauchschule nach Hause gefahren. So eilig habe ich es gehabt, mit dir zu tippen. Das ist total verrückt!‹

Nach einem einsamen ›Lena?‹ und einem unbeantworteten ›Hallo …?‹ hat er offenbar geglaubt, dass ich nicht mit ihm reden möchte, und sich ausgeloggt. Oh! Mein! Gott!

Wieder kann ich nicht einschlafen. Selbst als ich mich verkehrt herum ins Bett lege, was für gewöhnlich eine garantiert wirksame Hilfe ist, will sich die träge Duseligkeit einfach nicht einstellen.

Es ist nichts geschehen, sage ich mir, außer ein bisschen Bauchkribbeln hier, ein wenig Herzklopfen da. Das sind Lappalien! Das passiert jedem früher oder später, verheiratet oder nicht. Es wird vorbeigehen! Es wird enden, indem ich meinen verflixten Verstand einschalte und mein Leben in die Hand nehme. Ich bestimme, was darin geschieht.

Nüchtern betrachtet ist diese ganze Angelegenheit total lächerlich. Hätte ich Erwartungen daran, welche wären es?

Verirre ich mich imaginär nach Teneriffa, befördert mich mein doch halbwegs funktionierender Verstand in die Wirklichkeit. Nie und nimmer werde ich die Ungewissheit herausfordern und zu Christoph fliegen. Ich werde diesen Mann nie sehen. Warum sollte ich das wollen? Und warum sollte er? Wir werden Fremde füreinander bleiben. Dank der paar tausend Kilometer Entfernung.

Nur Dank der Entfernung?

Wäre das anders, wohnte er in Deutschland? Wären wir unter diesen Gegebenheiten längst auf dem Weg zueinander?

Was für ein gruseliger Gedanke!

Ich schwöre mir, dass ich nie wieder in den Chat

gehe und Christoph und Teneriffa ganz schnell vergesse.

Dies ist nicht die erste Trennung, die Lukas und ich auszustehen haben. Bei Weitem ist es nicht die längste, und nie zuvor war einer von uns anfällig für von Dritten provoziertes Herzklopfen. So sind wir nicht. Wir brauchen sie nicht, irgendwelche anderen Gefühle für irgendwelche anderen Leute.

Lukas ist das Weiß in all meinem Schwarz, mein Kontrast, mein Ruhepol. Er ist der Mensch, dem ich in allen Dingen des Lebens vertraue und den ich meine, mit jeder Faser zu kennen – eine mutige Annahme. Lukas ist meine Familie fernab jedes italienischen Akzents, mein Zuhause, in das ich heimkehre und in dem ich mich geborgen fühle. Manchmal ist er eine Herausforderung und ein ordentlicher Batzen Arbeit, weil er so anders ist als ich und oftmals konträre Vorstellungen hat. Doch ich liebe seine Herausforderungen, und er ist jede investierte Minute Arbeit wert. Das Schönste ist jedoch – und dies ist ein wahres Geschenk, keineswegs eine Selbstverständlichkeit –, dass es sich umgekehrt ebenso verhält.

Meine Gedanken schweifen zurück zu dem Tag vor fünf Jahren, als Lukas und ich uns kennengelernt haben.

Mit zwei damaligen Freundinnen kam ich von einer Dorfdisko, die ich nicht wirklich freiwillig besucht und in der ich mich mäßig amüsiert hatte. Ich hatte den ganzen Abend Cola getrunken und saß hinter dem Steuer. Wir plauderten und lutschten Nimm-2-Bonbons, die mir meine Großmutter am Vortag zugesteckt hatte. Ich beteiligte mich heiter an der Konversation, da flutschte mir mein Bonbon aus dem Mund. Die beiden anderen amüsierten sich sehr und unterstützten mich nur wenig bei meiner Suche nach der verschollenen Süßigkeit, die ich in der Dunkelheit zu ertasten versuchte. Auch bei eingeschalteter Beleuchtung blieb das Ding verschwunden, also zuckte ich die Schultern und schälte ein neues Bonbon aus der Hülle.

Bei McDonald's bestellten wir Erdbeermilchshakes und gingen damit zurück zum Parkplatz, wo mein alter Opel in hinterster Reihe stand. Auf dem Weg verfing sich der Absatz meines Stiefels in der Ritze zwischen zwei Pflastersteinen, was meinen konstant kichernden Begleiterinnen abermals Anlass gab, über mich zu lachen. Während ich mich abmühte, tippelten sie glucksend und an den Milchshakes saugend weiter und krakelten besonders laut, als ich mich mit einem Ruck befreite und einen Satz auf den Zebrastreifen machte, der vom Parkplatz zum Restaurant führte. Das Lachen blieb ihnen in der Kehle stecken, denn in diesem Moment bog ein Sportwagen mit lauter Musik im Wageninneren um die Ecke. Bremsen quietschten und der Motor des schönen Gefährtes erstarb. Als sich die Fahrertür öffnete, wollten sich meine Freundinnen nicht als zu mir gehörend outen und beieilten sich, zu meinem Wagen zu kommen, um dort auf mich zu warten. Dessen war ich mir nur halb bewusst, da ich vorrangig damit beschäftigt war, auf die nahen, meine Schienbeine beleuchtenden Scheinwerfer zu stieren und Gedanken daran zu vergeuden, dass ich beinahe tot, mindestens jedoch krankenhausreif gewesen wäre.

Ich blinzelte wohl ein-, zweimal und zoomte auf Gegenwart. Als Erstes sah ich die Tänzerin. Eine schwarz-weiß-gescheckte Tänzerin auf rotem Hintergrund, auf einem T-Shirt, wie ich mit zoom-out feststellte. Es spannte sich um eine wohlgeformte Brust, links und rechts schauten gleichermaßen ansehnliche Arme heraus. Zögerlich hob ich den Kopf und blickte in das Gesicht des hübschesten Mannes, der mich je beinahe überfahren hatte. Er war nicht makellos schön und aalglatt wie ein Model, seine Züge wirkten eher kantig. Grüne Augen unter geraden Brauen fixierten mich. Sein voller Mund war zu einem schiefen Grinsen verzogen. Seine Haare waren kurz und blond – nicht gebleicht, sondern echt.

Meine Knie wurden noch weicher. Entgegen meiner sonstigen Vorliebe für alles Dunkle hatte ich schon immer eine Schwäche für Blonde.

Bald gab sein Blick meinen frei und wanderte tiefer … tiefer und blieb auf Höhe meines Busens hängen. Sein Grinsen erstreckte sich nun auch auf den anderen Mundwinkel.

Der bissige Kommentar lag schon auf meinen Lippen, da schaute er auf, tauchte abermals in meine Augen und sagte: »Schicke Kette!« Nach einer mit Bedacht eingelegten Pause fügte er hinzu: »Netter Kontrast!«

Eine Kette hatte ich zuletzt als Zwölfjährige besessen, schoss es mir durch den Kopf. Als ich irritiert an mir hinabsah, steckte ich mittendrin, im peinlichsten Moment meines Lebens.

Akkurat zentriert zwischen meinem Brüsten und dem Revers meines Lederjacketts, auf den Grad genau senkrecht und rundgelutscht klebte das orangefarbene Bonbon auf meinem hochgeschlossenen schwarzen Shirt. Im spärlichen Licht der Nacht funkelte es wie ein unbezahlbarer Bernstein.

»Ich komm eben von Rügen«, murmelte ich, den Blick noch immer auf das Nimm 2 geheftet, »und hab ihn bei Sassnitz am Strand gefunden, du weißt schon, unterhalb der Kreidefelsen.«

»Und ich dachte, den gab's im Happy Meal.«

Sobald das Dröhnen des Blutes in meinen Ohren nachgelassen hatte, wurde mir bewusst, dass er sich kaum noch halten konnte. Ich prustete los. Auch er begann zu lachen, laut und herzlich. Am Ende krümmten wir uns und konnten nicht aufhören, weil es dem anderen nicht gelang. Tränen liefen mir übers Gesicht, meine Bauchmuskeln taten weh, beinahe hätte ich mich eingepullert. Wann immer ich Luft bekam, keuchte ich »Happy Meal« und wurde erneut vom Lachen gepackt, wenn ich ihn »Kreidefelsen« japsen hörte.

Irgendwann, als wir uns beide eingekriegt hatten und nur noch ein bisschen kicherten, zog ich das Bonbon ab. Es war festgetrocknet gewesen und hinterließ keine Rückstände auf dem Shirt. Ich steckte es in den Mund und lutschte es weiter, langte dann in meine Jackentasche und bot ihm das letzte verbliebene Bonbon an.

Da standen wir nun, in einer Freitagnacht im April, lutschten Bonbons und betrachteten uns schweigend. Minutenlang.

In einer dieser Minuten wurde mir klar, dass dies der Mann ist, den ich heiraten werde.

Im Spätprogramm eines Drittsenders läuft ›Herr der Gezeiten‹ mit Nick Nolte und Barbra Streisand, ein Film, den ich schon immer mal gesehen haben wollte. Eigentlich. Aber ›Herr der Gezeiten‹ ist ein Melodram, ein Genre, das generell schlecht in meinen Alltag passt. Bin ich glücklich, mag ich keine Tragödien anschauen, im anderen Fall bedarf es keiner fremden Dramen.

Es wäre eine glatte Lüge, behauptete ich, ich wäre in einer optimalen Drama-Anschau-Stimmung und hätte einen Ausgleich zwischen Yin und Yang erzielt. Dass der Film ausgerechnet jetzt läuft, dass ich zudem den Fernseher einschalte und auf dem Sender hängenbleibe, als der Titel eingeblendet wird, kann deshalb nur als übles Pech bezeichnet werden oder als Teufelswerk.

Die Geschichte um den deprimierten Sportlehrer aus South Carolina, der vor seiner Ehe und der Vergangenheit davonläuft und in den Armen der New Yorker Psychiaterin landet, ist zweifelsohne eine, an die ich mich erinnern werde. Der Film ist wunderbar, von der ersten bis zur letzten Szene. Spannend, ergreifend, erschütternd, gut gespielt. So melodramatisch, dass ich am Ende wie ein Schlosshund heule.

Es ist Dunkelstunde zwischen Mitternacht und Morgengrauen. Mit Ausnahme von Momos Schnurren herrscht Totenstille. Nicht einmal mehr Autos, deren über die Zimmerdecke wandernde Scheinwerferlichter ich zählen kann, fahren jetzt noch. Nicht in dieser Stadt.

Als ich es nicht länger aushalte, werfe ich die Bettdecke so schwungvoll zurück, dass der Kater erschrickt und einen Satz macht. Ich höre ihn flüchten und verschwinde in die andere Richtung, nach nebenan in das einzig leerstehende Zimmer der Wohnung. Das spätere Kinderzimmer.

So richtig leer ist es gar nicht. Neben verschiedenem Gerümpel, unbenutzter oder zu reparierender Art, steht dort meine Staffelei.

Ich schalte die Stehlampe ein, die das Zimmer in

gemütliches Licht taucht, hocke mich auf den Schemel und durchstöbere die Aquarellfarben nach welchen, die mir gefallen. Zinnoberrot? Sicher nicht! Französisch Grün? Ein Witz! Zitronengelb? Wohl am allerwenigsten! Missmutig krame ich ein Lila und ein helles Blau heraus, drücke die Farben auf die Palette und zücke den Pinsel. Er wühlt sich durch die Masse, ist bald weder Lila noch Blau, sondern irgendetwas Scheußliches. Die Leinwand verhöhnt mich mit beständigem Weiß. Mein Kopf ist leer. Da ist nichts, kein Bild, keine Idee, nur fantasie- und talentloses Grau. Der Pinsel rührt weiter über die Palette, wütender mit jedem Kreis.

Ein Knurren ausstoßend, werfe ich den Pinsel in eine Ecke, pfeffere die Palette hinterher und springe auf. Außer mir vor Rage und Verzweiflung trete ich gegen die Holzkiste mit den Farben, um sie ebenfalls außer Sichtweite zu schießen und mich mit diesem Akt des sinnlosen Demolierens freizumachen … von allem und nichts. Die Rechnung habe ich ohne die scharfen Kanten der Kiste gemacht und hüpfe alsbald jaulend durchs Zimmer. Mein großer Zeh pulsiert. Der Schmerz zieht sich bis ins Zahnfleisch. Natürlich wird mein Zorn dadurch nicht geschwächt, sondern geradezu angestachelt. Das Nächstbeste greifend, reiße ich den Verschluss vom dem Eimer Nachtblau, mit dem Lukas und ich die Decke unseres Schlafzimmers gestrichen haben. Ohne Zögern greife ich hinein und schleudere die Farbe in Richtung Leinwand.

Mit einem Schmatzen landet der Batzen Nachtblau auf dem Weiß, das nun endlich die Klappe hält.

Noch immer fluchend humpele ich näher, um die Leinwand zu packen und auf den kaputten Staubsauger zu spießen, doch mein Unmut verfliegt so abrupt wie er kam. Ich lege den Kopf schief, um das Motiv aus verschiedenen Perspektiven zu betrachten.

Meinen Klecks.

Meinen perfekten Klecks.

Ohne jede Anstrengung formen meine Gedanken ein Bild, das ein neuer Pinsel ohne Schwierigkeiten umzusetzen schafft. In einer Ausbuchtung am unteren Rand des Kleckses setze ich an und male mit der Deckenfarbe die dicken, runden Buchstaben. Zwei Worte, die zur Seite hin in einer Welle ausrollen: Deep Blue.

Als es vollbracht ist, zieht die Dämmerung über den Himmel vor dem Fenster. Nachtblau klebt an meinen Händen und Armen, verkrustet einzelne Haarsträhnen. Ein Ziehen auf den Wangen sagt mir, dass ich es sogar im Gesicht habe.

Den Pinsel noch in der Hand haltend, hocke ich da und betrachte ›Deep Blue‹, unschlüssig über das, was ich fühle. Aus dem Wirrwarr völlig konträrer Emotionen kristallisiert sich eine Frage heraus: Wieso bringe ich keine so tollen Bilder zustande, wenn es mir gut geht?

Earl of Fun

Ich träume von einem Kuss. Samtweiche Lippen berühren meine, liebkosen sie und spielen mit ihnen. Bartstoppeln kitzeln mein Kinn. Der Duft eines Aftershaves steigt in meine Nase. Es ist eines, das ich kenne und mag – an Lukas. Ich beginne mich unter dem Kuss zu rekeln, hebe meine Hände und lege sie in seinen Nacken. Täuschend echt fühlt es sich an. Ich kann ihn schmecken, ihn riechen, höre seinen Atem und dass er etwas flüstert. Als ein Miau ertönt, halte ich inne und öffne die Augen. Lukas stützt sich über mich und strahlt mich an.

Ich blinzele. Einmal. Zweimal. Als er auch nach dem dritten Blinzeln immer noch da ist, kribbelt Freude durch jede Faser meines Körpers. Ich schlinge die Arme um ihn und ziehe ihn zu mir herab – wahrscheinlich bin ich etwas zu derb, denn Lukas gibt einen überraschten Laut von sich, aber ich kann mich nicht zurückhalten. Ich muss ihn spüren, ganz nahe bei mir. Ich will ihn festhalten und erst einmal nicht mehr loslassen.

»Was machst du denn hier?«, nuschele ich, als mir die Unplanmäßigkeit seiner Heimkehr bewusst wird.

»Ich wohne hier«, nuschelt er zurück.

Ich muss lachen und an eine Loriot-Szene denken. Das ›Aber doch nicht jetzt, um diese Zeit‹, liegt mir bereits auf der Zunge, doch damit könnte Lukas nichts anfangen, da er über Loriot nicht lachen kann. Also schweige ich und schlinge meine Arme noch fester um ihn.

»Wieso bist du so blau?«, murmelt er an mein Ohr und löst sich ein wenig aus meiner Umarmung, um mich abermals anzusehen. Er nimmt eine blaugefärbte Haarsträhne auf und zwirbelt sie zwischen Daumen und Zeigefinger. »Hast du Schlümpfe gemalt?«

Erst jetzt fällt mir die vergangene Nacht ein –das Bild und dass ich irgendwann todmüde ins Bad getappt bin, um die blaue Farbe abzuwaschen, offensichtlich nicht erfolgreich. Dabei muss ich schon halb geschlafen haben, denn an den Weg ins Bett erinnere ich mich nicht.

»Ich werde dir ein paar Adressen von Psychiatern heraussuchen, die du bitte kontaktierst, sollte ich eines Tages Schlümpfe malen.«

Lukas streift sich die Schuhe von den Füßen und sinkt neben mich ins Bett. Den Kopf auf den Arm gestützt, betrachtet er mich weiter. »Ich finde, es ist besser, Schlümpfe zu malen, als gar nichts – wenn man denn gern malt, so wie du.« Ein leises Lächeln umspielt seine Lippen, als er seinen Finger von einem blauen Sprenkel zum anderen hüpfen lässt. Von meinem Kinn springt er zum Hals und weiter hinab zum Dekolleté, wo offenbar recht viele Farbtupfer sind. »Auch bei Schlümpfen kann man kreativ sein und beispielsweise Modern-Art-Schlümpfe auf die Leinwand wischen, die zwar keiner mehr erkennt, die aber trotzdem oder gerade deshalb für zigtausend Euro verkauft werden. Oder man könnte …«

»Sch …«, unterbreche ich ihn lachend und lege eine Hand über seinen Mund, weil er weiterzureden versucht. Auch die Hand hält ihn nicht wirklich davon ab. Erst mein Kuss bringt ihn zum Schweigen.

»Niemals werde ich Schlümpfe malen«, beende ich die Diskussion und löse mich von seinen Lippen, was Lukas nur ungern geschehen lässt. In einer federleichten Berührung zeichne ich die Konturen seine Lippen nach.

»Ist irgendetwas geschehen, dass du heute hier bist?«, frage ich und spiegele seine Position, indem ich mich ebenfalls aufstütze.

Er zuckt die Schultern. »Es ist Wochenende, das ist alles. Aber ich gehe auch wieder und schlafe bei meinen Eltern, wenn dir meine Anwesenheit nicht passt.«

Endgültig verwirrt übergehe ich seine ohnehin nicht ernst gemeinte Behauptung. »Seit wann pausieren eure Trainingsmaßnahmen am Wochenende? Zugegeben wäre das eine Sache, die ich begrüßen würde, doch du hast mir oft genug erklärt, dass es nun einmal einen Übungsplan gibt, der eingehalten wird.« Ich versuche, seinen Ton, mit dem er dann immer als pflichtbewusster und auf Vaterlandschutz getrimmter Feldwebel zu mir spricht, zu imitieren: »Wenn drei Wochen Übung auf dem Plan stehen, dann ist nicht dran zu rütteln. Nur Hochzeiten oder Todesfälle können daran etwas ändern.«

»Stimmt genau«, pflichtete er mir bei. Inzwischen ist seine Hand über meine Schulter und den Oberarm zu meiner Taille gewandert. Zielsicher schiebt sie sich weiter nach unten und legt sich auf meinen Po. »Wenn sich jedoch zwei Übungen aneinander anschließen, von denen die erste zwölf und die zweite fünf Tage dauert, gibt es keinen Grund, die Kompanie auch über das dazwischenliegende Wochenende in der Kaserne zu halten.«

»Dass es zwei Übungen sind, höre ich jetzt zum ersten Mal!«

Lukas ignoriert meinen leisen Groll und zieht mich näher an sich. »Dann hast du mir nicht zugehört …«

»Ganz sicher habe ich das. Ich höre nämlich immer zu, wohingegen du …!« Weiter komme ich nicht, denn Lukas verschließt meinen Mund mit einem dritten Kuss, rollt sich dann auf den Rücken und zieht mich mit sich.

»Still!«, flüsterte er an meine Lippen und schiebt seine Hände unter mein Shirt. Sie sind kühl auf meiner Haut und lösen einen Schauder aus. »Da sind lauter blaue Sprenkel auf deinem Hemd«, sagt er. »Zieh es doch aus!«

Zwei Stunden später stehen wir beide mit knurrendem Magen in der Küche und starren in einen mit Ausnahme des Gemüsefaches leeren Kühlschrank. Beinahe neidisch schaut Lukas zu Momo hin, der sich an einem Geflügelallerlei labt und dabei schmatzt.

»Wovon zur Hölle ernährst du dich, wenn ich nicht da bin?«, grummelt er und beginnt, hinter anderen Türen nachzuschauen.

»Tomaten, Gurken, Paprika, Tiefkühlpizza«, entgegne ich wahrheitsgemäß und setze noch einen obendrauf: »Und von Knusperflakes. Joghurt und Obst sind auch noch da, also könnten wir uns ein gesundes Müsli zaubern.« Als wolle ich mit der Zubereitung beginnen, nehme ich einen Apfel und Weintrauben aus dem Obstkorb.

Lukas schnaubt: »Sehe ich aus wie ein Hamster?« Das Obst legt er zurück, nimmt mich Huckepack und trabt mit mir in Richtung Badezimmer. »Wie ist es damit: Wir duschen jetzt fix und schwingen uns danach auf die Fahrräder, stoppen im Markt, kaufen Essen, das wirklich welches ist, und machen ein Picknick am Wald.«

»Perfecto!«, quittiere ich seine Idee.

Der Stadtwald von Mühlhausen ist ein Teil des Hainichs und ein beliebtes Ausflugsziel für Mountainbiker, Läufer und Nordic Walker. An Wochenenden und bei gutem Wetter wimmelt es dort vor Bewegungs- und Konditionsjunkies. Auf dem Weg passieren Lukas und ich den Schwanenteich und die Tennisplätze, auf denen ich meine halbe Kindheit und Jugend verbracht habe – zumindest fühlt es sich im Nachhinein so an. Meine Eltern und mein Bruder sind talentierte Spieler. Obwohl ich schon immer das ganze Gegenteil war und egal, wie oft ich meinen Schläger in eine Ecke pfefferte, wollten sie die Hoffnung doch nicht aufgeben. Irgendwann waren sie jedoch damit zufrieden, dass ich etwa eine Stunde trainierte und den Rest der Zeit im Gras lag und malte. Möglicherweise akzeptierten sie es, weil sich außer der Trainingswand kein Gegner fand, der mein Spiel ertrug. Noch heute grummelt mein Bauch beim Sichten der Tennisplätze.

Hinter den Sportanlagen und der Quelle steigt der Weg an und führt auf den letzten Kilometern bis zum Stadtrand und dem Wald bergauf. Lukas und ich scheuchen die Bikes über den unebenen Erdboden und überholen eine Gruppe Walker. Bald darauf gelangen wir zu einer Ausflugsstätte, deren Biergarten zur sonnigen Mittagsstunde mit mehr Sportlern gefüllt ist. Wir fahren weiter, mal auf Wegen, mal über Stock und Stein und nehmen bald die letzte Steigung vor den Katalaunischen Feldern. Dort angekommen stellen wir fest, dass die Bank, auf der wir am liebsten sitzen, bereits besetzt ist, also fahren wir noch ein Stück weiter an den Feldern entlang und machen schließlich an einem Punkt halt, von wo aus man die vom Frühherbst gefärbte Gegend gut überblicken kann. Mischwald säumt die sanft verlaufenden Hügel. Bisweilen hört man einen LKW, der die unweit verlaufende Landstraße entlangbrummt, die einst ins Grenzgebiet führte.

Lukas packt die Brötchen und den Käse, Erdbeeren, Schokolade und Sekt aus dem Rucksack. Beim Öffnen knallt der Korken bis in die Baumwipfel und die Flüssigkeit sprudelt über, weil sie während der Fahrt etwas warm geworden ist und geschüttelt wurde. Schnell halte ich die zwei Plastikgläser unter, damit Lukas sie füllen kann. Sie sind geleert, noch bevor wir zu essen beginnen, weil wir zu beschäftigt sind herumzualbern und zu erzählen.

»Gab es wieder lustige Zwischenfälle?«, frage ich und nehme mir endlich eine Erdbeere.

Lukas lacht. »Gleich zwei«, antwortet er, während er das Brötchen teilt, um mehrere Stückchen Schokolade zwischen die Hälften zu legen.

Im Supermarkt hat er Ewigkeiten damit zugebracht, Nutella in Tafelform zu suchen. Er wollte mir nicht glauben, dass es das nicht gibt, sondern lediglich eine weniger schmackhafte Alternative. Also hat er eine Tafel Milka gekauft und scheint nun ganz glücklich mit seiner Entscheidung.

»Was ist passiert?«, hake ich weiter nach. »Hat wieder jemand die Verhaltensregeln nicht eingehend studiert?«

Die militärischen Verhaltensregeln beinhalten so prinzipiell absurde Vorschriften wie: ›Bei Erreichen der Baumspitze hat der Soldat die Kletterbewegungen selbstständig einzustellen.‹ oder auch: ›Wenn das Wasser bis zur Brust reicht, hat der Soldat selbstständig mit den Schwimmbewegungen anzufangen.‹

»Nein, das nicht.« Lukas nimmt einen genüsslichen Bissen vom Milka-Brötchen und blinzelt mich gegen das Sonnenlicht an. »Am zweiten Tag wurden wir von einem Hubschrauber zu unserem Einsatzort geflogen. Dort angelangt sprangen alle Soldaten nach Vorschrift aus dem Hubschrauber – alle bis auf einen. Der stellte sich so ungeschickt an, dass er unstabil landete, aufgrund des schweren Rucksacks das Gleichgewicht verlor und nach vorn überkippte.« Um seine Worte mit Gestik zu untermalen, wie Lukas es gern tut, setzt er sich auf und fährt amüsiert fort: »Er landete, als wolle er Purzelbäume schlagen, und der Lauf seines Gewehrs, das er schussbereit in den Händen hielt, bohrte sich in den Erdboden. Während alle andere bereits angriffen und feuerten, war er damit beschäftigt, sein Gewehr zuerst aus den Boden zu ziehen und es dann zu reinigen.«

»Wie hast du reagiert?«, frage ich und nehme mir nun ebenfalls ein Brötchen, das ich jedoch mit Käse belege. »Hast du ihn runtergeputzt, dass er vor Schreck einen Schuss abgegeben hat?«

»Das wäre doch nicht möglich gewesen, denn das Gewehr war ja verstopft. Ich habe mir das eine Weile angeschaut. Als ich vor unterdrücktem Lachen beinahe geplatzt wäre, habe ihn daran erinnert, dass wir im Gefecht sind und nicht vom Umweltamt, dass wir um unser Leben und für das Vaterland kämpfen und keine Bodenproben entnehmen.« Mit beiden Händen strubbelt Lukas durch seine blonden Haare, was den kleinen Konflikt unterstreicht, in den der ungeschickte Soldat ihn gebracht hat, denn normalerweise hätte er den Witz der Situation einfach nur ausgekostet. »Noch viel komischer war der zweite Zwischenfall am vierten Tag, als wir mit den Panzern unterwegs waren.«

In Erwartung der neuen Anekdote mache ich es mir gemütlich, indem ich mich gegen Lukas lehne. Er legt einen Arm um mich und trinkt vom Sekt, bevor er fortfährt.

»Wir waren im üblichen Hügelgelände unterwegs. Aufgrund des starken Regens am Vortag waren alle Senken mit Wasser gefüllt, was einem Panzer natürlich nichts ausmacht. Wahrscheinlich hatte der Fahrer sogar Spaß dabei, das Gefährt durch all das Wasser und den Schlamm zu steuern. Gerade gab ich dem Richtschützen, der neben mir im Turm saß, einen Befehl, da drang Stimmgewirr von unten zu uns herauf. Die sechs Soldaten im Bauch des Panzers waren in heller Aufregung. Die Rampe hatte sich geöffnet, weil der Seilzug gerissen war. Aufgrund der Berg- und Talfahrt und des Wassers in den Senken klappte das monströse Ding nun auf und zu wie das Maul eines Flusspferdes. Nicht nur sahen die Soldaten allesamt aus wie Schweine, sie gaben zudem ihr Bestes, den Unteroffizier, dessen Platz immer an der Rampe ist, festzuhalten. Alle viere ausgestreckt klemmte er sich fest, um nicht durch die Öffnung zu rutschen, wobei er vergebens darum bemüht war, sein Gewehr zu retten.«

Die Szene erinnert mich an komödiantische Militärfilme wie ›Auf Kriegsfuß mit Major Payne‹. Lukas spricht meinen Gedanken sogar aus und seine Brust vibriert unter lautlosem Lachen, als er vorwegnimmt, dass zum Glück niemand verletzt wurde. »Ich musste mich so zusammenreißen«, erzählt er weiter. »Ich ließ den Panzer anhalten, alle aussteigen und knöpfte mir den Unteroffizier vor.«

»Das hast du nicht getan!«, empöre ich mich. »Der arme Teufel hat dem Tod ins Gesicht geschaut! Es ist doch nichts weiter passiert.«

»Natürlich ist etwas passiert«, widerspricht Lukas noch immer belustigt. »Der Gewehrlauf wurde in bester Uri-Geller-Manier verbogen. So ein Ding kostet um die 2.000 Euro.«

»Und dafür hast du den Unteroffizier verantwortlich gemacht?«

»Ich habe ihn lediglich gefragt, wie das denn passieren konnte – das ist eine Frage, die immer gestellt werden muss – und ihn dann dazu verdonnert, einen Bericht zu schreiben.«

Ich schüttele den Kopf. »Was für ein bürokratischer Haufen das doch ist. Ich hoffe, du trägst keine bleibenden Schäden davon.«

»Oh, na damit muss du aber rechnen. Das Erste, was unser Nachwuchs lernen wird, ist, sich lautlos an den Kater anzupirschen.« Lukas stellt den geleerten Becher ab, schlingt auch den anderen Arm um mich und legt das Kinn auf meine Schulter. »Und natürlich das Tarnen, das ist sehr wichtig. Neben Möhrenbrei eignet sich auch Spinat hervorragend dazu.«

»Wenn das so ist, warten wir mit dem Kinderkriegen lieber, bis du vollständig kuriert bist.«

»Papperlapapp! Fritz wird eine gute Zeit mit mir haben …«

»Fritz also, aha!«

»Ja, aber Fritz hat es nicht eilig, hier aufzukreuzen. Er meint, Mutter und Vater sollen erst noch mal richtig Spaß haben und lebensgefährliche Dinge unternehmen.«

Ich drehe den Kopf zur Seite, damit Lukas meine hochgezogene Braue sieht. »Wie was zum Beispiel? Panzerfahren?«

»Ach, da gibt's noch mehr … Base Jumping, Cliff Diving, Ice Climbing.« Die Muskeln seiner Arme spannen sich an, als er mich näher zu sich zieht. »Wenn ich wieder da bin, sollten wir vielleicht für ein paar Tage verreisen. Ich hoffe, das Wetter hält sich noch ein bisschen. Du musst also immer gut aufessen … Voraussetzung ist ein anständig gefüllter Kühlschrank.«

Beim Gedanken an Lukas' Abreise am morgigen Abend wird mir sofort mulmig. Die grauen Wolken, die sich in diesem Moment vor die Sonne schieben, und der auffrischende Wind tun das Übrige. »Ich vermisse dich sehr, wenn du fort bist.«

»Du fehlst mir nicht weniger.«

»Aber es ist schlimmer für den, der bleibt.« Nach einer Pause füge ich hinzu: »Seit wir uns kennen, bin das immer ich. Ich war schon immer die Soldatenbraut, die ihren Helden in den Auslandseinsatz, auf einen Lehrgang oder eben in ein Kriegsspiel verabschiedet hat.« Ein missmutiger Laut erklimmt meine Kehle. »Ich sollte daran gewöhnt sein, doch in manchen Zeiten fällt es mir einfach schwer.«

»Da kommen andere Zeiten. Nächstes Jahr sage ich der Bundeswehr Ade, das weißt du. Dann wirst du dich wiederum daran gewöhnen müssen, dass ich dir jeden Morgen und Abend auf der Pelle hänge.«

»Ich hätte absolut nichts dagegen, würdest du das jetzt schon tun.«

Lukas löst sich von mir, um aufzustehen. Er reicht mir die Hand und zieht mich zu sich hoch. Wir packen die Reste in den Rucksack und sausen den Wolken voraus bergab zurück in die Stadt.

Ausspannen – was für andere Männer mit einem längeren Aufenthalt auf der Couch und alten Cowboyfilmen verbunden ist, setzt Lukas schlichtweg mit Langeweile gleich. Was andere Frauen wiederum nervös macht, genieße ich. Nach unserem Biketrip durchstöbern wir also im Geiste unsere Standard-

Kochrezepte nach einem Favoriten, den wir schon lange nicht mehr gegessen haben, und einigen uns nach Kurzem auf mein Spezialrezept für Chili con Carne. Zum zweiten Mal geht es also zum Supermarkt.

Wie so oft an einem Samstagnachmittag ist Endzeitstimmung. Man kauft, was noch in den Regalen liegt, um einen Hungerstod am Sonntag auszuschließen. Ich komme gerade rechtzeitig, um den letzten Sellerie zu ergattern, was mir das empörte Gezeter einer weißhaarigen Dame einbringt, die damit sicher Suppe kochen wollte. Nach und nach befördere ich auch Tomaten, gelbe Paprika und Zwiebeln in den Einkaufskorb und eile weiter zum Fleischerstand. Ein unangenehmes Prickeln im Nacken lässt mich einen Blick über die Schulter werfen, woraufhin ich den bösen Blick der Weißhaarigen auffange. Sie verfolgt mich doch nicht etwa, um mir den Sellerie aus dem Wagen zu klauen? Ich nehme das Hackfleisch entgegen und lade auf dem Weg zur Kasse die restlichen Artikel ein. Das Prickeln im Nacken bleibt. Als ich bezahle, rächt sich die Rentnerin, indem sie mir ihren Einkaufswagen in die Hacken rammt. Was mich sonst erbost hätte, lässt mich heute gerade mal müde lächeln. Denn Lukas ist bei mir.

Wieder zu Hause schnippele ich das Gemüse, während Lukas das Hackfleisch anbrät. Aus den Boxen im Wohnzimmer schallt Florence And The Machine in Überlautstärke. Die anderen Mieter im

Haus sind übers Wochenende verreist, was so selten vorkommt, dass es auszunutzen ist. Lukas hat mir die Auswahl der Musik überlassen. Er ist nicht wirklich glücklich damit und erträgt das, was er als Katzengejaule bezeichnet, auf eine Weise, die typisch für ihn ist. Nur in Boxershorts gekleidet, steht er am Herd und schwingt den Holzlöffel. Um mich meine Entscheidung zumindest ein wenig bedauern zu lassen, begleitet er Florences Gesang, wobei er sich sehr bemüht, ihre hohen Töne anzuschlagen. Momo, der auf einem Küchenstuhl hockt, um uns zuzuschauen und auf einen herabfallenden Batzen zu lauern, hält es schließlich nicht mehr aus und flieht. Selbst als ich Lukas ein Stück Salatgurke in den Mund stecke, schweigt er nicht, sondern singt an der Gurke vorbei weiter, als wäre sie gar nicht da.

Sobald die Gewürze unter das Fleisch und die Bohnen gemischt wurden, füllt sich die Wohnung mit einem so verführerischen Duft, dass wir uns beeilen, auch das Gemüse hinzuzufügen. Die Mischung darf nun zwei Stunden vor sich hinköcheln. Indes verdrücken Lukas und ich uns mit frisch gebrühtem Kaffee ins Schlafzimmer, dessen Fenster eine breite Fensterbank hat. Wir staffieren sie mit unseren Kopfkissen aus und setzen uns hinein, um den Kaffee zu schlürfen und dem Wetter beim Regnen zuzuschauen. Schon einmal habe ich das in dieser Woche getan, erinnere ich mich und finde es seltsam, wie unterschiedlich das gleiche Bild wirken kann. Jetzt scheinen die Tropfen nicht träge und traurig zu sein, sondern sie flitzen aufgeregt die Scheibe entlang, darauf bedacht, den Tropfen in der Nachbarspur zu überholen.

Lukas stellt die Tasse beiseite und nimmt sein iPhone zur Hand, um nachzusehen, was am Abend in Mühlhausen stattfinden.

»Kino, Cocktails, Kabarett oder Krawall«, murmelt er nach einer Weile. »Worauf hast du Lust?«

Nach einer Nacht mit Kino, Cocktails und Krawall wachen wir spät am nächsten Morgen auf. Von draußen dringt das Plätschern des Regens und das Geräusch von Reifen auf nasser Fahrbahn herein, also halten wir die Augen geschlossen und dösen eine weitere Stunde aneinander gekuschelt.

»Lust auf Frühstück?«, nuschele ich irgendwann und rutsche noch ein Stück dichter an ihn.

»Lust, den ganzen Tag hierzubleiben«, kontert Lukas. »Im Übrigen sind wir zum Kaffee bei meinen Eltern eingeladen.«

»Lust, das abzusagen? Wegen brutaler Kopfschmerzen oder so?«

»Lust, eine beleidigte Schwiegermutter zu ertragen?«

Mit einem lautlosen Seufzen halte ich mich an ein Sprichwort und akzeptiere die Dinge, die ich nicht ändern kann.

»Meine Mutter sagte gestern, sie würde den

Kuchen mit Schmand statt Sahne backen, damit er weniger Kalorien hat.«

»Deine Mutter ist ein Herzchen«, kichere ich. »Wahrscheinlich wird sie nie verstehen, dass es Menschen gibt, die Kuchen nicht aufgrund der Kalorien verschmähen, sondern weil es Kuchen ist.«

»Nein, das wird sie nie verstehen.«

»Ich zähle bis drei und dann werfen wir beide die Bettdecken zurück …«

»Abgemacht.«

Ich zähle und stehe alsbald vorm Bett. Lukas liegt noch drinnen, während seine Decke auf dem Boden liegt. Nun zieht er meine über sich und feixt: »Von Aufstehen hast du kein Wort gesagt.«

Den Satz höre ich ihn noch sagen, als ich Stunden später allein schlafen gehe. Dabei sehe ich ihn vor mir, das schelmische Blitzen in seinen grünen Augen und seinen zu einem schiefen Lachen verzogenen Mund, das blonde zerstrubbelte Haar und die Muskeln unter seiner glatten, warmen Haut.

Traurig ziehe ich die Bettdecke bis unter die Nase und erstelle einen Plan für die nächsten fünf Tage. Dieser Plan schließt eine Frage ein – eine sehr wichtige Frage ist es. Sie lautet: Wann sind endlich meine Freundinnen wieder da?

Freundinnen

Mit dem Wort ›Freundschaft‹ gehe ich sparsamer um als mit dem Geld auf meinem Konto. Ein weiterer Gegensatz zu meinem Bruder Karsten, der mit der halben Stadt und ganz Süditalien dick befreundet ist, dessen Freundeskreis in der Anzahl jedoch ständig schwankt. Meine Freunde grenzen sich deutlich von dem großen Kreis der Bekannten ab, der nie ein Teil von mir sein wird, weil wir einander nicht wirklich kennen.

Widerfährt mir Gutes, so sind meine Freunde die ersten, die es erfahren. Sie sind diejenigen, mit denen ich Erfolge feiere, bei denen ich über eine Enttäuschung weine, denen ich Geheimnisse anvertraue und die ich vermisse, wenn sie nicht da sind. Meine Freunde machen mein Leben bunter, abwechslungsreicher und keiner von ihnen ist je ersetzbar. Ohne sie alle könnte ich nicht ich selbst sein – was meine Situation ja ganz wunderbar beweist.

Die Freundschaft zwischen Hannah, Nina, Lilly und mir kann mit einem Kompass verglichen werden, dessen Mitte die Basis ist, auf der wir zusammenkommen und kommunizieren. Dabei sind wir charakterlich so verschieden und haben so unterschiedliche Neigungen wie die Himmelsrichtungen, sind aber dennoch in gewisser Weise voneinander abhängig.

Normalerweise treffen wir uns immer donnerstags, aber da nun alle endlich wieder da und auch verfügbar sind, pfeife ich darauf, dass erst Montag ist und habe sie für den Abend zu mir eingeladen. Wie ein aufgeregtes Huhn hüpfe ich durch die Wohnung, räume auf, als würde ich königlichen Besuch erwarten, und bereite ein Essen vor. Eine halbe Stunde vor der verabredeten Zeit bin ich fertig und weiß nichts mit mir anzufangen. Um mich abzulenken, logge ich mich im Chat ein und entdeckte eine Nachricht von Christoph.

Drei Tage sind vergangen, seit seinem verwirrenden Geständnis.

›Liebe Lena‹, lese ich nun. ›Was ich am Freitag geschrieben habe, tut mir leid. Ich hätte es für mich behalten sollen. Wahrscheinlich habe ich dich vor den Kopf gestoßen und du hältst mich für übergeschnappt. Ich weiß nicht, was ich mir dabei gedacht habe … einfach irgendwas. Es ist aus mir herausgesprudelt, ohne dass ich überlegt habe. Nimm es mir nicht übel, okay?! Vergiss es, wenn das möglich ist. Ich hoffe, ich habe dich nicht vertrieben, denn ich hatte viel Freude an unseren Gesprächen.

Sei lieb gegrüßt!

Christoph‹

Seine Entschuldigung irritiert mich noch mehr als das, wofür er sich entschuldigt. Sie rüttelt das unerwünschte Gefühl wach, von dem ich geglaubt hatte, es sei eingeschlummert. Sie erinnert mich an das Bild, das ich in der Nacht vor Lukas' Rückkehr gemalt habe. Sie provoziert mich, weil sie von mir verlangt, dass ich nachdenke, worüber ich nicht nachdenken möchte.

Das Klingeln bewahrt mich vor einem tieferen Tauchgang in meine Gedanken- und Gefühlswelt. Mit einiger Erleichterung schließe ich den Chat und flitze zur Tür.

Hannah bringt Salzbrezeln und Erdnüsse mit, Nina zwei Flaschen Wein, Lilly eine Duftkerze. Wie ich hat Lilly für die Dauer eines Jahres in den USA gelebt und dort eine Vorliebe für die zugegeben grandiosen ›Yankee Candles‹ entwickelt. Inzwischen hat sie sogar einen Dealer in Deutschland aufgetrieben.

Aufgeregt und wild durcheinander erzählen meine Freundinnen, was sie in den vergangenen Wochen durchzustehen hatten: Das Gebrüll von Vorgesetzten, denen die Umsatzzahlen nicht gefielen. Das Gebrüll von Patienten, die es vor Schmerzen nicht aushielten. Das Gebrüll des Passagiers auf dem Nebensitz, als das Flugzeug in Turbulenzen geriet.

Mit Ausnahme des Gebrülls der kleinen Italiener habe ich also eine vergleichsweise ruhige Zeit verbracht. Als ich gefragt werde, wie meine letzten Wochen waren, erzähle ich von Lukas' überraschender Heimkehr und von der Langeweile, die mich davor fest im Griff hatte.

»Geh doch shoppen!«, schlägt Lilly vor und deutet auf ihre neuen Ohrstecker. »Sind ein Urlaubsmitbringsel«, fügt sie hinzu und ignoriert Ninas Schnauben.

Während andere Kokosnussfiguren aus dem Urlaub mit nach Hause nehmen, kehrt Lilly mit Joop-Schmuck heim – mit echtem natürlich. Die vergleichsweise billigen Teile von Pilgrim oder Esprit hat ihr der Juwelier wahrscheinlich nicht einmal angeboten, denn Lilly sieht aus wie Luxus, duftet nach Luxus und manchmal schwafelt sie so luxuriös, dass wir anderen drei mit den Augen rollen und uns fragen, warum wir uns das antun. Bevor wir sie vor die Tür setzen, erinnern wir uns stets daran, dass jede von uns auf ihre Art verrückt ist. Es sind Lillys großes Herz und ihre fürsorgliche Art, die sie einfach liebenswert machen. Der vermeintlichen Überheblichkeit, die andere ihr manchmal ankreiden, ist sie sich selten bewusst, denn die wurde ihr praktisch in die Wiege gelegt. Lilly ist die Blondine in unserer Runde, die Frau mit der perfekten, immer auf Kinnlänge gestutzten Frisur und dem makellosen Teint, dem Gesicht, das kein Make-up braucht. Als hoffnungslose Romantikerin fehlt ihr lediglich eines zum totalen Glück: eine funktionierende Beziehung. Da es Lilly jedoch nicht leicht fällt, Entscheidungen zu treffen – egal, ob sie zwischen Schuhen, Nachtclubs oder Männern wählt, hat sich Mr. Perfect noch nicht gefunden. Kann sie bei den Schuhen einfach beide Paare kaufen und einen Club um Mitternacht verlassen, um zu einem anderen zu fahren, wird es bei den essenziellen Dingen schwierig.

»Leg dir einen Lover zu!«, lautet Ninas Kommentar. Ein verschlagenes Blitzen liegt in ihrem bernsteinfarbenen Blick als sie ihre dichte brünette Mähne über die Schultern zurückstreift. »Sex ist die beste Lösung gegen Langeweile.«

Dieser Kommentar kann nur von Nina kommen und niemand anders als sie hätte ihn so rüberbringen können, dass man nicht weiß, ob es Spaß war und man nun lachen soll. Ninas Verrücktheit äußert sich oft durch ihr vorlautes Mundwerk und ihre manchmal doch sehr unüberlegten Aktionen, mit denen sie sich schon so manche brenzlige Situation eingebrockt hat. Nichtsdestotrotz bringt ihr die unbeschwerte Art auch viel Sympathie ein, und ohne Zweifel vergessen die Patienten im Krankenhaus so manches Leiden, wenn Schwester Nina mit einem lockeren Spruch zum morgendlichen Blutdruckmessen ins Zimmer wirbelt. Nina bedeutet Party ohne Ende. Von Disko zu Disko. Feiern bis in die Morgenstunden. Dabei schleppt sie ständig neue Leute an, die sie alle auf dem Klo kennengelernt hat. Auch auf dem Männerklo, wenn es ihr bei den Damen zu lange gedauert hat. Nina ist ein Flirt, was bedeutet, dass kaum ein Abend vergeht, an dem ich nicht ihr Gewissen spiele. Dass man auf sein Gewissen hören und es nicht verfluchen sollte, vergisst Nina manchmal – wie sie auch vergisst, dass sie mit Lukas' bestem Freund Bastian liiert ist.

»Warum versuchst du nicht, wieder zu malen?«, fragt Hannah.

Hannah und ich kennen uns seit inzwischen zehn Jahren, noch aus der Schulzeit, weshalb wir uns sehr nahe sind und die Stimmung der anderen mit einem einzigen Blick einzuschätzen wissen. Eigentlich hätte sie meine Trauzeugin sein müssen, doch Veranstaltungen wie Hochzeiten, runde Geburtstage und andere zwanghafte Versammlungen von Familien liegen ihr nicht. Lässt sie sich also blicken, dann will sie nicht auch noch durch eine besondere Rolle auffallen. Im krassen Gegensatz zu Hannahs ruhigen und zurückhaltenden Natur ist ihr auffälliges Äußeres. Zu Anfang unserer Freundschaft war sie ein Hippie. Sie hörte Elvis und Janis Joplin und trug immer bunte, lange Kleider, Stirnbänder und esoterischen Schmuck. In den warmen Monaten verzichtete sie zudem auf Schuhe. Einmal trat sie in eine Glasscherbe und bekam den Fuß bandagiert, was sie entgegen meiner Erwartungen nicht dazu veranlasste, Schuhe zu tragen. Um den Verband zu schonen, zog sie über den betroffenen Fuß eine rosa Socke. Bis heute ist ihre Kleidung schrillbunt, ausgeflippt und stammt eher aus kultigen Secondhandshops als aus Boutiquen. Ein leuchtender Kontrast dazu sind ihre roten Locken und ihre strahlend grünen Augen, die so wenig lügen können wie Hannah.

Ihre Aufforderung, mal wieder zu malen, erinnert mich an das blaue Bild. Nur kurz überlege ich, ob es ratsam ist, es meinen Freundinnen zu zeigen, stehe dann auf und verschwinde im Arbeitszimmer. Mit ›Deep Blue‹ unterm Arm kehre ich zurück.

»Wow!«, sagt Hannah. »Das ist echt gut.«

Lilly betrachtet das Gemälde skeptisch und grübelt: »Ist das der Name des Bildes oder hat es eine tiefere Bedeutung? Was ist Deep Blue?«

»Deep Blue ist der Zustand, in dem ich in drei Stunden sein werde«, grunzt Nina. »Aber echt toll ansonsten. Schöne Farbe!«

Lilly lässt nicht locker. »Wolltest du einfach mal eine Farbwurftechnik ausprobieren, warst du wütend oder wie ist dieses Bild entstanden?«

Da sie es früher oder später ohnehin erfahren werden, erzähle ich von meiner unruhigen Nacht und dass sie nicht von Schlaf gesegnet war, weil mich die Nachricht eines kanarischen Tauchlehrers irritiert hat. Es ist schwer, ein Ende zu finden, weil ich immerzu meine, etwas hinzufügen, hervorzuheben, betonen zu müssen oder mich über mich selbst lustig zu machen. Als ich endlich die Klappe halte, schweigen auch meine Freundinnen.

In Hannahs Miene spiegelt sich Neugier. Nina bläst die Backen auf und zündet sich eine Zigarette an. Lilly schaut schlichtweg alarmiert drein. Ich hatte mir promptere Reaktionen versprochen und flehe im Stillen um ein Wort von ihnen, das mir das Gefühl nimmt, ich sei ein Schwerverbrecher.

Lilly spricht als Erstes: »Das ist nicht dein Ernst,

oder? Ich dachte, du und Lukas hättet eine gute Beziehung! Ihr habt doch gerade erst geheiratet! Wenn eine so verzweifelt ist, im Internet auf Suche nach Mr. Perfect zu gehen, dann sollte ich das sein.« Als warte sie darauf, dass ich alles zurücknehme, legt sie eine Pause ein, betrachtet mich mit hochgezogenen Augenbrauen und sagt dann: »Komm schon, Lena, jetzt sag bloß nicht, dass du in den Typen verknallt bist!«

»Zum einen bin ich nicht auf die Suche gegangen«, stelle ich klar und stibitze eine von Ninas Zigaretten. »Zum anderen bin ich natürlich nicht verknallt. Möglicherweise bin ich ein wenig fasziniert. Das ist alles.«

»Das ist der Aprés-Hochzeitskoller«, schlussfolgert Nina. »Angeblich leiden viele Frauen darunter, wenn der Tag vorbei ist, auf den sie sich ihr halbes Leben lang gefreut haben.«

Hannah klinkt sich ein. »Aber Lena hat sich nicht das halbe Leben auf ihre Hochzeit gefreut. Davon wüsste ich.«

»Dann ist es vielleicht eine Herbstdepression«, überlegt Nina weiter.

»Die Ursache ist erst einmal völlig egal«, fällt Lilly den beiden ins Wort, ohne den Blick von mir zu nehmen. »Lena, du hast doch nicht etwa vor, nach Teneriffa zu fliegen?«

»Natürlich nicht«, antworte ich inzwischen ein wenig knurrig und mit der Absicht, ihr eine Antwort zu geben, die sie ärgert. »Ich kann mir kein Ticket leisten.«

»Wir können zusammenlegen«, prustet Nina und wird von Lilly auf den Fuß getreten. Wie so oft bahnt sich ein Streit an. Lilly unterstellt Nina mangelnden Respekt vor den Gefühlen anderer. Nina rechtfertigt sich mit der Aussage, dass ich für gewöhnlich als ihr Gewissen auftrete und sie für einen Rollentausch nicht geeignet ist.

Hannah unterbricht die beiden. »Hey, nun übertreibt es mal nicht. Lena wird schon wissen, was sie tut. Was ist verkehrt daran, von jemandem fasziniert zu sein? Viel schlimmer fände ich, wenn ihr jeder und alles egal wäre.«

»Aber sie ist doch verheiratet«, entgegnet Lilly, und allmählich komme ich mir vor, als sei ich gar nicht anwesend.

»Vielleicht haben sie und Lukas eine offene Beziehung«, witzelt Nina und will noch etwas hinzufügen, doch schweigt, als ich ein Feuerzeug über den Tisch schlittern lasse und aufstehe.

»Würdet ihr damit aufhören!«, sage ich auf dem Weg in die Küche, wo der Auflauf im Ofen brutzelt. Unter den schon vorbereiteten Salat mische ich Gewürze, Essig und Öl und bringe ihn zum Esstisch.

Wir siedeln zum Tisch über. Nina öffnet die zweite Flasche Wein, schenkt jedem nach und albert nebenbei, um die in der Luft liegende Spannung zu überspielen.

Dass die Christoph-Thematik nun als Problem im Raum steht, macht mich total nervös, also komme ich darauf zurück: „Ich habe einfach das Gefühl, bei mir läuft im Moment alles schief. Die Gesellschaft von auch nur einer von euch hätte mir gutgetan. Aber ihr wart nun einmal anderweitig beschäftigt, was keinesfalls ein Vorwurf sein soll. Ich habe lediglich einen Gesprächspartner gebraucht und Christoph kennengelernt, der zufällig ein Mann ist.«

Lilly lässt ein Seufzen hören: »Eine Frau würde dich wahrscheinlich nicht in ähnlichem Maße begeistern.«

»Na, das ist ja nun absoluter Schwachsinn«, entrüstet sich Nina, die Lilly die Vorwürfe noch nicht verziehen hat. »Als müsse Lena Männer nun kategorisch als Bekanntschaften ausschließen ...«

»Das sag ich doch gar nicht. Ich befürchte lediglich, dass die Sache außer Kontrolle gerät ...«

»Themawechsel!«, unterbreche ich Lilly, als mir klar wird, dass die Diskussion nirgendwo hinführt, und erzähle die neueste Anekdote meiner pseudoitalischen Sippe.

Um Mitternacht bin ich wieder allein. Noch eine ganze Weile sitze ich im Wohnzimmer und betrachte die vier leeren Weingläser. Ein Stillleben in gedämpftem Licht, das die Geschichte eines gemütlichen Abends erzählt.

Ich erinnere mich an gemütlichere Abende, die

wir vier hatten, und ein Teil von mir bedauert meine Offenheit. Insbesondere Lilly hat reagiert, als sei ich drauf und dran, Lukas zu betrügen, wohingegen Nina und Hannah nicht einmal wissen wollten, was ich an Christoph mag – als fänden sie das Thema doch irgendwie ein bisschen heikel.

Wo wir gerade dabei sind, sollte ich vielleicht wirklich einmal darüber nachdenken, warum Christoph mich fasziniert. Weil er einen interessanten Job hat und auf Teneriffa lebt? Weil er gut aussieht und ein so amüsanter Gesprächspartner ist? Weil ich ihn offenbar gleichermaßen beeindrucke? All diese Möglichkeiten sollten nicht wirklich ausschlaggebend sein.

Würde ich unserer Konversation vermissen, wenn ich sie kurzerhand beende? Das würde ich ohne Zweifel.

Ginge dies vorüber? Wahrscheinlich schon.

Würde ich es bedauern, den Kontakt abgebrochen zu haben?

Nachdem ich das Wohnzimmer aufgeräumt habe, gehe ich eine Etage nach oben, um auf der Terrasse zu sitzen und nach den Sternschnuppen Ausschau zu halten, die für diese Nacht angekündigt sind. Da die Stadt nur klein ist und ihre Lichter nicht besonders hell strahlen, müssten sämtliche Himmelsaktivitäten gut zu sehen sein – insofern sie denn stattfinden.

Auch nach einer Stunde hat sich mir noch keine Sternschnuppe gezeigt. Während ich die Sternbilder und blinkenden Lichter der Flugzeuge betrachte, stellt sich mir immer wieder dieselbe Frage: Würde ich es bedauern? Und was würde ich mir wünschen, würde ich eine Sternschnuppe sehen?

Stunden vor meiner inzwischen gewohnten Aufstehzeit weckt mich das Telefon. Schlaftrunken angele ich den Hörer vom Nachttisch und versuche meinen sich noch weigernden Geist zu wecken, da ich erwarte, gleich mit meinem Chef zu sprechen.

»Wie war es gestern?«, höre ich stattdessen meine Großmutter fragen. Die noch nicht geöffneten Augen kneife ich fester zu, weil ihre Stimme wie gewohnt schrill ist und in meinen Ohren klingelt.

»Wie war was?«

»Dein Besuch. Deine Damen waren doch gestern Abend bei dir.«

»Woher weißt du das denn schon wieder?«

Sie lacht zum Zeichen ihrer Allwissenheit. »Ich erfahre eben alles«, erklärt sie stolz.

»Dann muss ich dir doch nicht erzählen, wie es war. Das dürftest du dann auch schon wissen.«

Sie gibt nach, denn schließlich will sie mehr Informationen, und verrät mir, wer ihr Informant ist. »Deine Mutter hat es mir verraten. Lilly war gestern Mittag bei ihr zur Behandlung.«

»Aha«, murmele ich, drehe mich auf den Rücken und öffne die Augen, um auf den Wecker zu schauen.

»Sag mal, die hat doch immer noch keinen Mann …«

»Ach Oma«, brummele ich. »Du rufst mich um 9 Uhr morgens an, um dich darüber auszulassen? Lilly hat noch immer keinen Mann, nein, und der lässt sich auch nicht herbeizaubern.«

»Und Hannah hat auch keinen Mann …«

»Nein, Oma.«

»Aber die Wilde ist doch noch mit Bastian zusammen.«

»Ja, Oma. Nach wie vor.«

»Wie der das bloß aushält. Kommt er denn klar mit ihr?«

Ich stelle auf Durchzug und mache die Augen einfach wieder zu. »Offenbar kommt er klar.«

»Sooooo?«

Wenn meine Großmutter das fragt und das Wort dabei in die Länge zieht, hat sie eigentlich schon wieder eine ganz andere Frage im Kopf. Die stellt sie dann auch prompt. »Was habt ihr denn nun getan, gestern Abend?«

Gekifft, getrunken, einen Stripper eingeladen und ihn flach gelegt … möchte ich gern antworten. Die Erfahrung hat jedoch gezeigt, dass ich mir durch solche Bemerkungen nur Ärger mit meiner Mutter einhandele, also antworte ich wahrheitsgemäß: »Wir haben zusammen gegessen und uns einfach nur unterhalten.«

»Sooooooooo?«

Ich warte.

»Wusstest du, dass Nuss-Nugat-Schokolade im Angebot ist?«

Ein Seufzer erklimmt meine Kehle und ich schiebe schon mal ein Bein aus dem Bett. »Nein. Wo denn?«

»Im Kaufland.«

Natürlich! Am anderen Ende der Welt! Ich könnte meiner Großmutter jetzt sagen, dass sie nur aus der Haustür zu fallen braucht und schon im Rewe steht, wo es auch Nuss-Nugat-Schokolade gibt. Da ich ihr bereits mehrmals ausgerechnet habe, dass man die paar Cent, die man bei der Schokolade spart, auf der Fahrt ausgibt, und stets auf taube Ohren gestoßen bin, lass ich es und hieve auch das andere Bein aus dem Bett.

»Dein Großvater hat keine Lust hinzufahren. Er hat gestern das Auto geputzt und heute regnet es.«

»Gib mir eine Stunde«, seufze ich wieder und setze mich auf.

»Wieso denn so lange? Du liegst doch nicht etwa noch in den Federn!«

Kaum einen Laden finde ich so schlimm wie das Kaufland. Es ist zu groß, zu laut und schlichtweg unheimlich, wozu die seltsamen Durchsagen á la ›16 an 34‹ ihren Beitrag leisten. Außerdem sind die gigantischen Einkaufswagen absolut unhandlich und ohnehin nur eine Einladung, zu kaufen, kaufen, kaufen.

Aber für zehn Tafeln Nuss-Nugat-Schokolade brauchen wir ja keinen Einkaufswagen, denke ich und folge wenig später meiner Großmutter zur Wagenausgabe.

Ich schiebe den Wagen und bleibe damit im Hauptgang. Sie tänzelt von links nach rechts in die Seitenarme und lädt den Karren voll. Auf Höhe des Weins ist sie plötzlich verschwunden, was ich mir überhaupt nicht erklären kann, denn meine Großeltern trinken keinen Alkohol.

Da meine Suche in den umgebenden Abteilungen erfolglos ist, dehne ich sie auf den gesamten Laden aus. Oma ist und bleibt verschwunden. Kurz ziehe ich es in Betracht, dass sie längst am Auto wartet, doch verwerfe den Gedanken sogleich wieder, schließlich habe ich den Einkaufswagen – ohne Nuss-Nugat-Schokolade ginge sie nirgendwohin. Also liegt die Vermutung nahe, dass sie mich ebenfalls sucht und wir ständig aneinander vorbeilaufen, womit mir nur der Gang zur Information bleibt und die Hoffnung, dass sie dort ist.

Fehlanzeige. Allmählich sorge ich mich ernsthaft, bete im Stillen, dass ihr nichts passiert ist, und sage mir zur Beruhigung, dass ich das mitbekommen hätte.

Ich müsste um eine Durchsage bitten, aber wie soll die lauten? ›Die kleine Lena hat ihre Oma verloren‹?

Panisch starte ich eine neue Runde durch den Markt, stürme vorbei an Obst und Gemüse, Weihnachtsdeko und Kfz-Zubehör. Währenddessen ertönen ständig diese Nummern-Durchsagen und rauben mir bald den letzten Nerv. Schon wieder schallt der Ankündigungsgong durch den Laden. Diesmal ist die Nachricht jedoch klar verständlich: ›Die kleine Oma hat ihre Lena verloren und wartet jetzt im Blumengeschäft darauf, abgeholt zu werden.‹

Auf dem Weg dorthin poltern mir hundert Steine vom Herzen. Da spielt es auch keine Rolle, dass meine Großmutter inzwischen wahrscheinlich den halben Shop für ihre ohnehin überfüllten Fensterbänke leer gekauft haben wird.

Herzvoll + Kopflos = Trouble

›Da bist du ja wieder‹, schreibt Christoph am selben Abend.

Jupp. Da bin ich wieder. Und da klopft auch mein verräterisches Herz.

›Entschuldigung angenommen?‹, fragt er, als ich nicht antworte.

›Nein‹, tippe ich wiederum nach einer Weile. ›Ich möchte nicht, dass du dich entschuldigst. Weder hast du mich angegriffen noch beleidigt, sondern mir lediglich geschrieben, dass du dich auf mich freust. Daran gibt es nichts zu entschulden.‹

Nun ist er es, der sich in Schweigen hüllt. Der Cursor blinkt und blinkt und blinkt, bis endlich Text von ihm kommt: ›Wie hast du dir die vergangen Tage vertrieben? Noch mehr Bücher gelesen?‹

›Ich habe Zeit mit meinem Mann verbracht, da er übers Wochenende zu Hause war. Außerdem habe ich ein Bild auf Leinwand gebracht und einen Großteil der restlichen Stunden darüber nachgedacht.‹

›Was hast du gemalt?‹

›Fast gar nichts.‹

›Ein abstraktes Bild also.‹ Der entsprechende Smiley verrät, dass er amüsiert ist. ›Ein gelber Punkt, ein blauer Strich und rundherum ein roter Kasten? Bring es in die nächste Galerie, so was ist irgendwie in jedem

Jahrhundert wahnsinnig gefragt. Vom Erlös kannst du dir vielleicht zehn neue schwarze Oberteile leisten.‹

›Brillante Idee!‹

›Kann ich es denn sehen, dein fast gar nicht gemaltes Bild?‹

Schwuppdiwupp habe ich mich zum Ordner mit meinen Bildern durchgeklickt und suche ›Deep Blue‹ heraus, das ich erst vor wenigen Stunden abfotografiert und gespeichert habe. Mein Herz schlägt bis zum Hals, als ich es sende. Sobald es bei Christoph gelandet ist, springe ich auf, schnappe meine Zigaretten und laufe nach oben auf die Terrasse.

Ich will mich nicht fragen, warum ich das getan habe oder warum ich wieder bin, wo ich bin. Ich will's einfach nicht! Also lasse ich es. Ich bin, wo ich bin, und ich habe getan, was ich getan habe.

›Wow!‹, lese ich, als ich wieder in den Sessel vor den Bildschirm plumpse.

Da ich mir über die Klangfarbe des Ausdrucks unschlüssig bin, hake ich nach: ›Wow – gut? Oder wow – was für eine Katastrophe?‹

Die Antwort braucht eine kleine Ewigkeit. ›Ich weiß nicht, was ich schreiben soll.‹

›Warum nicht?‹

›Weil ich nicht weiß, ob ich es so verstehe, wie es gemeint ist, oder in eine völlig falsche Richtung interpretiere.‹

›Welche Richtung ist das?‹

Tick, tick, tick … verstreichen die Sekunden.

Meine Ungeduld verwandelt sich in Nervosität, die mir in den Magen fährt, die mein Herz umklammert und daran rüttelt.

›Wirfst du öfter mit Farbe?‹

›Nein. Das war eine Premiere.‹

›Es hat mit mir zu tun, richtig?‹

›Irgendwie schon.‹

›Ich verstehe das als Kompliment.‹

›Das darfst du.‹

Abermals schweigt Christoph. Löscht er, wie ich, immer die Hälfte von dem, was er sagen will, oder sucht er das Bild nach der Antwort ab?

›Ich würde gern offen mit dir sprechen‹, lese ich irgendwann, und ein Kribbeln schleicht sich unter meine Haut. ›Aber ich bin mir nicht sicher, ob du mich anhören willst.‹

Kein Zweifel! ›Natürlich.‹

›Es gibt ein Lied von Coldplay, das ich seit Tagen rauf und runter dudele.‹

Ich kann mir denken, welches er meint. ›Dieses Lied heißt »Trouble«, habe ich Recht?‹

›And oh, I never ment to cause you trouble …‹

Die Zeile des Songtextes piekst wie eine Nadel in mein Bewusstsein. Nun bin ich diejenige, die keine Ahnung hat, wie sie reagieren soll.

Ich hätte das Bild nicht schicken sollen! Ich hätte sagen sollen, dass ich lieber nicht wissen möchte, was durch seinen Kopf spukt.

Doch ich hätte es bedauert.

Und seine Gedanken erfahre ich auch erst im Folgenden: ›Schon bei den ersten Sätzen, die wir geschrieben haben, merkte ich, dass etwas anders ist. Inzwischen bin ich total durch den Wind. Ich fühle mich kopflos, jeder Augenblick wird dominiert von dem wilden Klopfen in meiner Brust, wenn ich an dich denke. Es ist lange her, dass ich so etwas gefühlt habe, und ich war nicht darauf vorbereitet, dass es mir passiert. Im Internet noch dazu. Bei einer Frau, die ich nicht nur nie gesehen habe, sondern die überdies weit entfernt lebt und nicht allein deshalb unerreichbar ist. Immer wieder sage ich mir, dass es, egal was ich mir vorstelle, vollkommen unmöglich ist, dass es nie passieren wird, doch es bringt nichts. Du willst nicht aus meinem Kopf.‹

Dies zu lesen macht mich so glücklich, wie es mich gleichzeitig schockiert. Ich kann mich nicht freuen, doch zum Heulen lächle ich zu sehr. Speiübel ist mir, als hätte ich einen Martini und einen Baileys getrunken und als kämpften die beiden in meinem Magen, ohne sich einig zu werden, wer von ihnen rauf und wer runter soll.

Trouble, denke ich. Big, big Trouble!

›Meinst du nun, ich hätte es besser für mich behalten?‹

Wann genau hat Christoph aufgehört, nur faszinierend zu sein? Ich stimme ihm zu, von Anfang an war da etwas zwischen uns … eine gewisse Magie, eine seltsame Verbindung. Mir einzugestehen, wohin sich das entwickelt hat, erfüllt mich einerseits mit Furcht, anderseits macht es mich glücklich. Wäre es nicht total verlogen, wenn ich weiterhin behaupte, dass er nicht mehr für mich ist als jemand zum Reden? Ohne Zweifel wäre das vernünftig, doch wäre es richtig?

Wieder und wieder lese ich, was Christoph geschrieben hat und stelle mir vor, wie es wäre, dies nie erfahren zu haben.

Ich würde es immer wieder lesen wollen.

›Ich bin froh, dass du es mir gesagt hast, und ich mag, wie du es formuliert hast‹, antworte ich. ›Mir geht es nicht anders als dir. Allerdings fällt es mir sehr viel schwerer, das zuzugeben. Das ist ein Schritt in eine Richtung, in der ich nur Dunkelheit sehe, weshalb es eigentlich Irrsinn ist, dorthin zu gehen. Auf der anderen Seite sind da diese sehr realen Tagträume, die farbenfroher nicht sein können und in denen alles zum Greifen nahe scheint.‹

›Es scheint so, ja, aber immer wieder meldet sich das Bewusstsein, das einem die Tatsachen vor Augen führt. Und die sehen nun einmal so aus, dass wir hier an zwei Rechnern sitzen und tippen – und nichts weiter.‹

Erneut folgt eine Pause. In Christophs Schweigen spüre ich meine eigene Frustration und Hilflosigkeit, was mir zugleich völlig absurd erscheint. Wie soll das möglich sein, wo dieser Mann doch nicht mehr ist als ein Gesprächsfenster? Mit keinem meiner Sinne kann ich ihn wahrnehmen. Warum also glaube ich, seine Stimmung zu spüren?

Je öfter ich Christophs ›nichts weiter‹ lese, desto härter wirkt es auf mich. Wahrscheinlich hat er beim Schreiben auf der Tastatur herumgehackt und die Enter-Taste so wuchtig bedient, als wolle er eine Tür zuschlagen.

Wie durch einen Schleier sehe ich, dass ein neuer Text von ihm ankommt, und blinzele ein paarmal, um mich in das Hier und Jetzt zurückzuholen.

›Ich würde gern wissen, wie du aussiehst.‹

Ich schmunzele, als mir eine Idee kommt. Ein bisschen gemein ist das schon. ›Ich habe keine eigene Webseite, auf der mein Bild ist. Folglich könnte ich irgendein Foto aus dem Netz laden, vielleicht eines, was dich über die eben noch beklagte Aussichtslosigkeit plötzlich sehr froh sein lässt.‹

›Ach, komm schon, Lena. Ich würde wissen, dass du flunkerst.‹

›Was macht dich so sicher?‹

›Ich glaube, auf einem Foto, das tatsächlich dich zeigt, würde ich dich erkennen.‹ Er schickt einen seufzenden Smiley. ›Da die ganze Sache zwischen uns sowieso total verrückt ist, dürfte diese Behauptung nur halb so wahnsinnig klingen, wie sie ist.‹

Das soll er beweisen! ›Wenn ich dir nun sage, dass ich blond bin, wie du, und grüne Augen habe, nimmt dann dein Bild von mir Gestalt an oder würdest du eher sagen, dass du das eigentlich schon irgendwie wusstest?‹

›Ich würde sagen, dass du flunkerst!‹

›Ach wirklich?‹

›Du bist definitiv dunkelhaarig, braun oder sogar schwarz. Deine Augen sind braun, eine deiner Brauen ist ständig nach oben gezogen. Dein Gesicht ist ein wenig rund, dein Mund lächelt spöttisch und bestimmt hast du ein Grübchen.‹

Lachend lehne ich mich zurück und schaukele im Stuhl. Ich bin nicht überrascht, sondern total von den Socken. Ganz gewiss geistert kein Foto von mir durch das World Wide Web. Christoph kennt meinen Nachnamen nicht – und selbst wenn, würde er ihn googlen, dann fände er etliche Lena Scholls, aber nicht mich!

›Deine Haut ist hell. Deine Hände sind schmal, mit langen Fingern, wie bei einer Klavierspielerin. Du bist groß und obwohl du keinen Sport magst, ist dein Hüftspeck minimal.‹

In einem Anflug von Panik wechsele ich zu Google und gebe meinen Namen in Anführungszeichen ein, damit das System nach exakt den eingegebenen Begriffen sucht. Bis zur letzten Seite klicke ich mich durch und finde mich nicht. Zum Glück!

Zurück im Chat lese ich: ›Na, so still?‹

Zuerst will ich antworten, doch überlege es mir anders und durchsuche meine Festplatte stattdessen nach einem bestimmten Bild. Hannah hat es aufgenommen, als sie, Nina, Lilly und ich aus dem Kino kamen. Es war im Frühjahr, die Luft war kühl und frisch vom letzten Regen. Ein Windstoß fuhr durch die schmale Straße, wuschelte meine Haare durcheinander, und ich zog fröstelnd das Revers der Jacke vor dem Hals zusammen. Der Schnappschuss ist perfekt, denn er zeigt sowohl mein schiefes Grinsen und das Grübchen als auch die gezückte Braue, die ich wegen des Fotografierens hochziehe.

›Bingo‹, lautet Christophs Kommentar.

Es ist Samstag. In wenigen Stunden kommt Lukas nach Hause. Niemals hätte ich gedacht, dass ich seiner Heimkehr einmal mit gemischten Gefühlen entgegensehe. Ich fühle mich wie die Wettervorhersage an der Ostsee: Vielleicht wird es sonnig, vielleicht regnet es, mal abwarten und den Himmel beobachten.

Warum taucht so ein schlechtes Gewissen nicht auf, bevor man Blödsinn macht? Ich meine nicht nur das dauernde unterschwellige Unwohlsein, sondern das heftige Nagen und die Selbstvorwürfe. Warum ist der Wunsch, mit Christoph zu reden, stärker als die Gewissheit, danach von der eigenen Moral zerfressen zu werden?

So tingele ich denn nicht heiter und nicht wolkig zwischen Euphorie und Kummer durch die Wohnung, grübele über den Sinn des Daseins auf dieser Welt sowie über persönliche Bestimmung und die vorhersehbaren und unvorhersehbaren Dinge, die im Leben geschehen. All jene Dinge, für die es eine Garantie gibt, und jene anderen, für die eigentlich niemand zu irgendeiner Zeit bürgen sollte.

Auf diesem Weg komme ich zu meiner ureigenen Definition von Liebe und wie sie sich von der allgemeinen Interpretation nebst den damit verbundenen Regeln unterscheidet.

Bedauere ich es, geheiratet zu haben?

Nie und nimmer!

Will ich bei Lukas sein, in guten wie in schlechten Tagen, will ich ihn lieben und ehren, bis dass der Tod uns scheidet?

Ja, unbedingt!

Doch warum soll er der Einzige sein, den ich liebe? In meinem Leben gibt es mehrere Menschen, die ich liebe und die mir so viel bedeuten, dass ich Höllenqualen leiden würde, wären sie kein Teil mehr davon. Warum kommt niemand von ihnen auf die Idee, Anspruch auf ausschließliche Liebe zu erheben? Warum wird Liebe mit der Schließung einer Ehe zu einer körperlichen Sache, die es verbietet, gleichwertige Emotionen zu anderen Menschen zuzulassen, denn genau genommen ist und bleibt sie für alle Zeiten einfach nur Liebe. Egal, welche Gesetze oder Institutionen sie zu definieren versuchen. Und meine Liebe kann und will ich niemandem verbieten oder verwehren, von dem ich meine, dass er ihrer würdig ist.

Liebe ist frei; sie tut, was sie will, und sie handelt nach dem Herzen. Sie ist nicht unfehlbar und ganz gewiss nicht zu kontrollieren. Manchmal irrt sie sich und manchmal findet sie zurück, doch bei allem, was sie verursacht und in Bahnen lenkt, bleibt sie aufrichtig, denn sie kann gar nicht lügen.

Hätte ich mir all das überlegen sollen, bevor ich geheiratet habe?

Natürlich nicht! Denn es war die richtige Entscheidung: Ich will mit Lukas mein Leben verbringen.

Die Wohnungstür öffnet sich. Herein kommt mein Göttergatte, bepackt mit Ruck- und Seesack. Sein Lächeln ist so warm wie tausend Sonnenstrahlen, und es scheint direkt in mein Herz, das vor Freude einen Herzschlag übergeht.

»Ich hab dich so vermisst«, brummele ich in seine Jacke.

»Ich dich auch«, murmelt er in mein Ohr und schließt mich in seine Arme. »Die vergangenen fünf Tage erschienen mir länger als die zwei Wochen davor!«

»Bist du müde?«

»Ein wenig«, antwortet er und lässt einen zufriedenen Seufzer hören. »Ich lege mich ein paar Stunden hin, okay?« Er gibt mir einen Kuss auf die Stirn und löst sich von mir, um Momo hochzuheben, der ihm, über seine Rückkehr gleichermaßen beglückt, um die Beine streicht.

Der Kater und Lukas haben ein wunderliches, sehr inniges Verhältnis. Seit er das Tier vor zwei Jahren mitgebracht hat, sind die Rollen klar definiert. Ich fungiere als Dosenöffner. Lukas ist derjenige, der bekuschelt und beschmust wird, mit dem man gelegentlich doch einmal auf der Couch liegt und fernsieht und auf dessen Seite man im Bett schläft. Um Letzteres bin ich nicht böse, denn die beiden haben ihre Bewegungen im Schlaf perfekt aufeinander abgestimmt. Dreht sich Lukas, dann steht Momo auf, ohne wirklich wach zu werden, und watschelt in die entgegengesetzte Richtung über ihn hinweg, um an ähnlich bequemer Stelle wieder umzufallen und weiterzudösen.

Als Lukas aufwacht, ist es bereits Abend. Statt etwas zu kochen, beschließen wir zum Chinesen um die Ecke zu gehen. Also füttere ich den Kater, der allein bei meinem Gedanken an Futter in aufgeregtes Spektakel verfällt und mich glauben machen möchte, er würde nur mich und sonst keinen verehren.

Das Restaurant ist wie immer gut besucht. Wir bekommen einen Platz in einem der Nebenräume zugewiesen, abseits des Büfetts und Goldfischteiches, über den eine Brücke führt. Fern des Familienrummels. Drei Quadratmeter, ein Tisch, eine Kerze, eine Vase mit schwimmenden Blumen ganz für uns allein.

Lukas erzählt von heiteren sowie ärgerlichen Momenten der vergangenen Woche im deutschen Outback. Ich bin unaufmerksam. Zwar höre ich jedes Wort, das er sagt, doch ich drifte ein bisschen weg, die Wange in eine Hand gestützt, und betrachte ihn.

Wie ich ihn ansehe und mit jedem Wort, das er sagt, mit jeder ach so bekannten Mimik wird mir immer bewusster, wie gut und richtig es ist, ihn zu lieben. Wie konnte ich nur eine Millisekunde damit vergeuden, mir auszumalen, wie es wäre, ihn zu verlassen und zu verlieren?

Am nächsten Tag, nach einem ausgedehnten Frühstück, fahren wir zu einer Talsperre nahe Hasselfelde im Harz, die früher eines unserer liebsten Motorradausflugsziele gewesen ist. Wie das Motorrad ist auch der Sportwagen, mit dem er mich beinahe umgefahren hätte, passé. Er wurde gegen eine komfortable, benzinsparende, gediegene Limousine eingetauscht, die uns jetzt schnell und leise von A nach B bringt, und der die Schlaglöcher auf älteren DDR-Straßen nichts anhaben. Unterwegs hören wir Lukas' aktuellsten House-Mitschnitt, die Clubhits des letzten Sommers, die ohne viele Worte von Strand und Wellen und nächtlichen Partys erzählen.

Heute zeigt sich der Oktober von seiner schönsten herbstlichen Seite. Der blaue Himmel kontrastiert das bunte Laub an den Bäumen auf eine Weise, die selbst den größten Herbsthasser sein Urteil revidieren und gestehen lässt, dass diese Jahreszeit schön ist. Die Luft ist frisch und die Wärme der Sonne eine Wohltat, sobald sie mit meiner Haut in Berührung kommt.

Am Stausee angelangt, suchen wir uns einen Platz auf der Mauer. Wir trinken Kaffee aus Pappbechern und rauchen ein paar Zigaretten. Wir reden nicht viel und in den Minuten des Schweigens holen mich Erinnerungen an unsere Motorradzeiten ein.

Ich selbst habe nie einen Führerschein für Zweiräder gemacht. Durch und durch bin ich ein Autofahrer. Dennoch habe ich es genossen, der Sozius hinter Lukas zu sein. Er ist ein risikofreier Fahrer, dessen Fahrweise mich nie beunruhigt hat – entgegen anderer Soziusse, die hin und wieder abstiegen und den Vordermann ohrfeigten. Lukas vermittelte mir stets das Gefühl, dass ich eine kostbare Fracht bin.

Er hatte nur einen einzigen Unfall. Dieser ereignete sich zum denkbar ungünstigsten Zeitpunkt: fünf Tage vor unserer Hochzeit.

Lukas wollte eine kleine Runde drehen, möglicherweise um der Verwirrung über die bevorstehende Trauung Herr zu werden. Noch heute sehe ich ihn vor mir stehen, in der schwarzen Lederkombi; den Helm, der ihm das Leben gerettet hat, über den Kopf gezogen. Damals hätte ich ihm gern einen Kuss gegeben, wollte jedoch nicht, dass er den Helm extra absetzt. Außerdem lagen mir die Worte »Fahr nicht!« auf der Zunge. Ich hatte ein miserables Gefühl wegen seines spontanen Beschlusses, doch behielt es für mich und besuchte meine Eltern.

Meine Mutter probierte gerade das Make-up für die Hochzeit an mir aus, als es klingelte. Es war

Nina, und ihr ernstes Gesicht ließ mich Schlimmes befürchten. Sie berichtete von einer Landstraße und der dünnen Schlammschicht, die Lukas' Motorrad zum Sturz gebracht hatte. Schon bei diesen Worten schossen Tränen in meine Augen. Meine erste Befürchtung war, dass Lukas nicht überlebt hatte, und allein zwei Sekunden mit diesem Gedanken zerrissen mich fast. Nina beruhigte mich schnell, indem sie mir versicherte, dass Lukas relativ weich in einer Hecke gelandet und bei vollem Bewusstsein war. Während sie bei mir saß, kümmerte sich Bastian um den Abtransport der demolierten Maschine.

Als ich im Krankenhaus ankam, schob eine der Schwestern Lukas in einem Rollstuhl aus der Unfallstation. Das Oberteil seiner Kombi hing lose herunter. Ein Arm war mit einer Schlaufe fixiert. Lediglich sein Schlüsselbein war gebrochen und verursachte ihm Schmerzen, dennoch erschien mir seine innere Verletzbarkeit in diesem Moment viel größer als jeder Knochenbruch. Mit Mühe hielt ich mich davon ab, ihm um den Hals zu fallen, sondern kniete mich vor ihn und nahm seine von Kratzern zerschrammte Hand, um einen Kuss darauf zu hauchen. Seine Finger strichen über meine Wange, umschlossen mein Kinn. Er zwang mich, ihn anzusehen. Für eine Sekunde lag Panik in seinem Blick, dann lächelte er und sagte mir, dass unserer Hochzeit nichts im Wege stehen würde. Nicht einmal seine bandagierte Schulter würde ihn davon abhalten

»Es tut mir leid«, murmelte er. »Ich hätte auf dich hören sollen.«

Dies, obwohl ich meine Bedenken nie geäußert hatte.

Einen Tag vor der Hochzeit wurde er aus dem Krankenhaus entlassen.

Mein Rücken liegt an Lukas' Brust, mein Kopf ruht an seiner Schulter. Die wenigen Touristen am Stausee fahren weiter, als sich die Sonne senkt. Das Wasser nimmt ein dunkleres Blau an und liegt völlig still, als fände es Ruhe, nun da die Boote es verlassen haben. Die Staumauer, auf der wir sitzen, schimmert golden in der heraufziehenden Dämmerung. Lukas schlingt seine Arme um mich, als er spürt, dass ich fröstele.

»Mir ist etwas echt Dummes passiert«, höre ich mich plötzlich sagen, und mit diesem Satz schwindet das üble Gefühl im Magen, das heraufbeschworen wurde, als ich beschlossen habe, ihm von Christoph zu erzählen.

»Das klingt nach Ärger«, vermutet Lukas. Ich spüre, wie sich seine Brust gegen meinen Rücken hebt, als er seufzt. »Dann schieß mal los!«

»Seit einigen Wochen maile ich mit jemandem.« Okay. Raus ist es. Was nun? Details? Einblicke in meine Emotionen?

»Hm!«, grummelt Lukas. Er zieht mich noch fester an sich und wartet. Als ich schweige, hakt er nach: »Bekomme ich vielleicht noch ein paar mehr Informationen oder muss ich dir alles aus der Nase ziehen?«

Details also. Nun denn.

Ich erzähle ihm, wie alles begann, welche Entwicklung es nahm und wie verwirrend ich diese finde. Am Ende gebe ich zu, dass ich einerseits wünschte, an jenem Abend nicht in den Chat gegangen zu sein, und doch andererseits froh bin, es getan zu haben.

Als Lukas lacht, glaube ich, mich zu verhören, und will mich zu ihm umdrehen, doch er hält mich weiter, streicht über meine Arme und haucht einen Kuss in meinen Nacken. »Mein armer Kuschel!«, nuschelt er an meine Haut. »Ich weiß nicht, ob es ein Trost ist, aber vermutlich passiert so etwas beinahe jedem irgendwann und irgendwie. Wir sind nicht perfekt.«

Das ist so ziemlich das Letzte, was ich erwartet habe. Ich habe eher damit gerechnet, dass er schockiert ist und auf Distanz geht, um die Neuigkeit sacken zu lassen und sich bewusst zu werden, was er davon halten soll. Mir war klar, dass er nicht aufspringen und ohne mich nach Hause fahren würde, um seine Klamotten in den eben erst geleerten Seesack zu stopfen.

Seine Reaktion macht mich sprachlos. Noch sprachloser werde ich, als er mir erzählt, wie er selbst schon einmal jemanden getroffen hat, der ihm jäh einsetzendes Bauchkribbeln und Herzrasen bescherte.

Er und die Unbekannte seien aneinander vorbeigegangen, erinnert er sich, hätten sich angesehen und es hätte geklickt. Mehrmals wandten sie sich nach dem anderen um, lächelten, blieben stehen, doch gingen schließlich weiter. Wochenlang, so gesteht Lukas, musste er an sie denken, doch er begegnete ihr nicht wieder. Er kann sich nicht vorstellen, was geschehen wäre, hätte er sie ein zweites Mal getroffen – und will nicht darüber nachdenken.

»Sicher geht es dir gerade ganz ähnlich«, meint er. »Ohnehin war deine Ausgangssituation ideal. Du warst eben allein, ohne jemanden zum Reden, und hast dich über deinen Job geärgert, in dem es nichts zu tun gab, obwohl du so dringend Ablenkung brauchtest. Das Highlight des Jahres war vorüber und es gab keine echten Schwierigkeiten zu meistern – mit Ausnahme deiner Langeweile.« Mit einem Schmunzeln fügt er hinzu: »Das ist wiederum echt typisch für dich. Du bist schlichtweg nicht dafür geschaffen, Zeit zu verschwenden, indem du sie einfach vergehen lässt.«

Was er im Anschluss sagt, ist wie ein Schlag ins Gesicht – keiner von ihm, sondern ein weiterer des Alltags: In der kommenden Woche muss Lukas abermals auf denselben Übungsplatz, da mehrere Manöver aufgrund von defekten Fahrzeugen nicht durchgeführt wurden und nachgeholt werden.

»Ich fahre alles andere als gern«, gibt er zu. »Insbesondere nicht nach dem Gehörten, doch eine Wahl habe ich nicht. Davon abgesehen bin ich mir sicher, dass sich die Sache mit dem Mailen wie von selbst erledigt. Es wird so schnell vorbei sein, wie es kam, und irgendwann hast du nicht mehr Erinnerungen an ihn als ich an diese Unbekannte.«

Zudem gibt es einen echten Lichtblick. Die Verlängerung der Militärübung wird die letzte solche Abwesenheit sein. Lukas' Dienstzeit endet im März des nächsten Jahres, in gerademal einem halben Jahr – eine überschaubare Zeit und ein echter Grund zur Freude. Es ist sozusagen das nächste Highlight in unserem Leben oder auch ein weiterer Meilenstein. Lukas wird in ein ziviles Berufsleben zurückkehren und, wenn seine Pläne sich fügen, Volvos verkaufen. Mit Ausnahme der üblichen Fortbildungsmaßnahmen wird er jeden Abend und an den Wochenenden zu Hause sein, nie mehr auf einen Übungsplatz oder gar zu einem Auslandseinsatz entsendet werden.

Endlich, nach all den Jahren, steht uns ein Leben bevor, das wir wirklich zusammen verbringen können. Was ist dagegen schon eine Woche!

Aber erstens kommt es anders

Ich habe es wieder getan!

Verdammt, verdammt, verdammt!

Ich bin schwach. Ich bin ein Loser!

Lukas hat sich auf mich verlassen, hat mir vertraut.

Ich habe nicht durchgehalten.

Christoph hat mich am Strand spazieren geführt. Währenddessen beschrieb er mir, was er sah, in welchem Blau das Meer schimmerte, wie viele Boote draußen waren, in welchen Bars eine Party stieg und wie das nächtliche Glimmen über Las Américas den Himmel einfärbte. Nachdem wir das Touristengewusel hinter uns gelassen hatten, gelangten wir an einen ruhigen Strandabschnitt, dessen dunkler Sand von Steinen und Sträuchern durchsetzt war. Wir nahmen Platz, schauten auf das Wasser, rückten ein Stück näher. Und dann ist es eskaliert. Die Luft knisterte, als wäre sie voller Elektrizität. Ein Brummen wie von Starkstrom legte sich auf mein Gehör, fuhr hinab in meinem Bauch und brummte bald in meinem ganzen Körper, sodass ich nicht länger fähig war, zu tippen. Christoph schrieb und formulierte seine Zeilen so sorgsam, so liebevoll, dass ich nicht wusste, wo mir der Kopf stand. Mir war, als verließe ich meinen Platz vorm PC, die Wohnung, Deutschland, als läge ich dort auf der Insel im Süden neben ihm. Ich schmeckte seinen Kuss, spürte den Sand unter mir, seine Haut auf meiner.

Als ich zur Besinnung kam, stützte ich die Ellenbogen auf den Tisch, den Kopf in die Hände und gaffte auf den Monitor, bis mir vor Anspannung Tränen in die Augen stiegen.

Um Himmels willen! Wir hatten telepathischen Sex!

Er brauchte offenbar ebenfalls eine Weile, um zu sich zu kommen.

›Ach, Engelchen‹, las ich irgendwann und eine Träne kullerte über meine Wange. ›Warum kann das nie real sein?‹

Ich hätte sonst was dafür geben, um in diesem Moment auf Raumschiff Enterprise zu sein. Dann hätte ich einfach nur »Scotty, beam me up!« gerufen und wäre – schwups – verschwunden gewesen.

Lukas, Christoph, Christoph, Lukas …

Ich denke an ›Herr der Gezeiten‹ und eine Frage, die dem Sportlehrer in den Sinn gekommen ist: Wieso kann nicht jeder Mann und jede Frau zwei Leben zur Verfügung haben?

Meine Nacht ist nicht von Schlaf gesegnet. Am Morgen muss ich mit jemandem sprechen!

Entweder mit Hannah oder Nina oder Lilly. Auf keinen Fall mit allen dreien. Das kann nicht gut gehen. Doch mit welcher Freundin will ich reden?

Wahrscheinlich kommt es ganz darauf an, was ich hören möchte. Will ich eine klare Ansage, dass ich sowohl mit meinem Hintern als auch mit meinem Hirn gefälligst in Deutschland zu bleiben habe und diesen Christoph endlich vergessen soll, dann ist Lilly die Richtige. Will ich ein Ticket buchen und meine Klamotten packen, wäre ein Treffen mit Nina angeraten. Hannah traue ich in dieser Situation die gesündeste Reaktion zu. Sie wird weder vom Bleiben noch vom Fliegen erzählen.

Zehn Minuten nach meinen Anruf stehe ich vor ihrer Tür. Sie trägt Stiefel, hat einen Poncho übergeworfen und eine Mütze aufgesetzt, was bedeutet, dass wir spazieren gehen.

Von Hannah ist es nicht weit bis zum Schwanenteich, der von einem Park umgeben ist. Als Lukas und ich mit den Bikes hier entlanggefahren sind, trugen die Bäume noch Blätter. Nun raschelt das Laub unter unseren Schritten. Kinder schieben die Blätter zu Haufen zusammen und springen hinein. Andere sammeln Kastanien, um nachher Männchen zu basteln oder das Rotwild in den Gehegen am Stadtrand zu füttern.

Männer führen ihre Hunde Gassi. Genau genommen ist dies so ein richtiger Gassi-geh-Park. Schäferhunde, Dalmatiner, Dackel, Terrier. Sie kläffen sich erst mal an, wobei die kleinen Tiere grundsätzlich anfangen und definitiv auf Stänkern aus sind. Nachdem sie von ihren Menschen an der Leine zur Ordnung gerufen wurden, stecken sie die Nase zurück in die Blätter und schnuppern nach was auch immer.

Ich erzähle Hannah, was seit unserem letzten Treffen geschehen ist. Sie hört mir zu, versteht mich. Sie versteht allerdings auch, dass Lukas nicht mehr lachen wird, wenn er zurückkehrt. Alles ist plötzlich verdammt ernst geworden, und ich hasse es. Mein Leben liegt als Trümmerhaufen vor mir. Ich knie davor und versuche, es wieder zusammenzustecken, scheine nur nicht zu wissen, welches Teil zu welchem passt. Es ist furchtbar. Mir ist speiübel, weshalb ich nichts mehr esse. Ich bekomme keinen Bissen hinunter.

Ich frage Hannah, ob sie mich vielleicht tief im Stillen für komplett durchgeknallt hält und mir das aus Taktgefühl nicht sagt, ob das nicht alles total weit hergeholt ist, ob ich mir nicht etwas vormache und in Christoph einen anderen Mann sehe, als er tatsächlich ist.

Ich habe ein paar von Christophs Nachrichten mitgebracht, die Hannah jetzt liest. Sie mag die Art, wie er sich ausdrückt, und kennt keinen Mann, der so schreibt. Sie gibt zu, zuerst vermutet zu haben, dass er ein Aufschneider ist, der sich einen Spaß macht. Das denkt sie nun nicht mehr. Für verrückt hält sie mich auch nicht.

Nachdem Hannah eine Weile grüblerisch schweigend hat verstreichen lassen, stellt sie eine Frage: »Ich sage dir zwei Sätze. Der eine lautet: Du bleibst in Deutschland bei Lukas. Der andere: Du fliegst nach Teneriffa zu Christoph. Welcher Satz ist dir angenehmer?«

Ach du meine Güte! Welcher Satz ist mir angenehmer?

»Du überlegst zu lange. Du musst es gleich sagen. Jetzt will ich es hören. Ich will keine vorsichtig formulierte, gut überdachte Antwort. Ich will wissen, was du willst!«

»Fliegen!«, entgegne ich prompt und erschrecke über mich selbst.

»Aha. Dann tu es. Dann flieg!«

»Ich kann nicht. Ich liebe Lukas.«

»Aber dein erster Gedanke war doch, dass du fliegst.«

»Ich will Lukas nicht verlieren.«

»Meine liebe Lena, ich fürchte, du wirst um eine Entscheidung nicht herumkommen.«

Nach noch mehr Schweigen fährt sie fort: »Was meinst du, wie Lukas reagieren wird, wenn er heimkommt? Wirst du es ihm überhaupt sagen?«

»Wie könnte ich es ihm verschweigen? Schau mich nur an! Ich kann nichts verheimlichen, ihm schon gar nicht, und erst recht nicht das, was in mir vorgeht.«

Hannah fällt ein Gedicht von Thomas Brasch ein. Sie rezitiert es, während wir eine Allee entlangschlendern und das letzte Laub von den Bäumen rieselt.

»Was ich habe, will ich nicht verlieren, aber
wo ich bin, da will ich nicht bleiben, aber
die ich liebe, will ich nicht verlassen, aber
die ich kenne, will ich nicht mehr sehen, aber
wo ich sterbe, da will ich nicht hin:
Bleiben will ich, wo ich nie gewesen bin.«

Am nächsten Tag ruft Nina an. Es ist Donnerstag. Im ›Tiggers‹ steigt an Donnerstagen immer eine Party. Dahin soll ich sie begleiten. Ob sie nicht weiß, dass es eine Singleparty ist?

Nina weiß es, meint aber, sie wolle nicht hin, um von Männern angebaggert zu werden, sondern des Spaßfaktors wegen. Ich will darüber nachdenken.

Das ›Tiggers‹ ist ein Club mit einem grundsätzlich guten Konzept. An das mittelalterliche Flair Mühlhausens angepasst, wurde es vor einigen Jahren in der ersten Etage eines Fachwerkhauses in der Innenstadt eröffnet und mit viel Ideenreichtum und Geschmack eingerichtet. Den Mittelpunkt bilden die rustikale halbrunde Bar und der von leerem Fachwerk umrandete Tanzbereich. Drum herum finden sich offene Sitznischen, zwei DJ-Pulte und weitere erhöhte Flächen, auf denen man abrocken kann. Es gibt Cocktails und Snacks und Musik aus drei Jahrzehnten. Trotz all dem hatte ich im ›Tiggers‹ noch keinen einzigen guten Abend. Ich habe überhaupt keine Lust hinzugehen, schon gar nicht, wenn Singleparty ist. Also rufe ich Nina an, um ihr abzusagen, doch sie bettelt und bettelt, bis ich mich geschlagen gebe. Zwar verstehe ich ihren Drang nach derartigen Events nicht, aber vielleicht sollte ich das gar nicht versuchen, sondern mich darauf freuen, unter Menschen zu kommen. Unter viele verrückte Menschen, aber egal.

Der Abend ist eine mittelmäßige Katastrophe. Es sind viele Leute da und bald ist Nina verschwunden, was prinzipiell keine Überraschung ist. Irgendwann verschwindet sie immer. Meistens auf die Toilette, wo sie in Gesprächen versackt. Eine Weile sitze ich an der Bar und lausche der Trennungsgeschichte meines Nachbarn, der schnell Andeutungen macht, dass er nichts dagegen hätte, wenn ich ihn über die Trennung hinwegtrösten würde. Da ich mir nicht anders zu helfen weiß, gehe ich zur Haupttanzfläche. Von dort aus entdecke ich Nina. Sie hat die Bar erklommen und vollzieht einen Schleierschwanzfisch-Bauchtanz mit einem Unbekannten. Wahrscheinlich war sie wieder mal auf dem Männerklo. Als ich auf meinem Hintern ein paar Hände registriere, die dort weder hingehören noch erwünscht sind, tanze ich zum anderen Ende der Bar und bestelle noch ein Glas Weißwein, in der Hoffnung, dass der Einfluss von Alkohol mich alles mit Humor sehen lässt. Ich habe gerade einmal genippt, da gesellt sich abermals jemand an meine Seite, um mich mit einer ganz alten Anmache in ein Gespräch zu verwickeln, welches so oberflächlich zu werden verspricht, dass ich richtig üble Laune bekomme. Ganz eindeutig habe ich zu wenig Alkohol getrunken, überlege ich und nehme einen zweiten, größeren Schluck, bevor ich den Mann zum Teufel schicke. Er trollt sich, beobachtet mich noch eine Weile, doch findet bald ein neues Opfer. Schon will ich aufatmen, da postiert sich eine dralle Blondine vor mir und kippt mir ihren Martini ins Gesicht. Ich soll ihren Freund in Ruhe lassen, keift sie und nennt mich eine Schlampe. Mit dem Ärmel tupfe ich mein Gesicht trocken und blicke ihr nach. Ihren runden Hintern schwingend stelzt sie zu einem Mann, den ich noch nie zuvor gesehen habe.

Nun langt es mir endgültig! Ich will nichts mehr trinken, ich will nicht mehr tanzen, ich will nur noch hier raus! Und zwar sofort! Bebend vor Zorn drehe ich mich um 90 Grad, um Nina, die noch auf dem Tresen abfeiert, einen tödlichen Lass-uns-abhauen-Blick zu schicken. Sie sieht mich nicht, also wühle ich mich durch die Massen zu der Stelle, an der sie tanzt. Kaum bin ich dort angelangt, greift mich eine Person am Kragen, von der ich im ersten Moment nicht sagen kann, ob sie Mann oder Frau ist. Sie entfernt mich wieder von meinem Ziel, indem sie mich in eine leere Sitznische schleift, auf einen Stuhl drückt und küsst. Mit den Nerven am Ende stoße ich sie von mir, wische mir angewidert über den Mund und boxe mich, keine Rücksicht auf sensible Körperteile nehmend, erneut zu Nina durch. Jetzt sieht sie mich sofort.

»Komm da runter!«, brülle ich.

Ein wenig überrascht leistet sie meinem Befehl Folge. »Was ist denn los? Ist irgendwas passiert?«, erkundigt sie sich, sobald sie vor mir steht. Dann drückt sie mir einen Schmatzer auf die Wange und umarmt mich, wobei sie mein nasses Oberteil bemerkt. »Neues Parfüm? Eau de Martini?« Sie kichert. „Ich find's heute echt super hier.«

Ihrem Ton entnehme ich, dass sie betrunken ist.

»Und ich find's scheiße«, entgegne ich patzig. Zwar will ich gar nicht so gruselig klingen, kann aber nicht anders. Mir reicht es echt. »Können wir bitte los. Dieser Laden ist sowas von zum Kotzen.«

Der Typ, mit dem sie getanzt hat, springt von der Theke und legt einen Arm um Ninas Hüfte.

»Ihr wollt los?«, fragt er. »Kann ich mitkommen?«

»Diese Frau ist in festen Händen«, kläre ich ihn auf »Aber ich denke, du hast hier eine gute Auswahl an passenden Kandidatinnen für die Nacht.« Ich weise auf die Person, die mich geküsst hat und immer noch in meiner Nähe herumlungert. »Diese da, zum Beispiel. Schau mal, sie guckt, als warte sie nur darauf, von dir auf die Theke eingeladen zu werden.«

»Das ist doch eine Lesbe«, erklärt er mir, als sei ich von einem anderen Stern. »Was soll ich denn mit so einer?«

Ich zucke die Schultern, nehme Nina bei der Hand und ziehe sie mit mir. Sie wert sich halbherzig.

»Der war doch echt niedlich«, nuschelt sie, als wir ins Freie stolpern.

»Bastian ist auch echt niedlich.«

Sie zieht die Stirn kraus und mustert mich aus zusammengekniffenen Augen. »Früher bist du ein glaubhaftes Gewissen gewesen.«.

Zu Hause angekommen springe ich unter die Dusche, um den klebrigen Martini abzuwaschen, und setze ich mich danach an den PC.

Christoph ist noch online und wir schreiben. Nicht mehr ganz nüchtern, doch ebenso wenig betrunken erzähle ich ihm von meinem Abend. Meine Schilderungen amüsieren ihn, und er zieht mich damit auf. Ich lasse es über mich ergehen, betrachte die Stunden im ›Tiggers‹ inzwischen sogar mit Humor und muss oft lachen. Vielleicht sacken sie in meine Träume und morgen früh erwache ich mit einer grandiosen Idee für ein völlig bekloppt-geniales Bild in Pink und Lila.

›Ich möchte deine Stimme hören‹, schreibt Christoph dann.

Ein wohliges Gefühl prickelt über meine Haut. Es ist ein weiterer Schritt in die falsche Richtung und dennoch genau das, was ich in diesem Moment ebenfalls will. Ich will es mehr als Schlaf, mehr als einen guten Job, sogar mehr als Lukas neben mir im Bett.

Das Klingeln des Telefons beschert mir Sekunden

absoluter Konfusion, denn es macht die ganze Sache ein weiteres bisschen realer. Es gibt ihn wirklich, den Mann namens Christoph. Er besteht nicht nur aus Buchstaben auf dem Monitor. Wenn ich abnehme, wird er etwas sagen mit einer Stimme, von der ich ahne, wie sie klingt und was sie bei mir auslösen wird.

Ich nehme ab und melde mich.

Meine Ahnung wird übertroffen. Christophs Stimme ist der Wahnsinn. Sie ist warm und klar und absolut gelassen. Sollte er so nervös sein, wie ich es bin, lässt er sich das mit keinem seiner Sätze anmerken. Ein wenig von dem Dialekt, der ihn als gebürtigen Schwaben enttarnt, hängt seiner Sprache noch an. Christoph bedauert, dass er ihn nie ganz los wird, und lacht nur, als ich frage, warum er das denn möchte. Ohnehin ist dieser nur noch minimal und klingt nett in meinen Ohren, liebeswürdig irgendwie, wie ein süßes Detail.

Von weniger brisanten Themen – Tauchgänge, Filme, Musik, Ausflüge auf Teneriffa – kommen wir auf uns zu sprechen. Christoph gibt zu, gäbe es einen Schalter, mit dem er abstellen könnte, was er für mich empfindet, würde er ihn sofort umlegen. Mit Bedauern zwar, denn er würde nicht vergessen wollen, wie sich die Sehnsucht nach mir anfühlt, doch er würde es trotzdem tun. Nur gibt es keinen solchen Schalter.

Er versteht, dass ich nicht aus Deutschland fort

kann, auch nicht für ein paar Tage, und er bittet mich nicht, zu ihm zu kommen. Dafür dass ich bei Lukas bleibe, sagt er weiter, mag er mich nur noch mehr.

Als wir auflegen, sind fünf Stunden vergangen. Die Flasche Wein zu meiner Linken ist leer, der Aschenbecher zu meiner Rechten quillt über. Mein Ohr glüht. Ich lüfte das Zimmer, gehe schlafen und träume nur Mist.

Meine Appetitlosigkeit wird ein immer größeres Problem, denn mittlerweile bringe ich schon fünf Kilo weniger auf die Waage.

Gestern war ich für ein paar Stunden bei meinen Eltern. Sie haben mich gefragt, ob es mir gut geht, und sich besorgt darüber geäußert, wie ungesund ich aussehe. Mein Vater hat mich beschworen, endlich zu kündigen und mir übergangsweise eine Stelle in seinem Architekturbüro angeboten. Innere Kämpfe ausfechtend, habe ich mir verwehrt, ihnen die Wahrheit zu sagen – so gern ich es getan hätte. Zu gern hätte ich meinen Kopf an Mamas Schulter gelegt und losgeheult. Doch weder ihr noch meinem Vater kann ich anvertrauen, was mich beschäftigt. Ich kann ihnen nicht einmal richtig in die Augen blicken, aus Furcht, sie würden es darin lesen.

Dennoch muss mein Verhalten Bände gesprochen und meine Eltern so sehr alarmiert haben, dass sie sich nicht anders zu helfen wussten, als Karsten davon zu erzählen.

Als mein Bruder bei mir zu Hause auftaucht, sitze ich heulend in der Küche und klammere mich an einer Zigarette fest. Er redet so lange auf mich ein, bis ich mit der Sprache herausrücke. Im Stillen schelte ich mich eine Idiotin, denn seit Karsten Italiener wurde, ist er über die Maßen eifersüchtig – nicht nur in Bezug auf Theresa. Sollten meine Eltern auf einer Party mehrmals mit einem anderen als ihrem Ehepartner tanzen, wird er sauer. Und seit Lukas beim Kaffeetrinken mit seiner Schulfreundin gesehen wurde, steht er sowieso unter Beobachtung.

Karsten ist so ziemlich die letzte Person auf Erden, von der ich mir jetzt Verständnis erwarte.

Er überrascht mich. Er rastet nicht aus. Weder flucht er noch droht er mir. Er hört nur zu, nimmt mich am Ende in den Arm und sagt, dass er es für klüger hält, wenn ich hierbleibe, aber dass er sich, falls ich fliege, um Lukas kümmert.

Mein Gott, das hört sich so endgültig an! Als säße ich mit einer Arschbacke schon im Flugzeug.

Am Tag vor Lukas' Heimkehr schwinge ich mich auf mein Rad und fahre zum Stadtwald. Wie immer bringt mich die letzte Steigung vorm Wald an meine Grenzen, doch ich will nicht langsamer werden und bald spüre ich das Ziehen in meinen Oberschenkeln gar nicht mehr.

Im Wald angelangt presche ich im immer noch gleichen Affenzahn zwischen kahlen Bäumen hindurch, vorbei an Denkmälern und Vesperhütten. An den Ruinen der Rüstungsfabrik, die 1947 von der Roten Armee gesprengt wurde, überkommt mich ein leichtes Grauen, doch lieber grusele ich mich, als durchzuhängen. Immer tiefer in den Wald geht es, weiter Richtung Westen. Wie so oft sind Pearl Jam meine akustischen Begleiter, habe ich mir diesmal auch keines der jüngeren, ruhigeren Alben ausgesucht, sondern ›Vitalogy‹, das aggressivste und seltsamste Machwerk der Band. ›Spin the Black Circle‹, ›Whipping‹ und ›Satan's Bed‹ harmonieren hervorragend mit meiner Stimmung. Die Lieder sind laut und wütend. Am Funkturm wende ich und schaffe es nicht, rechtzeitig zum nächsten Titel zu wechseln, sodass ›Better Man‹ anläuft. Habe ich den Anfang gehört, muss ich das Lied hören. Heute ist es ein Fehler, denn es ist einfach zu leise und wehmütig. Die Anstrengung des Radfahrens in Kombination mit den harten Riffs und wummernden Drums hatten mich gerade gleichgültig gemacht, indifferent gegenüber unerwünschten Gefühlen. Mein Verstand war aus seinem Dornröschenschlaf erwacht, mein Blick hatte sich geklärt und die Realität herangezoomt.

Während ich nun bergab rolle, mit ›Better Man‹ im Gehörgang, kehrt zurück, was ich verdrängt zu haben meinte, um Lukas einigermaßen gefasst gegenübertreten zu können.

Wenngleich ich lächele und vorgebe, dass alles in Ordnung ist, sieht Lukas mich nur an und weiß sofort, was los ist.

Wie erwartet lacht er diesmal nicht.

Eine Stunde später sitzen wir beide heulend auf dem Küchenfußboden. Ich fühle mich wie der letzte Arsch und heule bald nur noch, weil er es tut.

Als er mich wissen lässt, was in seiner Kompanie los ist, möchte ich zu ihm hinüberkriechen und ihn in den Arm nehmen, doch die Schwingungen, die er aussendet, sagen mir, dass das gerade keine gute Idee ist. Ein Soldat wurde in der Zwangsjacke abgeführt, erzählt Lukas, weil er sich für Satan hielt. Ein anderer pirschte wochenlang in voller Montur über den Rennsteig.

Geschichten wie diese wollte Lukas mir ersparen und selbst nicht weiter darüber nachgrübeln. Er hat sich gefreut, nach Hause zu kommen und mit mir eine Woche Urlaub zu verbringen.

Lukas stellt mir die Frage, ob ich wirklich wegwerfen will, was wir uns in den Jahren geschaffen haben. Er war immer davon ausgegangen, dass wir ein gutes Leben haben, eine funktionierende Beziehung, einen tollen Freundeskreis und keinen wirklichen Anlass zur Sorge. Bevor ich antworten kann, springt er auf, murmelte etwas von rausmüssen, wirft die Tür hinter sich ins Schloss und ist verschwunden.

Kurz vor Mitternacht halte ich es nicht länger aus und rufe ihn an. Er geht sogar ans Telefon. Ich bitte ihn, nach Hause zu kommen. Er verspricht es, doch seine Stimme klingt hart und kalt, so gar nicht nach ihm selbst.

»Was willst du überhaupt noch von mir?«, fragt er, kaum dass er zurück ist.

Es macht mir Angst, ihn in dieser Verfassung zu erleben. Dennoch versuche ich ihm zu erklären, dass ich ihn keineswegs nicht mehr liebe. Ich liebe ihn und werde ihn immer lieben, aber gegen das, was Christoph in mir auslöst, bin ich machtlos – ich bin nicht fähig, es mir zu verbieten. Niemand kann das.

Lukas sagt nichts mehr. Er mustert mich von oben herab, wendet sich mit einem Schnauben ab und geht ins Wohnzimmer.

Seine Reaktion würde ich ihm gern übel nehmen, doch er ist vollkommen im Recht. Er muss an meinem Verstand zweifeln, muss sich fragen, was für eine Irre er geheiratet hat. Nur eine Irre denkt darüber nach, etwas so Gutes für ein Online-Techtelmechtel aufs Spiel zu setzen.

Ich will nicht zu Christoph! Nie und nimmer will ich Lukas das antun! Keinen einzigen Tag könnte ich auf Teneriffa verbringen, ohne an Lukas zu denken, ohne ihn zu vermissen, ohne zu bereuen, was ich getan habe.

In Anbetracht dessen ist unser Streit absolut sinnlos.

Es ist Wochenende. Statt uns zu fetzen oder uns anzuschweigen oder abwechselnd Klamotten in eine Tasche zu stopfen, könnten wir einen gemeinsamen Koffer packen und einfach abhauen. Verreisen. Irgendwohin.

Aber das passiert nicht.

Dieses Wochenende geht in unsere Geschichte ein als das grauenvollste überhaupt.

Man sieht nur mit dem Herzen gut

Lukas und ich sind ausgepowert. Wir sind mit den Nerven am Ende. Kraftlos, willenlos.

Montagmorgen im Bett fragt er mich, was ich nun machen will. Mit noch geschlossenen Augen murmele ich: »Wenn sich hier nicht bald was ändert, bin ich weg!«

»Falsche Antwort!« Lukas wirft sein Deckbett zurück, steht auf und läuft nach draußen.

Natürlich war das die falsche Antwort! Eigentlich wollte ich sagen, dass ich gern zaubern könnte. Dann würde ich dafür sorgen, dass alles wieder so ist wie früher. Bedauerlicherweise habe ich in der Schule gefehlt, als Magie unterrichtet wurde. Doch, an unseren Streit gewöhnt, wollte ich meinen Mann verletzen, bevor er mich verletzt.

Aus der Küche dringt das Klappern von Geschirr und Besteck. Der Kühlschrank geht auf und zu. Irgendwann schrillt der Eierkocher. Der Duft von aufgebackenen Brötchen und Kaffee zieht durch die Wohnung. Momo kommt ins Schlafzimmer, um mich um sein Frühstück anzubetteln.

Als ich die Küche betrete, schaut Lukas mich mehr traurig als vorwurfsvoll an. Ohne ein Wort gehe ich zu ihm und umarme ihn. Lange bleiben wir so. Der

Kaffee wird kalt und Momo dreht beharrlich seine Runden um unsere Füße.

»Ich weiß, du hast das in letzter Zeit oft gehört«, murmele ich. »Mir fällt keine Variation dazu ein. Ich meine es so, wie es sage. Es tut mir leid. Ich liebe dich. Ich möchte bei dir bleiben.«

Mit einer sanften Bewegung streicht er mir eine Strähne aus dem Gesicht. »Lass uns wegfahren! Egal, wohin! Ich denke, ein Luftwechsel wird uns guttun!«

Zwei Stunden später haben wir gefrühstückt, eine Reisetasche gepackt und meiner Mutter wegen des Katers Bescheid gegeben. Sie ist verdutzt über unseren spontanen Entschluss, sagt aber nichts weiter. Es würde mich nicht wundern, wenn sie über unsere Situation bestens informiert ist. Mütter wissen immer alles, selbst wenn sie dafür an der Wand lauschen müssen.

»Wohin soll es nun gehen?«, fragt Lukas, als wir Mühlhausen hinter uns lassen.

Ich werfe einen Blick auf das Schild, das die Autobahn ankündigt, und blinzle in die Herbstsonne. »Mir ist jedes Ziel recht.«

»Sag wenigstens Norden oder Süden!« Lukas zieht eine Braue über den Rand seiner Sonnenbrille und grinst. »Oder soll ich vor der Autobahnauffahrt parken, damit wir es ausdiskutieren können?«

»Worauf hast du denn Lust?«

»Auf Meer!«

Also nehmen wir die Autobahn in Richtung Norden. Richtung Lieblingsinsel.

Als ich klein war, haben meine Eltern mit Karsten und mir jedes Jahr drei Wochen in Wiek auf Rügen verbracht, wo wir uns in immer derselben Ferienwohnung einmieteten. An regnerischen Tagen fuhren wir nach Sassnitz, um an den Kreidefelsen entlangzuwandern und nach Donnerkeilen zu suchen. Auch die Leuchttürme von Kap Arkona standen jedes Mal auf dem Programm. Schien die Sonne, verbrachten wir den Tag am Strand von Juliusruh, was eine viertelstündige Fahrt in unserem hellblauen Trabi bedeutete, die mir damals ewig lang erschien. Ich konnte es nicht abwarten, zum Meer zu kommen. In Juliusruh stellten wir den Trabi in einer der Buchten vor den Dünen ab. Da nur wenige Leute ein Auto besaßen und die meisten mit dem Zug anreisten, war ein Parkplatz nie ein Problem. Heute findet man in Juliusruh nicht mal mehr eine Lücke am Straßenrand, wenn man zu spät kommt.

Sobald die Pappe also stand, luden wir Kühltasche, Windschutz und Sonnenschirm aus dem Kofferraum und schleppten alles durch den warmen, von Kiefernnadeln gespickten Sand zum Wasser. Am Strand hatten wir unseren festen Liegeplatz und immer einen Strandkorb – die waren damals noch mietfrei. Da meine Eltern seit eh und je recht kontaktfreudig sind, lernten wir halb Ostdeutschland kennen.

Rügen.

Alleen führen schnurgerade durch das Flachland. Die Sonne blinzelt durch die Zweige der Bäume. Weiße Dünen und blaues Wasser schimmern hinter den Nadelwäldern. Die Bauernhäuser in den Ortschaften sind winzig und mit Stroh gedeckt. Storchennester thronen in Baumwipfeln oder auf Strommasten. Als ich das Fenster herunterlasse, rieche ich das Salzwasser und höre das Rauschen der Wellen sowie das Pfeifen des von der See kommenden Windes.

Ich schalte den CD-Player an. Er spielt einen Mix aus Partymusik, der schon einige Jahre alt ist und Oldschool-Charakter hat. Lukas und ich erinnern uns daran, wo wir waren und was wir getan haben, als diese Lieder zum ersten Mal liefen.

›Turkish Bazar‹ beispielsweise, ein Track des französischen Produzenten Emanuel Top, hatte Lukas vor einem Diskobesuch eingelegt. Damals lebten wir erst einige Monate zusammen in Lukas' kleiner Wohnung. Ich hatte mich noch nicht an die dünnen Wände gewöhnt und ihm waren sie egal, weshalb er die Musik aufdrehte. Er saß im Wohnzimmer auf der Couch und blätterte in einer Zeitung, während ich im Flur vor dem großen Spiegel stand und mich zurechtmachte. Ich erschrak fürchterlich, als die fuchsteufelswilde Nachbarin, die mir jeden Freitag die Hausordnung unter die Nase hielt, beinahe die Tür einhämmerte und über die nächtliche Lärmbelästigung krakelte.

Oder ›Hale Bopp‹ von Der Dritte Raum. Das Stück erschien 1998 und war nach dem Kometen benannt, der im Vorjahr tagelang am Himmel zu sehen gewesen war. Dieses Lied hatte mir Lukas zum ersten Mal auf einer längeren Autofahrt vorgespielt. Danach durfte er es gar nicht mehr abschalten. Ich wollte es wieder und wieder hören.

Ich mag es, mit meinem Mann im Auto unterwegs zu sein. Eigentlich bin ich kein guter Beifahrer, da ich lieber selbst hinter dem Steuer sitze, doch bei ihm gelingt es mir, abzuschalten und die Klappe zu halten. Beim Fahren legt Lukas eine Ruhe an den Tag, die er sich durch nichts nehmen lässt. Weder durch einen 20 Kilometer langen Stau noch durch einen Greis, der eine vierspurige Straße diagonal überquert und auf dem Mittelstreifen stehen bleibt, um hupenden LKWs mit seinem Stock zu drohen.

Viele unserer besten Gespräche haben auf einer Fahrt nach Irgendwo stattgefunden, und auch jetzt plaudern wir seit Stunden. In manchen Minuten scheint die Stimmung zwischen uns so harmonisch, dass das, was geschehen ist, genauso gut einer meiner verrückten Träume gewesen sein könnte. Es ist fast, als hätte es Christoph nie gegeben.

Einmal werde ich an ihn erinnert, denn mein Mobiltelefon wartet mit einer Nachricht von ihm. Er macht sich Sorgen, weil er schon so lange nichts von mir gehört hat. Als Lukas in einer Tankstelle ist, schreibe ich zurück, dass ich für ein paar Tage verreist bin und mich melde, wenn ich zu Hause bin. Bei der Antwort fühle ich mich mies. Ich will nicht mehr an Christoph denken. Zwei Männer im Kopf sind einer zu viel.

Am späten Nachmittag erreichen wir Binz. Wir tuckern die Straße am Strand ab und schauen die Hotels an. Als wir alle gesehen haben, wendet Lukas und fährt zurück zu dem Gästehaus, das uns am besten gefallen hat. Wir bekommen ein Zimmer im zweiten Stock mit Blick auf die Dünen und das Wasser. So schnell, wie wir drin sind, sind wir auch wieder draußen, denn ich drängele und kann es, ganz wie in meiner Kindheit, nicht abwarten, zum Meer zu kommen.

Noch nie bin ich im Herbst an der Ostsee gewesen. Es ist ungewohnt, wie meine Stiefel im Sand einsacken. Bald setzen wir uns in einen Strandkorb, der Hugo heißt. Hugo ist hellgrün und ziemlich neu. Wir müssen den halben Tagespreis bezahlen, wenngleich es nur noch eine Stunde bis 18 Uhr ist. Hugo ist es wert, denn in ihm ist es wie in einem Kino. Auf der Leinwand sehen wir die klaren Linien von Strand, Wasser und Himmel. Mal wabert eine Wolke ins Bild und wieder hinaus, mal laufen Nordic Walker vorbei. Möwen stelzen am Ufer umher oder fliehen vor zwei Hunden, die beim Sichten der Vögel taub werden für die Befehle des Herrchens.

»Sollen wir schauen, was es hier für Restaurants gibt?«, fragt Lukas, als die Sonne gesunken ist.

Ich schüttele den Kopf und rekele mich auf meiner grün-weiß-gestreiften Hugo-Bank. „Ich würde viel lieber hier bleiben."

»Ich bekomme aber langsam Hunger.«

»War da hinten nicht irgendwo ein türkischer Imbiss?«

Lukas grinst. »Gute Idee«, sagt er und steht auf, um Döner zu holen.

Zehn Minuten später ist er zurück, mit einem Hühnchen-Döner für mich, einem extrascharfen für sich selbst und einer entkorkten Flasche Wein samt Plastikbechern.

»Habe ich dir je erzählt, dass mein Großvater aus Binz stammt?«, fragt er und nimmt einen herzhaften Bissen.

»Hast du nicht. Wie ist er von Binz nach Mühlhausen gekommen?« Stirnrunzelnd sehe ich zu ihm hin. »Wieso zieht einer nach Thüringen, wenn er an der Ostsee wohnen kann?«

»Er war verliebt.«

»In deine Großmutter?«

»Ja. Sie war lange krank und hier zur Kur. Sie haben sich am Bahnhof kennengelernt, da war sie gerade angekommen, und er verabschiedete dort einen Freund, der zum Studium fuhr.«

»Das klingt romantisch.«

»Er hat es mir sehr romantisch beschrieben. Die beiden haben sich gesehen und buff ... war es um sie geschehen.«

»Buff«, wiederhole ich und schmunzele.

Als Lukas mich anschaut, umspielt ein Lächeln seinen Mund »Wie bei uns.«

»Oh, ich glaube, bei uns war es dramatischer.«

»Mein Großvater besaß kein Auto, vor das meine Großmutter sich hätte werfen können.«

Als wir aufgegessen haben, schenkt Lukas Wein in die zwei Becher und reicht mir einen. Dann lehnt er sich, wie ich, zurück auf die grün-weiß-gestreifte Hugo-Bank, rutscht dichter an mich und legt seinen Arm in meinen Nacken.

Mit seinem Becher stupst er gegen meinen. »Cheers«, murmelt er und trinkt einen Schluck. Seine Brust hebt und senkt sich lautlos unter einem Seufzen, als er auf die nun dunkle See schaut.

Am nächsten Morgen werde ich früh wach. Lukas liegt nicht neben mir. Er ist nicht im Zimmer, auch nicht im Bad. Besorgt krieche ich zurück ins Bett und lausche auf Schritte vor der Tür.

Eine Stunde später steht er in Sportsachen vor mir. Offenbar war er joggen. Ein merkwürdiger Ausdruck liegt in seiner Miene, eine Traurigkeit, die nicht verschwunden ist, als er aus der Dusche kommt und sich unter der Decke an mich kuschelt. Seine Hände umfassen mein Gesicht. Seine Daumen streichen sanft über meine Wangen, als sein Blick immer ernster wird.

»Lena, bitte bleib bei mir!«, flüstert er.

»Egal, wohin ich ginge«, flüstere ich zurück, »ich würde dich vermissen und vor Kummer krepieren.«

Lukas schiebt seine warmen Hände unter mein Nachthemd. Spielerisch malen seine Finger Kreise um meinen Bauchnabel und begeben sich auf eine Wanderung. Er rückt dichter zu mir, knabbert an meinem Hals und arbeitet sich weiter nach oben, bis sein Mund meinen findet. Sein Kuss ist sanft, vorsichtig fragend – als bräuchte er meine Erlaubnis.

Meine Hand wandert über seinen Rücken, ertastet die Muskulatur, streicht weiter über seine Hüfte zu seinem Po. Als sie dort leichten Druck ausübt, finde ich mich auf dem Rücken wieder. Lukas ist über mir, legt meine Arme über den Kopf und zeichnet die Wölbung meiner Brüste unter dem schwarzen Stoff nach. Dann zieht er mich aus, küsst meine Haut und erkundet, angespornt von meinem Atem, der unter seinen Zärtlichkeiten immer wieder stockt, jedes Fleckchen meines Körpers.

Ich liebe diesen Mann und begehre ihn, wie ich ihn am ersten Tag begehrt habe, kraule durch seine blonden Haare und fixiere den Blick aus seinen grünen Augen. Er keucht leise, küsst mich wieder auf den Mund und schiebt sich zwischen meine Beine. Ich umschlinge ihn, lege die Hände auf seine Hüften und drifte fort im Rhythmus unserer Herzen.

Der Tag bringt wunderschönes Wetter. Die Oktobersonne ist hell, hat sie auch nicht mehr genügend

Kraft, um Wärme zu spenden. Zum Frühstück sitzen wir auf der um diese Jahreszeit eigentlich schon geschlossenen Außenterrasse des Gästehauses, eingemummelt in Jacken und Schals, die Sonnenbrillen auf den Nasen. Die Küchenchefin hat unserer Bitte nachgegeben und aufgeschlossen. Bald geben noch mehr Gäste der frischen Luft den Vorzug und gesellen sich mit ausgeschlafenen Gesichtern zu uns.

Auch von der Terrasse aus kann man das Meer sehen. Lukas und ich holen uns Nachschub an Kaffee, legen die Füße auf die zwei leeren Stühle an unserem Tisch und rauchen die erste Zigarette.

»Erzähl mir von Christoph«, fordert Lukas mich aus heiterem Himmel auf.

Ich versuche hinter die dunklen Gläser seiner Sonnenbrille zu blicken, am liebsten direkt in sein Gehirn, um herauszufinden, warum um alles in der Welt er will, dass ich über Christoph spreche.

»Was soll ich dir von ihm erzählen?«, frage ich mit leichtem Unmut in der Stimme und schaue zurück auf das Wasser, über dem ein Schwarm kreischender Möwen seine Runden dreht.

»Zum Beispiel, wie er aussieht, wie er lebt und was ihn nach Teneriffa getrieben hat.« Er greift zu der Schachtel auf dem Tisch und zündet sich eine weitere Zigarette an, pustet den Rauch langsam aus. »Es muss doch eine Menge über ihn zu berichten geben, wenn er dich so beeindruckt hat. Du bist nicht leicht zu beeindrucken.«

Ich zögere noch, doch gebe ihm schließlich Antwort auf seine Fragen, beschreibe Christoph und erzähle von seiner Tauchschule. Ich erwähne sogar ein paar Details aus seiner Vergangenheit in Deutschland.

»Und du glaubst ihm jedes Wort?« Lukas' Blick ist nichts als skeptisch. »Er kann dir doch sonst was erzählen.«

»Welchen Grund hätte er?«

»Keine Ahnung, ich kenne ihn ja nicht.« Nachdenklich schüttelt er den Kopf. »Für mich klingt die Geschichte eben ein bisschen unglaubwürdig, wie aus einem Film. Er könnte ebenso gut einer dieser verrückten Verkäufer sein, die billige Uhren und Sonnenbrillen in ihren Trenchcoats stecken haben und die Teile an Touristen verticken. Du weißt schon, wie in der Werbung.« Er verkneift sich ein Lachen, öffnet den Reißverschluss seiner Jacke, hält sie mit beiden Händen weit auf und ruft so laut, dass sich andere Gäste zu ihm umwenden: »Sunglasses! Sexy sunglasses! Anyone need sexy sunglasses?« Noch immer feixend, überlegt er weiter: »Vielleicht ist er ein Serienkiller?«

»Den gleichen Gedanken hatte ich auch«, kichere ich, greife nach seiner Hand und verschränke meine Finger mit seinen. Dann lege ich den Kopf zurück und blinzele in den grellblauen Himmel. »Lass uns das Thema wechseln, okay?«

Wir schweigen. Ich schließe die Augen. Ich will

es nicht, aber ich denke an Christoph und stelle mir vor, wie er just in diesem Moment in den Atlantik springt, um auf 40 Meter abzutauchen.

Am Nachmittag fahren wir von Binz aus ein paar Kilometer nach Norden zur Stubbenkammer. Hinter dem Königstuhl wandern wir am Strand entlang, um zu einem Leuchtturm zu gelangen, der in der Nähe liegen soll.

Vor uns in einiger Entfernung laufen Leute, die den Leuchtturm wahrscheinlich ebenfalls suchen, und solche, die ihn scheinbar schon gefunden haben, kommen uns entgegen.

Auch nach einer Stunde ist von einem Leuchtturm weit und breit keine Spur. Lukas bekommt irgendwann schlechte Laune. Nach einigen vergeblichen Versuchen, ihn aufzuheitern, gebe ich auf und stapfe wortlos neben ihm durch den nassen Ufersand.

»Lass uns nach Hause fahren«, sagt er nach einer weiteren Stunde ohne Leuchtturm.

»Du meinst nach Binz?«

»Nein, nach Hause.«

Abrupt bleibe ich stehen. Er läuft weiter. »Wieso denn das auf einmal?«, rufe ich ihm nach.

»Du bist anders.«

Ich laufe weiter, schneller, um ihn einzuholen. »Ich bin anders?«, japse ich entrüstet. »Sorry, aber ich verstehe dich nicht. Wir sind hier, und es ist schön. Wieso willst du auf einmal nach Hause?«

»Es gibt Minuten, da scheinst du so weit weg zu sein, dass ich mir wie Luft vorkomme. Und in diesen Minuten weiß ich nicht, was wir hier überhaupt tun.«

Ich fühle mich ertappt und schuldig für jeden Gedanken, mit dem ich seit unserer Ankunft auf Rügen bei Christoph verweilte.

»Du kannst nicht erwarten, dass von einem Tag auf den anderen alles wieder ist, wie es war. Mir gefällt es selbst nicht, aber so etwas braucht Zeit.« Indem ich Lukas am Arm packe, zwinge ich ihn, stehen zu bleiben.

Widerwillig blickt er mich an. »Trotzdem würde ich gern wissen, wo du in diesen Minuten bist und woran du dann denkst. Was ist es? Soll ich dich in Ruhe lassen? Dich nicht anfassen? Dich nicht ansprechen?«

»Du sollst mich nicht in Ruhe lassen. Du sollst mich anfassen. Du sollst tun, was du möchtest, und du machst alles richtig, okay?« Ich gebe seinen Ärmel frei und schiebe meine Hände in die Jackentaschen. »Willst du wissen, ob ich an ihn denke? Willst du einen Streit provozieren? Dann lass dir gesagt sein, dass ich die ganze Zeit denke. Mal denke ich über uns nach, mal über Nina oder Hannah oder Lilly, über meine Eltern, über meinen blöden Job und was ich demnächst tun werde, um einen besseren zu finden. Ich denke über den Sand zu meinen Füßen nach und über die Luft, die ich in meine Lungen sauge. Mal denke ich nur an dich und mal auch an Christoph. Ich denke immerzu. Ununterbrochen. Ich kann nicht nicht denken. Aber ich denke nicht immer an ihn.«

Lukas bleibt still und betrachtet mich ohne eine Regung in seiner Miene.

»Möchtest du wirklich nach Hause?«

»Nein.« Er zieht meine Hand aus der Jackentasche und umfasst sie, drückt sie sanft. Ich bette mein Gesicht im Kragen seiner Jacke. Ungefähr zur gleichen Zeit atmen wir beide auf. Dann gehen wir weiter.

Mir ist vollkommen klar, dass ich zu ihm gehöre. Ihm muss nur auch klar sein, dass ich so fühle.

Während des Spaziergangs suchen meine Blicke den Sand nach schönen Muscheln ab. Lukas hält nach dem Leuchtturm Ausschau. Aber da ist nichts, nur eine bewaldete Landzunge am Horizont, der wir uns nicht merklich nähern. Wir nehmen das Ganze mit Humor und denken uns Geschichten aus, welche das Verschwinden des Leuchtturms erklären. Nach zwei Stunden wird uns der Weg jedoch zu lang, immerhin müssen wir die Strecke auch zurückgehen. Also kehren wir um.

Ich knipse ein paar Fotos. Eins von dem Leuchtturm, der nicht da ist. Eins von Lukas, wie er in einer Düne liegt, mit ausgestreckten Armen und Beinen, und einen Engel in den Sand macht.

In einem Souvenirshop finden wir eine Postkarte, die wir kaufen. Darauf ist eine typische Ostseelandschaft bei Sonnenuntergang abgebildet. Über der Fotografie steht ein Zitat von Konfuzius: ›Was du liebst, lass frei. Kommt es zurück, gehört es dir – für immer.‹

Noch ein Anfang

Während unseres Ausfluges nach Rügen hat Christoph drei Nachrichten geschrieben. Beim Lesen krempelt sich mein Herz um.

Wieso kann Christoph nicht eine andere Frau kennenlernen? Eine, die es verdient, solche Mails zu bekommen? Eine, die ihm nicht wehtut? An Letzterem führt kein Weg vorbei.

Mail Nr. 1:

›Hallo Lena,

ich hoffe, meine SMS hat dich nicht in Schwierigkeiten gebracht. Ich war lediglich ein wenig besorgt, denn ich hatte beinahe eine Woche nichts von dir gehört.

Du bist also verreist. Ich nehme an, um nachzudenken. Ich denke auch ständig nach und wünschte, ich könnte endlich damit aufhören. Ich war auf La Gomera. Egal, wie chaotisch oder stressig mein Leben gerade ist, auf dieser Insel finde ich immer einen Ort, an den ich mich verziehen kann. Um nachzudenken.

Ich habe keine Ahnung, wie das alles weitergehen soll. Jeden Tag denke ich bestimmt tausendmal an dich. Ich überlege, was du machst, und stelle mir vor, wie es wäre, wenn du bei mir wärst.

Die Tauchgänge heute waren in Ordnung. Aber ich konnte mich nicht richtig darauf konzentrieren. Und das ist gar nicht gut. Das ist absolut fahrlässig.

Nun werde ich fernsehen, in der Hoffnung, dass das Programm so schlecht ist wie immer und mich einschlafen lässt.

Hab dich lieb.

Christoph‹

Mail Nr. 2:

›Mein süßes Engelchen,

wann kommst du wieder?

Ich führe eine Beziehung mit meinem Computer. Das Ding ist mittlerweile das wichtigste Stück im Haus. Heute Morgen hat er den Geist aufgegeben. Was für eine furchtbare Diagnose: Festplatte kaputt! Oh nein, dann kann ich Lena nicht mehr schreiben. Aber nun geht er wieder.

Wie auch immer.

Eigentlich führe ich hier ein Selbstgespräch. Aus irgendeinem Grund ist mir selbst das egal. Dir zu schreiben ist besser, als dazusitzen und abzuwarten, bis du wiederkommst, oder tausendmillionenmal den Posteingang zu checken.

Ich vermisse dich immer noch!

Christoph‹

Mail Nr. 3

›Hab ich dir schon gesagt, dass du mir fehlst?

Nicht? Also: Du fehlst mir! Es ist so ohne dich. Du fehlst mir praktisch doppelt. Einmal fehlst du mir hier und jetzt auch noch am PC.

Zugegeben, ich hätte nie damit gerechnet, dass mir so etwas passiert, dass ich noch einmal in der Lage bin, solche Gefühle für jemanden zu entwickeln. Für dich. Ausgerechnet. Hätte es nicht jemand sein können, bei dem ich eine reelle Chance habe. Warum bist du es? Und warum ist es überhaupt geschehen? Ich dachte, ich hätte das vor etlichen Jahren abgestellt. Es ist total verrückt. Ich muss wahnsinnig geworden sein, doch das werde ich nicht laut äußern, denn auf Teneriffa gibt es keine vernünftigen Klapsmühlen.

Vernünftige Klapsmühle … ha, das klingt fantastisch.

Jemand hat mir mal gesagt, ich sei ein Eisklotz. Da muss er sich geirrt haben.

Hab dich lieb!

Christoph‹

So grausam es ist, auf diese E-Mails mit einer letzten zu antworten, es muss sein, denn der richtige Zeitpunkt wird nie kommen.

Allein beim Gedanken an meine Worte, die es erst einmal zu finden gilt, wird mir übel wie vor einer Mathematikprüfung. Doch diese ganze Geschichte bringt nichts. Mir nicht, Christoph nicht, Lukas nicht. Niemandem. Ich muss einen Schlussstrich unter das ungesunde Wunschtraumdenken setzen und jeden Beteiligten erlösen. Also schreibe ich:

›Hallo Christoph,

ich bin jetzt wieder zu Hause. Der kurzzeitige Tapetenwechsel hat mir gutgetan. Ich habe viel nachgedacht und eine Entscheidung getroffen, die dir mitzuteilen mir nicht leicht fällt.

Es ist das Beste, wenn wir es an dieser Stelle beenden. Ich kann das so nicht mehr. Es ist nicht fair, niemandem gegenüber. Dass ich nach Teneriffa komme, ist eine Illusion. Ein solcher Schritt würde alle Beteiligten noch tiefer verletzen, denn ich weiß, dass ich nicht bleiben könnte. Stell dir vor, ich käme für zwei Wochen. Es wäre ein vorprogrammierter schwerer Abschied. Also ist es am vernünftigsten, wenn wir uns an dieser Stelle voneinander verabschieden – ohne uns je wirklich kennengelernt zu haben, wirst du jetzt denken.

Ich werde nicht mehr schreiben. Falls doch, dann antworte nicht.

Lena‹

Minutenlang starre ich auf den Button. Dann klicke ich ihn an und die Mail wird in Christophs Postfach geschickt. Sie ist fort und bei ihm, unwiderruflich.

Zwei Tage später bekomme ich Antwort. In der Zwischenzeit habe ich ständig meine E-Mails abgerufen und eigentlich nicht mehr mit einer Reaktion gerechnet.

›Hallo Lena,

ich habe eine Weile gebraucht, um deine Nachricht zu verarbeiten und an mein Großhirn weiterzuleiten. Ich bin ganz viel getaucht, um mich abzulenken.

Prinzipiell war mir klar, dass ich diese Worte früher oder später lese, und natürlich akzeptiere ich deine Entscheidung. Ich mag dich zu sehr, als dass ich schuld daran sein möchte, dass Du Dein Leben verpfuschst. Ich wäre gern mehr gewesen. In einem uns beiden nicht bewussten, parallelen Leben bin ich das vielleicht.

Ich werd dich nicht vergessen.

Christoph‹

Am Ende der Woche kenne ich die Nachricht auswendig, so oft habe ich sie gelesen.

Am Ende der Folgewoche lese ich sie noch ein einziges Mal, dann lösche ich sie und mit ihr die gesamte Korrespondenz zwischen Christoph und mir. Das fällt mir nicht leicht und jeder Löschvorgang tut weh, doch Christoph kann kein Teil meines Lebens sein. Zurück bleibt eine gewisse Leere, die sich in der Leere des Postfaches spiegelt.

Um mein Leben endlich voranzubringen, setze ich drei Wochen später, Mitte November, meinem tristen Dasein als unbezahlter Teamleiter eines konzeptlosen

Projektes ein Ende. Mittlerweile sind Bewerbungen geschrieben und drei Vorstellungsgespräche stehen in meinem Terminkalender. Mein unumstrittener Favorit ist ein Marketingstudio in der Stadt, das sich erweitert. Expandierende Unternehmen sind immer gut. Expandiert einer und vergibt unbefristete Stellen, kann das nur bedeuten, dass für den Moment genug zu tun ist und die Prognosen vielversprechend sind. Hingegen heißt es Finger weg von Neugründungen!

Noch eine Woche später gehören die Vorstellungsgespräche der Vergangenheit an. Der Favorit hat seinen Posten verteidigt. Ich will diesen Job! Leider ist die Stelle erst ab Januar zu besetzen. Doch was sind schon fünf Wochen verglichen mit den Monaten, die hinter mir liegen.

Die Rückmeldung lässt auf sich warten. Zu allem Übel erhalte ich ein verlockendes Angebot von der zweitliebsten Stelle, für die ich jeden Tag 50 Kilometer mit dem Auto fahren müsste, und werde eingeladen, zum Unterschreiben des Arbeitsvertrages vorbeizukommen. Der Inhaber reagiert überrascht, als ich mir Bedenkzeit erbitte.

Nach zwei weiteren Tagen meldet sich endlich der Chef des Marketingstudios, um mir eine Praktikumswoche anzubieten, in deren Anschluss meine Fähigkeiten bewertet werden sollen und eine Entscheidung getroffen wird. Ich bin happy. Von mir aus kann das Praktikum bis zum Ende des Jahres gehen. Ich will endlich arbeiten!

Die paar Tage Schnupperjob verlaufen positiv. Ich erhalte den Auftrag, grafische Vorlagen für zwei Webseiten zu erstellen. Eine ist für den Motorradshop, bei dem Lukas und Bastian ihre Maschinen gekauft haben, als sie noch auf zwei Rädern unterwegs waren. Die andere Seite ist für einen Großhandelsmarkt. Während ich arbeite, wird mir bewusst, mit welchem Elan ich die Sache angehe. Es macht so viel Spaß, dass ich kaum ein Ende finde. Am liebsten würde ich noch zu Hause weiterbasteln. Einige Dinge, zum Beispiel bestimmte Tools, sind mir neu. Schließlich habe ich ein gutes halbes Jahr aufzuholen. Die Behauptung, dass die EDV-Branche schnelllebig ist, halte ich für untertrieben. Prinzipiell muss man nur zwinkern und hat schon etwas verpasst. Also klemme ich mich dahinter. Mal hole ich Auskunft über das Internet ein oder tüftele so lange, bis es ich den Dreh heraushabe, mal frage ich eine Mitarbeiterin. Sie und die anderen sieben Kollegen sind in meinem Alter und haben entweder, wie ich, studiert oder eine Berufsausbildung absolviert. Der Arbeitsalltag verläuft locker. Irgendeiner blödelt immer rum, ständig gibt es einen Grund zu lachen und auf so manchen Scherz fliegen Papierkugeln durch das Großraumbüro. Jeden Morgen wird ausgelost, wer den Radiosender bestimmen darf und mittwochs wird anlässlich des ›Bergfestes‹, das die Mitte einer bis dahin erfolgreichen Woche kennzeichnet, jenseits der Schreibtische gefrühstückt.

Der Präsentation meiner Arbeit folgt ein Gespräch unter vier Augen. Auf dem Weg dorthin schicke ich im Stillen Stoßgebete in den Himmel. Allzu lange muss ich glücklicherweise nicht beten, denn sobald ich sitze, höre ich die Worte, denen ich so entgegengefiebert habe:

»Von mir aus gern, Frau Scholl«, sagt der Inhaber mit einem zufriedenen Schmunzeln. »Können Sie sich vorstellen, Mitglied unserer Mannschaft zu sein?«

»Absolut«, lautet meine prompte und in den Emotionen stark gedämpfte Antwort, denn am liebsten möchte ich vom Stuhl hüpfen, um einen Freudentanz aufzuführen.

»Dann sehen wir uns im neuen Jahr!« Aus meinen Bewerbungsunterlagen zieht er einen Stapel Papiere. »Zugegeben, aus allen Bewerbern waren Sie meine Favoritin, und ich war so frei, schon einen Arbeitsvertrag vorzubereiten! Nehmen Sie ihn mit nach Hause und schauen Sie ihn in Ruhe an. Es genügt, wenn ich ihn am Montag vorliegen habe.«

Das geht runter wie Öl. Außer einem »Danke« bringe ich kein Wort heraus. Ich bin viel zu beschäftig damit, glücklich zu sein. Endlich kann ich in der Liste meiner derzeitigen Lebenswünsche einen letzten Haken machen.

Geschafft! Perfekt!

Um meinen Erfolg zu feiern, besorgen Lukas und ich die Zutaten für Caipirinha sowie Nachos Supreme und laden Nina und Bastian, Hannah und Lilly ein.

Nach dem Essen sitzen wir in unserer zweiten Etage, wo sich hinter der Terrasse ein Partyraum befindet, der mit Billardtisch, Boxsack, Bildschirmen und Spielekonsole ein Paradies für jedes Männerherz ist. Den Billardtisch haben Lukas und Bastian – beide passionierte Spieler – von einer bankrotten Spielothek zu einem Spottpreis abgestaubt und bei uns untergestellt, da Bastian keinen Platz dafür hat. Lukas und Bastian liefern sich nun ein Duell, das das erste von vielen zu werden droht, da Lukas zu gewinnen scheint und Bastian ein schlechter Verlierer ist. Sie sind so vertieft in ihren Zweikampf, dass das Eis in ihren Cocktails schmilzt.

Die Mädels und ich sehen gelangweilt zu und als unsere Gläser leer sind, gehen wir zurück nach unten, um unsere zweite Ration zu mischen. Lilly viertelt die Limetten. Hannah teilt sie auf die Gläser auf und zerstampft den Rohrzucker darin. Nina zertrümmert das Eis. Ich schenke den Pitú nach Augenmaß ein.

Wir belagern die Couch im Wohnzimmer und ich schalte einen Fernsehsender ein, der nonstop Musikvideos zeigt. Zu Hannahs und meiner Freude beginnt um 22 Uhr die ›Rock 'n' Heavy‹-Hour. Diesmal werden hauptsächlich Songs aus den 90ern gespielt, deren Videos wir viele Jahre nicht gesehen haben. Unsere Euphorie teilen Nina und Lilly leider nicht, ganz im Gegenteil, sie flehen mich an, den Sender zu wechseln. Auch mit einem dritten Caipirinha sind sie nicht zu bestechen, also gebe ich nach und zappe weiter, übergehe die restlichen Musiksender und lande auf dem Discovery Channel.

Es läuft eine Reportage über Haie, die den Versuch unternimmt, die größten Irrtümer über den vermeintlichen Killerfisch aufzuklären. Ich bin ein grundsätzlicher Befürworter von ›Haie sind nette Tiere‹, doch um mich herum scharen sich drei Frauen, die sich echt gruseln, als ein südafrikanischer Wissenschafter von seiner Begegnung mit dem Großen Weißen erzählt. Dabei beschreibt der Mann das Tier als harmlos.

»Lieber reite ich tagelang auf einem Elefanten, als nur den kleinen Zeh in dieses Wasser zu halten«, bemerkt Lilly, als der Film zum Great Barrier Reef überblendet und eine Gruppe von Surfern interviewt wird.

»Ich würde eher vor einem Elefanten oder einem Nilpferd die Flucht ergreifen als vor einem Hai«, antworte ich und schlürfe den letzten Schluck des Caipirinhas durch den Trinkhalm. »Die beiden gelten als viel gefährlicher.«

»Aber doch nicht aus Bösartigkeit«, klinkt sich Hannah ein.

»Haie sind auch nicht bösartig!«

»Meine Güte, wen juckt's«, stöhnt Nina und stellt unsere gelehrten Gläser auf das Tablett. »Ich mixe mir noch einen. Hat noch wer Bedarf?«

Fünf Minuten später kehrt Nina pfeifend mit vier Caipis zurück und grummelt, weil wir noch immer die Hai-Reportage schauen.

›Um Haien zu begegnen, ist nicht zwingend eine Reise nach Australien erforderlich‹, ertönt die Stimme des Kommentators, als die abgebildete Landkarte von Australien einer von Europa weicht. ›Sogar in der Ostsee wurden sie gesichtet, siedeln sich hier auch vorrangig kleinere Spezies an. Vielen anderen Arten, dem Hammerhai zum Beispiel, sind diese Gewässer jedoch zu kühl. In den wärmeren Küstengebieten im Süden Europas fühlen sie sich wohler.‹

Auf der Landkarte werden die Kanarischen Inseln herangezoomt. Ein Kribbeln tänzelt über meine Haut, denn ein unterschwelliges Gefühl sagt mir, dass es nun nach Teneriffa geht.

»Hey, ist das nicht die Insel, auf der dein Taucher wohnt?«, mutmaßt Nina.

»Er ist nicht mein Taucher!«, erkläre ich tonlos, ohne den Blick vom Bildschirm zu nehmen.

Der Kommentator meldet sich wieder zu Wort: ›In der Meerenge zwischen Teneriffa und La Gomera kann man häufig Hammerhaie sichten, die wahrscheinlich von den Fischfarmen im Süden Teneriffas angelockt werden. Wir haben uns mit einem Experten getroffen, der diese Tiere lange Zeit studiert hat und bereit ist, uns eine Unterwasserführung zu geben. Dr. Christoph Storm promovierte an der Duke Universität von North Carolina in Meeresbiologie mit einer

Dissertation über Lebensräume, Wandergewohnheiten und Verhalten der gejagten Jäger.‹

Mein Herz bleibt stehen!

Ja, ganz sicher ist es stehen geblieben. Ich atme nicht mehr, ich spüre meinen Puls nicht. Mir wird kalt.

Ein Schrei aus drei Mündern holt mich ins Leben zurück. Meine Freundinnen haben sich aus ihren Couch-Lümmel-Positionen aufgerichtet, Nina hat sogar ihr Glas umgeschüttet, was momentan aber keinen interessiert.

»Ich geh kaputt!«, murmelt Hannah und ergreift meine Hand, um sie fest zu drücken. Doch ich beachte sie nicht weiter und starre wie gebannt auf den Bildschirm.

»Du meine Güte …«, kommt es von Lilly, bevor sie mit einem Seufzen gegen die Couchlehne plumpst. »Das hat gerade noch gefehlt. Hätten wir den Fernseher nicht auslassen können?«

»Um uns das hier entgehen zu lassen?« Nina steht auf und geht ganz nah an den Fernseher. »Schaut ihn euch bloß mal aus der Nähe an!«, grunzt sie. »Lena, ich glaube, absolut jede von uns wäre hier schwach geworden.« Mit einem weiteren Grunzen fügt sie hinzu: »Ich wahrscheinlich am schnellsten.«

»Schieb deinen Hintern ein Stück zur Seite«, ruft Hannah und wirft ein Kissen nach ihr. »Wir wollen auch was sehen.«

Christoph lehnt gegen die Bootsreling und erzählt von seinen bisherigen Begegnungen mit Hammerhaien. Er ist braun gebrannt und hat faszinierend blaue Augen. Eine dunkle Sonnenbrille steckt in seinen blonden, kinnlangen Haaren, die dann und wann von einer Brise durchwirbelt werden. Er trägt ein dunkles T-Shirt, eine Jeans und ist barfuß. Während er spricht, hält er die Arme meist vor der Brust verschränkt. Manchmal löst er sie, um seine Schilderungen mit Gesten zu unterstreichen.

Auf die Frage, ob er damit rechnet, bei seinem heutigen Tauchgang einen Hammerhai anzutreffen, zieht er eine Braue hoch.

›Dafür gibt es keine Garantie. Wenn Sie die wollen, müssen Sie in den Norden nach Puerto de la Cruz fahren. Dort gibt es den Loro Parque, in dem alle möglichen Riesenfische Kunststücke vorführen und zum Glück nicht ahnen, dass es so was wie Freiheit gibt.‹ Wie zur Beschwichtigung lächelt er und wendet sich von der Kamera ab, um über das Wasser zu schauen. ›Es gehört eine Portion Glück dazu, einem solchen Tier zu begegnen.‹

Das Gespräch kommt auf die Tauchschule, und wie bestellt klettert ein Mann aufs Boot, der ungefähr in Christophs Alter ist. Christoph schlingt einen Arm um den Hals des anderen, zieht ihn spielerisch grob näher und strubbelt ihm durch das kurze rote Haar. ›Das hier ist Lenny, einer meiner Tauchlehrer.‹ Die Männer tauschen einen Blick aus. ›Er ist Engländer und von Anfang an im ›Deep Blue‹ dabei. Heute wird er meine Sicherung übernehmen.‹

Es wird die Frage gestellt, ob es je brenzlige Situationen unter Wasser gab, Momente, in denen ein Hai zu einer Bedrohung wurde.

›Haie fürchten den Menschen‹, erklärt Christoph und geht ein paar Schritte zum Cockpit, um das Boot zu starten. ›Sie meiden unsere Nähe, fliehen zumeist, wenn sie uns über den Weg schwimmen. Sie töten, um sich zu ernähren oder zu verteidigen, aus keinem anderen Grund.‹ Um das Knattern des Motors zu übertönen, hebt er die Stimme für ein letztes Statement. ›Wir schmecken ihnen nicht, und solange wir sie in Ruhe lassen, haben sie keinen Grund, uns anzugreifen.‹

Am Spot angekommen, wechseln Christoph und Lenny in den Tauchanzug, was meine Freundinnen – auch Lilly – endgültig verzückt. Sie sprechen Englisch miteinander und überprüfen nebenbei den Druck ihrer Pressluftflaschen. Wenig später sind beide unter Wasser und lassen sich absinken. Auf 30 Metern Tiefe bleibt Lenny zurück und Christoph taucht allein weitere zehn Meter. Mit seiner Kamera nimmt er auf, was um ihn herum geschieht, während er selbst von Lenny gefilmt wird.

Es herrscht reges Treiben. Größere und kleine Fische schwimmen vorüber, Schwärme und einzelne Tiere. Auch zwei Delfine geben sich die Ehre und reagieren neugierig auf den Taucher, drehen Kreise um ihn. Die gesamte Zeit über hört man das Rauschen von Wasser wie aus einem fernen Wasserhahn, das Gluckern von aufsteigenden Bläschen und Christophs Atem.

Natürlich kann sich Nina den Darth-Vader-Vergleich nicht verkneifen und braucht sich nicht zu wundern, dass Hannah sie erneut mit einem Kissen bewirft.

»Oh Gott, da ist einer!«, keucht Lilly und hebt die Hände vor den Mund. »Spätestens jetzt wäre ich zurück an der Oberfläche!«

»Mit geplatztem Trommelfell«, informiere ich sie.

Die nun gesendeten Bilder stammen hauptsächlich aus Lennys Kamera. Es ist nicht nur *ein* Hammerhai, es sind fünf. Sie zeigen ähnliches Interesse wie die Delfine, nähernd sich Christoph allerdings mit mehr Bedacht, umzingeln ihn einige Male und verschwinden bald wieder im diesigen Blau.

Christoph taucht zu Lenny auf. So mühelos wie andere Leute Fahrrad fahren, schwimmt er wie ein Fisch in sanften, wellenartigen Bewegungen.

»Lena, wisch dir den Sabber ab!«, kommt es von Lilly und die anderen beiden lachen.

In diesem Augenblick betreten Lukas und Bastian das Zimmer.

»Hey, was guckt ihr denn da?«, fragt mein Mann sofort begeistert und lässt sich auf einer Couchlehne nieder.

»Da waren gerade fünf Hammerhaie«, setzt Nina ihn in Kenntnis und wird dafür von Lilly in die Seite geknufft.

»Cool«, gibt Lukas zurück. »Wo ist das denn?«

»Ähm …«, machen Lilly und Nina zur gleichen Zeit und schicken mir fragende Blicke.

»Keine Ahnung.« In aufkeimender Panik tasten meine Hände nach dem Zauberding, das dem Spuk ein Ende bereitet. »Wir wollten gerade umschalten. Wo ist die Fernbedienung?«

Lukas findet sie vor mir. Sie lag auf dem Tisch. »Nun lass doch mal. Das ist interessant.«

Stimmt, pflichte ich ihm im Stillen bei. Noch viel interessanter wird es, wenn die Taucher wieder auf dem Boot sind.

Die nächste Blende lässt nicht lange auf sich warten. Christoph und Lenny erklimmen die Leiter, werfen ihre Flossen an Deck und klettern aufs Boot. Christoph nimmt den Atemregler aus dem Mund, zieht die Brille vom Kopf und setzt die Flasche ab. Wasser tropft aus seinen Haarspitzen und er streicht sie zurück, sieht in die Kamera. Er lacht strahlend, in seinen Augen blitzt es glücklich – warum auch immer, mein Herz verkrampft sich und mein Magen fühlt sich an, als wäre er links herum. Am liebsten möchte ich weinen.

»Kann es sein, dass das auf Teneriffa ist?«, fragt Lukas. Seine Stimme klingt angespannt.

Ich nicke.

»Ist *er* das?«

»Natürlich ist er das«, antwortet Nina an meiner Stelle und steht auf. Sie schlingt die Arme um Bastian und gibt ihm einen Kuss. »Sollen wir ein Taxi rufen oder kannst du noch fahren? Ich kann es nicht mehr.«

Über Ninas Schulter mustert Bastian Lukas und mich. »Schon okay«, sagt er. »Ich kann noch fahren, mein Caipi ist warm geworden, während Lukas mich fünfmal besiegt hat.« Er wendet sich an Hannah und Lilly. »Können wir euch mitnehmen?«

Ich bringe die vier zur Tür. Als ich zurück ins Wohnzimmer komme, schaut Lukas noch immer die Dokumentation an, wenngleich die Teneriffa-Episode zu Ende ist.

»Woher wusstest du, dass das heute gesendet wird?«

»Ich wusste es nicht.«

Er betrachtet mich und schweigt. Ich ahne, welche Sorge in seinem Kopf kreist und welche Frage sich daraus ergibt.

Er stellt sie trotzdem: »Das soll ich dir glauben?«

»Du sollst gar nichts, Lukas. Aber du könntest, wenn du wolltest.«

Was du liebst, lass frei

Silvester verbringen wir in der Nähe von Oberhof in einer idyllisch am Waldrand gelegenen Skihütte, die 15 Leuten Platz bietet. Auf Ninas spontane Entscheidung hin sind wir doppelt so viele. Bastian, der die Hütte bereits im Februar für eine Feier in kleinem Rahmen anmietete, ist so deshalb so sauer, dass er sich auch zwei Stunden nach der Ankunft noch in ein Schweigen hüllt, das so eisig ist wie die Luft am Rennsteig. Mit stillem Groll verfolgt er jede Bewegung der Facebook-Fraktion.

Ninas knappe Facebook-Statusmeldung beinhaltete eine exakte geografische Angabe der Skihütte und eine Einladung an all ihre 536 Facebook-Freunde, mit ihr Silvester zu feiern, wenn sie zufällig in der Nähe sind. Glücklicherweise waren das deutlich weniger. Eine Frau kenne ich sogar, weil ich schon einmal an einer roten Ampel neben ihr gestanden habe. Okay, Ironie beiseite: Wir waren uns natürlich schon zuvor namentlich bekannt, wie es sich für eine Kleinstadt gehört, weshalb sie wohl meinte, dass wir Facebook-Freunde sein müssten. Da sie ihr gesamtes Leben postet, weiß ich, welche Tiefkühlpizza sie gern ist, mit welchem Cocktail sie sich am vergangenen Wochenende betrunken hat und welche Musik sie immer hört, wenn sie deprimiert ist. Momentan ist sie das komplette Gegenteil.

Auf unserer Winterwanderung, während der dank des Apfelschnapses auch Bastian auftaut, sind wir umgeben von lauter brillant gelaunten Facebookern, die sich in einer Insidersprache unterhalten, jede Sekunde mit dem Smartphone festhalten und prompt posten, um der Welt zu zeigen, wie lustig ihr Leben ist. Ich finde es eher traurig, doch schweige dazu.

»Kein Tagging!«, sage ich stattdessen und benutze eben dieses Facebook-Insider-Wort, damit auch jeder weiß, was ich meine. Ich wiederhole es mehrmals und verknüpfe es mit der Hoffnung, dass das Fotografieren irgendwann aufhört. Weder auf der Wanderung noch bei der Zubereitung des Essens wird diese Hoffnung erfüllt. Erst recht nicht, als wir alle dicht zusammengedrängt an der großen Tafel im Wohnzimmer hocken.

Nina und Bastian sitzen Lukas und mir gegenüber. Schon seit Tagen scheint es zwischen den beiden zu kriseln, doch meiner sonst so gesprächigen Freundin ist diesbezüglich kein Wort zu entlocken. Auch jetzt sind sie nicht die geselligsten Tischnachbarn und bekommen sich in die Haare, weil Bastian vom Tisch aufsteht, während Nina noch den Eisbecher auskratzt. Dass er sich sofort wieder hinsetzt, macht es nicht besser. Bald ist Nina von jedem und allem so angenervt, dass ich mir am liebsten einen anderen Platz suchen würde.

Da ausgerechnet Lilly neben ihr sitzt, befürchte ich, dass der Abend eine noch unangenehmere Wende nimmt und auch die beiden sich zoffen werden. Glücklicherweise passiert nichts dergleichen, was vermutlich daran liegt, dass Lilly sehr angeheitert ist und vom Streit zwischen Nina und Bastian nichts mitbekommt.

Meine sonst so zurückhaltende Lilly unterhält die ganze Runde. Als wir die Musik lauter stellen, schnappt sie sich den Hübschesten von Bastians Freunden, um mit ihm zu tanzen. Lilly ist eine ebenso fabelhafte wie ausdauernde Tänzerin, und der Mann ist schnell außer Atem. Sie zeigt ihm jeden Tanzschritt, den er noch nicht beherrscht, und lacht über seine halbherzigen Versuche, sich ihr zu entziehen. Es ist anzunehmen, dass er ihr völlig verfällt, morgen liebeskrank sein wird, während sie sich nicht einmal daran erinnern möchte, mit ihm getanzt zu haben.

Ich geselle mich zu Hannah. Wir denken uns aberwitzige Vorhaben für das nächste Jahr aus. Sie sagt, dass sie plant, nach Berlin zu ziehen, um Messer zu verkaufen, und lacht nicht, als ich darüber lache. Meine Miene muss den Schreck widerspiegeln, der mir in die Glieder fährt und sich dort festsetzt. Hannah verzieht den Mund zu einem Strich, nimmt mich in den Arm und drückt mich an sich.

Kurz vor zwölf lasse ich das vergangene Jahr in Gedanken Revue passieren. Ich erinnere mich an die Aufregung um die Hochzeitsvorbereitungen und den Moment, als Lukas und ich uns das Jawort gegeben haben. Auch an das Tief des Herbstes denke ich, an den Hugo-Strandkorb auf Rügen. Und an Christoph, an die Wassertropfen, die in seinen Haarspitzen in der Sonne gefunkelt haben.

Als alle von zehn an abwärts zählen, fühle ich mich schwermütig. Ich will keinen von euch missen, denke ich bei einem Blick in die Gesichter meiner Freunde. Bei eins bin ich bei Lukas. Er legt seinen Arm um mich, zieht mich an sich, drückt mir einen Kuss auf die Stirn und küsst mich auf den Mund, als alle in Jubel ausbrechen und sich, beseelt vom Alkohol und dem schönen Abend, Glückwünsche zurufen.

»Frohes neues Jahr, mein Schatz!«, raunt Lukas.

»Frohes neues Jahr«, antworte ich. Dann schlinge ich meine Arme fester um ihn, lehne den Kopf gegen seine Schulter und schließe die Augen.

Der Januar beschert uns Kälte bei nicht mehr erträglichen Minusgraden und immer neuem Schnee. Als endlich produktiver Teil der arbeitenden Gesellschaft gehöre ich nun zu denen, die jeden Morgen ihre Autoscheibe freikratzen müssen. Es ist für einen guten Zweck, tröste ich mich, für einen sehr guten Zweck.

Meine Kollegen in der Agentur sprechen über ihre

Winterurlaube in Österreich, Frankreich und was weiß ich, wo noch Berge sind. Diskussionen zwischen Snowboardern und Langläufern entfachen. Sollen sie nur warten, bis der Sommer da ist, dann werde ich sie mit endlosen Ausführungen übers Tauchen und Surfen beglücken!

An einem Donnerstagabend treffe ich mich mit meinen Freundinnen in unserer Lieblingskneipe, dem ›Jazz‹. Mit zehn Minuten Verspätung trudele ich ein, dennoch bin ich nicht die Letzte. Nina lässt noch ein halbe Stunde länger auf sich warten.

»Bastian und ich fliegen in den Urlaub«, erzählt sie vergnügt, kaum dass sie sitzt.

»Du Glückliche«, brummelt Hannah. »Ich hab schon vergessen, wie man Urlaub buchstabiert.«

»Es war nicht leicht, Bastian zu überzeugen. Anfangs hat er natürlich behauptet, keine Zeit zu haben, aber ich habe mich durchgesetzt.«

»Meint ihr, das geht gut?«, fragt Hannah zögerlich nach.

»Klar doch! Wenn Bastian und ich allein sind, streiten wir kaum.«

»Also seid ihr bloß gesellschaftsuntauglich!« Auf meine Feststellung hin senken Hannah und Lilly die Köpfe und schauen in ihre Gläser, um ihr Schmunzeln zu verbergen. »Dann habt ihr hoffentlich eine Reise an den Südpol gebucht.« Der Gedanke bringt mich zum Lachen: Nina und Bastian von Pinguinen umringt auf einer Eisscholle.

»Nun hackt nicht wieder auf mir herum!«, beschwert sich Nina, grinst aber dabei. »Ist ja schlimmer als im Hühnerstall!«

»Wohin soll die Reise denn gehen? Fliegt ihr irgendwohin?«

»Du wirst es nicht glauben!«

»Nun sag schon!«

»Teneriffa.«

Die Entgleisung meiner Gesichtszüge entgeht niemandem am Tisch.

Als Nina weiter vom unwiderstehlichen Angebot im Reisebüro erzählt, erkundige ich mich, in welcher Region sich das gebuchte Hotel befindet, in der Hoffnung, dass es im Norden liegt.

»Es ist in Playa de las Américas. Da soll total viel los sein. Diskos, Bars und all so was«, plaudert Nina. »Keine Ahnung, welche Region das ist. Wahrscheinlich in der Nähe dieses Loro Parque.«

»Nein«, grummele ich. »Der ist im Norden.«

Nina betrachtet mich mit krausgezogener Stirn. »Du bist doch nicht sauer?«

»Absolut nicht.«

»Natürlich bist du sauer. Ich dachte, das Thema wäre abgehakt.«

»Ist es doch. Alles paletti.«

»Ich wäre sauer«, meint Hannah.

»Ich auch«, fügt Lilly hinzu.

Nina hat ihren Lieblingssündenbock gefunden und fährt Lilly an: »Na klar! Gerade du! Die Frau mit der blütenweißen Weste, die nie etwas falsch macht. Weißt du eigentlich, wie sehr du mir manchmal auf den Wecker gehst?«

»Überleg dir lieber, was du sagst und wie laut!«, entgegnet Lilly, die dem Angriff mit der altbewährten Arroganz begegnet. »Du bist ohnehin schon Stadtgespräch!«

Hannah unterbricht die beiden, bevor sich ihre Gereiztheit weiter zuspitzt. »Wo wir gerade bei tollen Neuigkeiten sind«, sagt sie und erhebt ihr Glas. »Im Mai ziehe ich nach Berlin.«

Natürlich besitzen wir alle den Anstand, mit ihr auf Berlin anzustoßen. Dennoch gibt uns die Nachricht den Rest und löst die sowieso nicht mehr fröhliche Runde ungewöhnlich zeitig auf.

Die Nacht ist klirrend kalt und das Dunkel verschluckt meine Gedanken, als ich schweigend neben Hannah hergehe. Schnee knirscht unter unseren Schuhen und neuer fällt vom Himmel.

Was mich an Ninas Urlaubsziel am meisten ärgert, ist, dass es mich überhaupt ärgert. Soll mir doch egal sein, wohin Nina und Bastian verreisen! Und wenn sie Tauchunterricht bei Christoph nehmen! Und wenn sie jeden Abend mit ihm in einer Bar sitzen! Total kaltlassen sollte es mich!

Doch das tut es nicht.

Der Entschluss, Christoph zu vergessen, war sehr viel leichter gefasst als umgesetzt.

Ich hatte ihn lieb gewonnen … Meine Güte, ich war ja in ihn verliebt. Ich habe mich zum Entlieben gezwungen und bin noch nicht ganz über den Berg. Wie einst er suche jetzt ich nach dem Schalter, der diese Gefühle abschaltet und ihn aus meinen Gedanken löscht. Dass ich irgendwann überhaupt nicht mehr an ihn denke, erledigt hoffentlich die Zeit. Vielleicht verblasst die Erinnerung an ihn nur allmählich, jeden Tag ein bisschen mehr. Vielleicht weiß ich irgendwann nicht einmal mehr seinen Namen.

Als ich eine Woche später von der Arbeit nach Hause komme, treffe ich Lukas und Bastian in der Küche an. Ihr Gespräch verstummt, als ich den Raum betrete, was ich ziemlich suspekt finde. Lukas sieht besorgt aus und Bastian hat allem Anschein nach geweint.

Bastian in Tränen? Du meine Güte! Es ist aus zwischen ihm und Nina!

»Ich habe Nina vor die Tür gesetzt«, sagt er und zieht mir einen Stuhl heran, damit ich mich zu ihnen setze.

Ich kann nicht glauben, was ich höre, und überrumpelt wie ich bin, fehlen mir die Worte. Gestritten haben die beiden sich oft. Betrogen hat sie ihn auch. Dass sie sich jemals trennen, damit hat seltsamerweise niemand gerechnet und ich habe Probleme, diese Tatsache zu akzeptieren, sie überhaupt nur zu begreifen.

Nina und Bastian waren stets so etwas wie Lukas

und mein Zwillingspaar, wenn auch nicht im Sinne eines Spiegelbildes. Als stabil empfanden wir diese Beziehung nie, doch wir haben sie nicht anders gekannt. Nina ist von jeher jemand, der eine Menge Aufmerksamkeit für sich beansprucht. Bastian hingegen investiert zu viel Zeit in seine Firma und ist in mancher Hinsicht egoistisch. Zu allem Überfluss mischt sich seine Mutter zu sehr in sein Leben ein.

Nun hat Bastian herausgefunden, dass Nina erneut untreu war. Er hat sie an die frische Luft gesetzt und verlangt, dass all ihre Klamotten in drei Tagen aus seiner Wohnung verschwunden sind.

Ich frage mich, wo Nina in diesem Moment steckt. Trotz unserer Freundschaft empfinde ich es als taktlos, sie gerade jetzt anzurufen. Zudem halte ich es für keine gute Idee, Bastian mit Lukas allein zu lassen, der in solchen Dingen zu wenig Feingefühl besitzt.

Nina meldet sich eine Stunde, nachdem wir Bastian einigermaßen gefasst nach Hause entlassen haben. Ihre Alkoholfahne kann ich durch den Telefonhörer riechen.

»Was machst du nur für Mist!?«, frage ich sie.

»Na, was denn?«, lallt sie. »Isdo besse so! Gingdo scho lange nisch mehr. Wir ham uns do nu noch angenervt. Unnisch hab alls falschhhh gemacht. Isdo kla! Weisisch do, dass du so dengst. Kannsdu au sagen. Ismir do egal! Isdo eh alls egal.«

»Wo bist du überhaupt?« Die Nackenhaare stellen sich mir auf bei der Vorstellung, dass sie sturzbetrunken durch die Gegend torkelt und sich von zwielichtigen Gestalten aufgabeln lässt.

»Isch bin in Sischerhei. Mir gehts au widder rischdig schbitze!«

»Wo du bist?«

»Na, bei Lilly. Die hamdo hier zehnmion Schlafzimmer.« Sie kichert. »Unnisch hab soga mein eignes Bad … mit zwei Waschhhhbeckn.« Abermals kichert sie. »An einm kannisch Zähne putzen un annem anneren Hänne waschhhen.«

Lillys Eltern, die ich spaßhaft als den Graf und die Gräfin bezeichne, werden sicher eine Menge Freude mit ihrer neuen Untermieterin haben, denke ich mir und grinse in mich hinein. Erleichtert bin ich jedoch auch. Möglicherweise ist Lilly genau der Mensch, den Nina jetzt braucht, vorausgesetzt, sie ist nicht selbst so betrunken. Falls doch … Was soll's!

Kaum habe ich aufgelegt, da klingelt Nina erneut an. Als ich rangehe, höre ich sie und Lilly lachen.

»Du, wassisch grad überlegt habe … besiehunsweis ham wir uns das beide grad ausgedacht … du kanns ja jetz mitkomm.«

»Was? Wohin wollt ihr denn jetzt noch?«

»Ach Mensch! Do nisch jetz! Innen Urlaub, meinisch!«

»Na klar! Geht lieber schlafen, bevor euch noch mehr so geistreiche Einfälle kommen!«

Bevor sie antworten kann, lege ich auf und gehe ins Bett, wo Lukas schon eingeschlafen ist.

Im Traum treffe ich mich mit Kunden der Agentur, die eine Webseite über Designerdrogen erstellt haben wollen. Wir sitzen in einem Café. Dort packen sie all ihr Infomaterial auf den Tisch und zeigen mir bunte Bilder von Pillen in verschiedenen Formen. Zitronen, Pyramiden, all so was. Bald stehen jede Menge Leute um unseren Tisch. Bestellungen werden aufgenommen, Kaufverträge abgeschlossen. Auf einmal sind alle fort. Zwei Polizisten in Gestalt von meinem ehemaligen Dozenten und Til Schweiger stürmen zu mir. Ich werde wegen Dealertätigkeit verhaftet und des Landes verwiesen. Nina und Lukas zerren mich in ein Flugzeug, knebeln mich und fesseln mich an den Sitz. Neben mir hockt, ebenfalls festgebunden, Verona Pooth. Mit ihrer schrecklich hohen Stimme erzählt sie mir während des gesamten Fluges von Konfitüre und Harald Schmidt, den sie heiraten will. Ich werde munter, bevor das Flugzeug landet und ich ihr sagen kann, dass sowohl Harald Schmidt als auch sie selbst schon verheiratet sind.

Lukas beklagt, dass ich die ganze Nacht über wirre Sachen gefaselt habe, von denen er nicht ein Wort verstanden hat, da es wohl auf Russisch war.

Unsere Küche ist zum Domizil für gebrochene Herzen geworden, denn zwei Abende später sitzt uns Nina schluchzend gegenüber. Lukas will eigentlich gar nicht dabei sein und reagiert auch dieses Mal brutal direkt. Total aufgelöst fragt Nina, ob wir eine Chance sehen, dass sie und Bastian wieder zusammenkommen.

»Mit Sicherheit nicht. Für Bastian hat sich das erledigt. Der braucht Abstand von dir, so wie du ihn verarscht hast«, spricht Lukas und verschwindet im Wohnzimmer. Wir hören, dass er den Fernseher einschaltet.

Logisch hat er recht, aber so kann er das nicht sagen!

Nina hört nicht auf zu heulen. Tödlicherweise weckt sie nun Erinnerungen an all die schönen Momente, die sie und Bastian zusammen erlebt haben. Da kann es ihr ja nicht besser gehen! Ich rate ihr, stattdessen an Bastians negative Eigenschaften zu denken, an seinen Egoismus und dass er zuletzt mit Gefühlen jeder Art gegeizt hat. Vorsichtig stoße ich die Überlegung an, ob die Trennung nicht vielleicht das Vernünftigste für sie beide ist und die kommende Zeit nicht besser zu nutzen sei, beispielsweise, um sich selbst zu finden.

Das alles funktioniert nicht. Bastian ist mit einem Mal ein Heiliger, der Beste von allen, der Mann, der Nina über alles liebte und alles für sie getan hat, der ihr den Himmel auf Erden bereitet hat. Sie sieht allein ihre eigenen Fehler und was sie ihm angetan hat, all die üblen Sachen, die sie gesagt hat.

Für heute resigniere ich und ziehe eine Flasche

Chardonnay aus dem Weinregal. Ich hatte vor, auf Alkohol zu verzichten, damit Nina nicht komplett verrücktspielt, aber nun ist es auch egal, denn schlimmer kann es nicht mehr werden.

Nach dem zweiten Glas kommt Nina abermals auf ihren geplanten Urlaub zu sprechen. Sie weiß nicht, was sie machen soll. Alles ist schon bezahlt. Sie hat keine Rücktrittsversicherung.

»Komm doch mit! Machen wir uns zwei schöne Wochen!«

Ich schüttele den Kopf. »Das kann ich nicht.«

»Bitte, Lena! Mir zuliebe. Ich brauche den Urlaub.«

»Dann flieg doch einfach allein oder frag Lilly!«

»Lilly mag die Kanarischen Inseln nicht. Sind ihr zu windig.«

»Nimm halt jemand anders mit. Du kennst doch genug Leute.«

»Ich möchte nicht mit irgendwem verreisen.«

»Tut mir leid, Nina, aber ich komme nicht mit.«

Kurz vor Mitternacht rufe ich ein Taxi, das Nina wieder zu Lilly bringt. Als sie fort ist, setzt sich Lukas zu mir.

»Warum nimmst du Ninas Angebot nicht an?«, fragt er. »Warum wehrst du dich so gegen den Wunsch, sie zu begleiten?«

»Das sind rhetorische Fragen, nehme ich an«, murmele ich und nippe am Wein.

»Nein. Ich frage dich wirklich.«

»Und ich werde dir nicht antworten. Das ist Schwachsinn. Wie oft haben wir schon über Christoph und die ganze Sache geredet? Ich bin es leid. Ich will einfach nur meine Ruhe haben.«

»Flieg mit Nina nach Teneriffa!«

Das kann nicht sein Ernst sein! Will er mich testen? Will er checken, ob ich freudestrahlend aufspringe und meine Sachen packe? Da kann er lange warten! Das mache ich mit Sicherheit nicht! Will er mich loswerden? Will er sich von mir trennen? Hat er Fieber?

Auf der Suche nach einer Erklärung erforsche ich Lukas' Augen. Sein Blick ist unverwandt und klar, ganz so, als wüsste er etwas, was ich noch nicht weiß. Hinter dem Grün erkenne ich dennoch eine Traurigkeit, die mir einen Stich ins Herz gibt.

»Flieg mit ihr!«, wiederholt er leise.

Bei seinen Worten schießen mir Tränen in die Augen. »Ich will nicht!«, flüstere ich. »Ich will dich nicht allein lassen.«

Er schenkt sich Wein in Ninas Glas und trinkt einen Schluck. Seine Haltung und seine Mimik verraten mir, dass er etwas Schreckliches sagen wird. Und dann höre ich es auch schon: »Ich werde nicht hier sein.«

Ganz ruhig, nicht ausrasten!, beschwöre ich mein Gemüt.

»Wo wirst du sein, wenn nicht hier?«

»Ich fliege mit Bastian nach Afrika«, erklärt Lukas und nimmt meine Hand, die ich ihm in diesem Moment allzu gern entziehen möchte und es doch nicht über mich bringe. »Wir mieten zwei Geländewagen und fahren einen Teil der ehemaligen Rallye-Dakar-Strecke ab.«

Seine Worte sind wie ein Schlag ins Gesicht. Tausend Fragen fallen mir ein und drehen bald völlig unsortiert Runden in meinem Kopf.

Er hat einen Urlaub gebucht? Ohne mich? Und ohne das mit mir abzusprechen? Dabei lief es doch wieder wirklich gut zwischen uns – zumindest hatte ich das Gefühl. Hat er mir das alles, die gute Laune, die Freude, mich zu sehen, nur vorgespielt? Wenn er gesagt hat, dass er mich liebt, war das dann gelogen oder nur so aus Gewohnheit dahergesagt? Wieso will er Urlaub mit Bastian machen? Wieso nicht mit mir? So eine Auszeit unter Männern, die soll er ja haben, doch die Art und Weise, in der er mir seine Entscheidung präsentiert, die finde ich schrecklich.

»Wann?«, frage ich tonlos.

»Zur gleichen Zeit wie euer Flug nach Teneriffa geht und für die gleiche Dauer.«

So sehr ich die Tränen hinunterzuschlucken und wegzuklimpern versuche, ich kann sie nicht aufhalten. »Warum?«

Lukas hebt die Schultern und lässt sie mit einem Atemstoß wieder sinken. »Aus dem gleichen Grund, warum du fliegen solltest. Um über unsere Ehe nachzudenken.«

»Ich muss nicht darüber nachdenken!«

»Das solltest du aber. Du solltest dir wieder sicher sein, dass wirklich ich es bin, mit dem du den Rest deines Lebens verbringen möchtest.«

»Bist du dir denn nicht mehr sicher?«

Er zögert, bevor er antwortet. »Nein, bin ich nicht. Ich liebe dich, und du wirst immer meine süße Lena sein, aber ich weiß nicht mehr, ob wir wirklich zusammengehören.«

Zehn Tage darauf tun wir das Unfassbare und packen zwei Koffer, um getrennt in den Urlaub zu fliegen und über uns nachzudenken.

In unserer Abmachung – allein dieses Wort lässt mich vor Verachtung schnauben – haben wir außerdem ein Kontaktverbot festgelegt.

In zwei Wochen landen wir beide wieder in Deutschland. Ich in Hannover, Lukas in Frankfurt. Am Abend unserer Ankunft wollen wir uns an eben jenem Ort treffen, an dem wir uns kennengelernt haben – insofern wir dann mit Gewissheit sagen können, zueinander zu gehören.

Urlaub mit einer Verrückten

Tolles Wetter. Tolle Insel. Tolles Hotel. Tolle Laune.

Nina ist außer sich. Wie angestochen springt sie durch das Zimmer, wirft ihre Sachen herum und quasselt ununterbrochen. Was sie nicht alles vorhat! Als Erstes jedoch will sie zum Abendessen.

Ich möchte nach Hause!

Geistig ganz weit weg liege ich mit ausgestreckten Armen und Beinen auf dem Bett und starre ins Leere. Mit alledem kann ich nichts anfangen. Was soll das bringen?

Irgendwann, als Nina ausgehfertig durchs Zimmer wirbelt und mir das von ihr aufgestellte Programm für den Abend vorstellt, schleppe ich mich unter die Dusche. Ich will nur was essen und dann schlafen. Schlafen. Schlafen. 14 Tage lang schlafen.

Im Hauptrestaurant der Viersterneanlage ist Fischabend. Nina findet das klasse. Ich finde es doof. Ich hasse toten Fisch! Esse ich nicht. Ekele mich davor. Also begnüge ich mich mit einem Salat. An einer Muschel, die ich darin nicht vermute, verschlucke ich mich. So viel zum Salat!

Nach dem Essen schleift Nina mich in die hoteleigene Bar, wo eine Band spielt. Für uns beide ist es ein Kompromiss, denn ich wollte aufs Zimmer und sie an die Promenade. Wahrscheinlich beginnt sie allmählich zu bereuen, mich mitgenommen zu haben. Ich bin eine echte Spaßbremse. Ihren Spaß zu bremsen ist gerade das Einzige, was mir halbwegs Vergnügen bereitet.

In der Bar flirtet Nina mit dem Kellner, der zu gut aussieht, als dass er derartige Annäherungsversuche nicht gewohnt ist. Ohne Zweifel will er seinen Job behalten und reagiert freundlich, aber distanziert. Nina bestellt einen Cocktail nach dem anderen und ist zwei Stunden später betrunken. Ich begnüge mich mit zwei Gläsern Wein, bin so gut wie nüchtern und befördere sie auf unser Zimmer, wo sie sofort einschläft.

Noch eine ganze Weile sitze ich auf dem Balkon und rauche meine restlichen Zigaretten. Ginge ich jetzt ins Bett, könnte ich nicht einschlafen, also versuche ich es erst gar nicht, sondern beobachte das Geschehen an der Promenade von Playa de las Américas. Ich sehe ein Restaurant am anderen, unzählige kleine Bars und luftig gekleidete, angeheiterte Menschen. Am Strand steigen Partys. Die Sommerhits des vergangenen Jahres dudeln aus allen Ecken. Vor mir liegt der nachtschwarze Atlantik. Boote fahren hinaus oder kommen an Land.

Als die Morgendämmerung einsetzt, verirre ich mich ins Bett. Viel Schlaf bekomme ich nicht, denn Nina ist früh munter, wieder nüchtern und genauso heiter wie am Vortag.

Erst geht es zum Frühstück, danach zum Strand. Dort ist es wie überall. Liegen über Liegen, Sonnenschirme über Sonnenschirme, ein Sonnencremeduft am anderen, Menschen über Menschen, dicht aneinander gereiht, Massentourismus praktizierend.

Wir mieten zwei Liegen und einen Sonnenschirm. Ich nehme das mitgebrachte Buch zur Hand und beginne zu lesen, doch solange Nina neben mir liegt, komme ich kaum eine Seite voran, weil sie mich ständig auffordert, irgendwelche Bikinis oder Kopfbedeckungen zu begutachten. Selbst das Lästern wird ihr binnen kurzer Zeit zu langweilig, von Stillsitzen oder -liegen und Sonnen ganz zu schweigen.

In der Nähe ist ein Volleyballfeld, auf dem eingeölte Muskelpakete glänzen, die nach dem Ball hechten. Keine Frage, dass Nina dort hin muss. Eine Weile schaue ich zu, wie sie mithechtet. Bald klebt eine erste Hand an ihrem Hintern, ein Arm legt sich um ihre Schultern. Bei jedem erzielten Punkt fallen ihr die Kerle um den Hals, als seien sie zehn Jahre zusammen in die Schule gegangen.

Alles nichts Neues, alles typisch Nina, sage ich mir und lese 57 Seiten.

Nach einer Stunde kommt meine Freundin zurück und hat den Oberhechter im Schlepptau. Er sieht wie ein Supermacho aus: Künstliche Bräune, knappe Shorts, muskulöse Tentakel, kleiner Kirscharsch, zurückgegelte schwarze Haare.

Er denkt nicht daran, zu den anderen Hechtern

zurückzukehren, liegt die ganze Zeit bei uns und labert. Von wegen, wir würden sooo gut aussehen und er wüsste gaaar nicht, in wen von uns beiden er sich verlieben soll. Zum einen finde ich es erstaunlich, dass diese Masche offenbar noch immer zieht – bei anderen Frauen zumindest. Zum anderen empfinde ich es als Beleidigung, dass er uns für so blöd hält.

Beinahe sage ich ihm, was ich denke: Eigentlich ist er doch nur unschlüssig, wen von uns beiden er zuerst poppen möchte, gleich nach den 100 anderen Frauen, die er heute Abend flachzulegen gedenkt, aber das lasse ich lieber. Nina wird sonst sauer.

Als ich es nicht länger ertrage, verabschiede ich mich ins Hotel. Am Pool lichten sich die Massen, denn in zwei Stunden gibt es Abendessen. Ich finde eine Liege in vorderster Reihe und lese weiter. Bald bin ich allein am Pool, lege das Buch beiseite und lasse den extra für den Trip zusammengestellten Mix über Kopfhörer auf mich einrieseln. Es rockt nicht und kracht nicht, es gibt keine E-Gitarren, keine Drums, keine reibeisigen Männerstimmen. Es ist nicht meine Musik. Es groovt und dröhnt nicht, es gibt keine 21 Beats pro Minute und keine Handclaps. Also ist es auch nicht Lukas' Musik. Die 17 Songs sind alle ruhig, und jeder einzelne ist irgendwann während unserer gemeinsamen Jahre zu einem von einer Melodie unterlegten Moment geworden. Einem Moment, der nur uns gehört und an den wir für immer denken werden, wenn wir dem zugehörigen Lied lauschen. Ich höre völlig verschiedene Songs, die weder mit unserem jeweiligen Musikgeschmack noch mit einander Ähnlichkeit haben. Ich höre Sade und die Söhne Mannheims, Billy Joel und Thomas D, Norah Jones und Blue.

Wo bist du jetzt, Lukas?, überlege ich und stelle mir vor, wie er in einem Land Rover durch die Wüste heizt. Wo wirst schlafen, Lukas? Und wirst du an mich denken, wenn du morgen früh aufwachst? Denkst du jetzt an mich, so wie ich an dich, und vermisst du mich, so wie ich dich vermisse?

Ein Angestellter des Hotels kommt, um die Liegen zu ordentlichen Reihen zu schieben und den Pool zu chloren. Drei Lieder lang ist er damit beschäftigt. Ich sehe ihm zu, ohne ihm zuzusehen. Zwei Familien mit Kindern gehen vorüber. Alle sind für den Abend herausgeputzt, die Kids scheinen zu singen und hüpfen in irgendeinem Takt, der nicht zur meinem aktuellen Lied passt. Als sie fort sind, versinkt mein Blick im klaren, blauen Wasser, das jetzt ganz ruhig liegt. Palmen und der schon besternte Abendhimmel spiegeln sich darin.

Mit den ersten Klängen von Lied Nummer zehn kullern meine Tränen. Ich heule nicht, ich schluchze nicht und brauche kein Taschentuch. Ich mache das ganz lautlos mit mir selbst ab, lasse die Tränen laufen, die Wangen und den Hals hinunter. Sie versickern im Bikinioberteil, während The Gentle Giant

›Somewhere over the Rainbow‹ singt und dazu die Ukulele spielt.

Lied Nummer zehn sind drei Wochen Maui nach sieben Monaten Afghanistan. Lied Nummer zehn ist die Terrasse unseres Bungalows, auf der wir tanzen, während der Wind den Song von der Strandbar herüberträgt. Lied Nummer zehn ist die Frage ›Willst du mich heiraten?‹ und das dazugehörige Ja.

Den Tränen zum Trotz muss ich lächeln, weil mir die Reaktion meiner Eltern einfällt, als Lukas und ich ihnen nach unserer Heimkehr davon erzählten. Mein Vater war beleidigt, weil Lukas nicht die Höflichkeit besessen hatte, ihn um Erlaubnis zu bitten. Ohnehin zweifelten sie an seinem Anstand, an seiner Bildung – schließlich war er bloß Zeitsoldat. Außerdem hat man es uns verübelt, dass wir unsere Verlobung so still und leise und ohne die Familie haben stattfinden lassen. Wenn nicht eine Verlobung ein Grund zum Feiern ist, was denn dann?

Inzwischen haben sie sich nicht nur mit meiner Wahl abgefunden, sondern Lukas sogar in ihr Herz geschlossen. Es liegt in seiner Natur. Jeder, der ihn kennenlernt, verfällt ihm früher oder später – und bei Gott, ich hoffe, dies passiert keiner afrikanischen Wüstenmaus!

Ich blinzele, als das Poolwasser eine Welle schlägt. Nach einem zweiten Blinzeln sehe ich einen Aschenbecher auf den Grund sinken. Verwundert hebe ich den Kopf, suche die Balkons des Hotels ab und entdecke, wie beinahe vermutet, Nina auf unserem. Sie scheint schon ausgehfertig angezogen und hebt die in die Hüften gestemmten Hände, um zuerst auf ihre Uhr und mir dann einen Vogel zu zeigen.

Das Abendessen, mit Hummer als Spezialität, gestaltet sich unterhaltsam. Die anderen Gäste sind eine Wucht und besser als jedes Theater. Sobald eine neue Ladung der Krebstiere zum Büfett gebracht wird, spurten sie los, bereit Beleidigungen auszuspucken oder der Konkurrenz den Ellenbogen in die Rippen zu rammen. Zwei oder gar drei Hummer balancieren sie auf den Tellern zum Tisch und müssen sie dabei festhalten, damit sie nicht herunterrutschen oder gar von einem Gast, der leer ausgegangen ist, geklaut werden. Nina und ich fragen uns, warum manche nicht mit Säcken zum Büfett gehen und die Hummer hineinwerfen.

Neben uns am Tisch sitzt eine Familie mit drei Kindern. Jedes Kind hat einen eigenen Hummer und hackt darauf ein. Der Vater bestellt sein drittes Pils, die Mutter trinkt Cola light und sagt immerzu: »Lass das, Torben!« und »Malte, hör jetzt auf!« und »Henriette, nun iss endlich! Wir woll'n doch gleich zur Minidisko.« Es zeigt keine Wirkung. Torben lässt seinen halb zerhackten Hummer über den Tisch laufen und spricht dazu mit dumpfer, heiserer Stimme Drohungen aus, bis seine Schwester zu heulen anfängt. Malte bekommt deshalb einen Lachanfall und hört erst auf zu kichern, als ihn seine Mutter am Ohr zieht. Darauf steckt er sich die Scheren des Krebses auf die Finger und klappert damit vor dem Gesicht des kleinen Mädchens herum. Sie heult noch lauter, langt in ihre Kartoffeln und wirft den Brei über den Tisch. Er landet im Bier des Vaters, der nun auch mal was sagt, nachdem ihn seine Frau dazu aufgefordert hat. Nämlich: »Muss ich unbedingt mit zur Minidisko? Heute kommt doch Bundesliga.«

Vor Faszination komme ich gar nicht zum Essen.

An diesem Abend ist Nina nicht im Hotel zu halten. Sie will unbedingt in einen Club und versucht, mich zum Mitkommen zu überreden. Sie hat keine Chance, denn ich bin absolut nicht in Stimmung für Tanzalarm. Stattdessen öffne ich mir eine Flasche Wein, setze mich auf den Balkon und beratschlage Nina in der Wahl ihres Outfits. Zum Glück hört sie auf mich und zieht einen etwas längeren Rock an. Ich bin nicht spießig, ich will nur nicht, dass ihr etwas passiert. Sie ist eine Meisterin im Mienenspiel. Sie kann lachen, obwohl sie eigentlich traurig und verletzt ist, und es gelingt ihr, mit einem Fingerschnippen zu verdrängen, woran sie nicht denken möchte. Ich bin mir nicht sicher, ob ich sie um diese Fähigkeit beneiden soll. Manchmal ist es wahrscheinlich besser, wenn man den Schmerz akzeptiert und ihn freilässt, damit er sich nicht einnistet und sich zu anderen verdrängten Schmerzen gesellt.

Andererseits ergänzen wir uns vielleicht gerade perfekt. Sie zieht mich auf. Ich ziehe sie runter. Keine von uns läuft Gefahr, übers Ziel hinauszuschießen.

Als Nina fort ist, summt die Stille in meinen Ohren.

Gegen 21 Uhr entschließe ich mich zu einem Spaziergang und gehe parallel zur Promenade am Strand entlang.

Die Hotels – unseres eingeschlossen – sind klotzig und einfallslos, nur für den Massentourismus gebaut. Kleinere Anlagen mit Bungalows gefallen mir besser, doch die findet man in dieser Stadt kaum.

Die Atmosphäre ist sehr international. Prinzipiell fühle ich mich überhaupt nicht wie in Spanien. Es gibt unzählige Clubs und Bars. Kein einziges der Restaurants verspricht nationale Spezialitäten. Stattdessen werden Sandwiches und Hotdogs angeboten, Burger und Pizza. Es gibt mir das Gefühl, auf der Fast-Food-Allee einer amerikanischen Stadt zu wandern.

An einem Felsvorsprung angelangt endet der Strand. Die Promenade geht allerdings weiter. Ein schmaler Pfad führt die Felsen hinauf zu weiteren Geschäften und Lokalen. Ich verlasse den Strand, folge dem Weg und passiere Bars, vor denen Menschen stehen, die die Vorübergehenden zum Essen oder Trinken einladen. In Souvenirläden gibt es Schnickschnack, aufblasbare Schwimmtiere und Sonnenbrillen. Mit einem Schmunzeln halte ich nach einem Mann im Trenchcoat Ausschau, der sexy Sunglasses feilbietet.

Bald ist der höchsten Punkt des Felsens erreicht und es geht wieder bergab. Fassade und Melodie bleiben gleich: Lichter, Musik, Stimmen, Zigarettenqualm, Gläserklirren. Am Ende stehe ich erneut im Sand, diesmal in einer überschaubaren Bucht. Hier gibt es nur zwei Restaurants und ein drittes Gebäude, das im Dunkeln liegt.

Ich setze mich in die Nähe des Wassers und schaue aufs Meer, wo weit draußen die Lichter von Jachten blinken. Ich beobachte eine, die sich nähert, und erkenne die Umrisse eines Motorbootes. Unweit von mir endet die Fahrt an einem Steg im seichten Wasser. Im Mondschein kann ich vier Männer ausmachen, die von Bord springen und Tauchzubehör herunterheben. Einer macht das Boot fest, die anderen drei gehen voraus zu dem Gebäude, das bislang dunkel war. Als das Außenlicht eingeschaltet wird, wird mir klar, wo ich bin. Ich habe dieses Häuschen schon einmal gesehen, auf einer Internetseite. ›Deep Blue Diving Base‹ lese ich auf dem Schild über der Tür.

Au! Weia!

Ich will aufspringen und wegrennen, so schnell ich kann. Nein, noch schneller. Doch ich bin wie gelähmt, bleibe sitzen und versuche, mich unsichtbar zu denken und die mich umgebenden Dunkelheit weiter zu schwärzen.

Der vierte Mann nimmt die letzte Pressluftflasche

und ein paar Flossen und geht ebenfalls zum Häuschen. Er ist nicht besonders groß und hat dunkle kurze Haare. Christoph ist es nicht, schlussfolgere ich, und auch nicht Lenny. Es muss der Holländer sein, den Christoph einmal erwähnt hat. Er verschwindet im Hausinneren und kommt wenig später mit zwei Männern wieder heraus. Sie schlendern zum Parkplatz, der nun ebenfalls beleuchtet ist. Drei Autos stehen dort. Die Männer verabschieden sich per Handschlag, rufen sich etwas auf Holländisch zu, steigen in zwei Autos und fahren davon.

Ein Wagen bleibt übrig. In einem unserer Gespräche hat Christoph mir erzählt, dass er einen amerikanischen Wagen besitzt, den er noch in den Staaten gekauft und auf die Insel hat bringen lassen.

Im Flutlicht des Parkplatzes erkenne ich eine Corvette. Der schwarze Wagen ist ein älteres Modell aus den 70ern, auch genannt die Coke-Bottle-Corvette, weil sie die geschwungene Form einer Colaflasche hat. Meines Erachtens ist es das coolste Modell, das Chevrolet je vom Band hat rollen lassen.

Nach und nach werden die Lichter im Haus, vor der Tür und auf dem Parkplatz ausgeschaltet. Bleibt nur noch das des Mondes, das seinen Dienst mehr schlecht als recht verrichtet. Zumindest gibt es mir die Gewissheit, dass ich, wenn schon gesehen, nicht erkannt werde.

Er schließt die Haustür und geht zum verbliebenen Wagen, öffnet die Tür und steigt ein. Mit einem kraftvollen Röhren springt der Motor an. Die Rücklichter glimmen rot in der Nacht. Steine knirschen unter den Reifen, als sich die Corvette in Bewegung setzt. Das Geschoss biegt nach links auf die Straße ab und ist schon außer Sichtweite, wohingegen das aggressiv dröhnende Röhren des Motors noch lange zu hören ist.

Am nächsten Morgen teilt mir Nina mit, dass sie einkaufen will.

An der Rezeption erfährt sie, dass die Nachbarstadt Los Cristianos diesbezüglich keine Wünsche offen lässt. Man kann zu Fuß hingehen, da es über die Promenade mit Las Américas verbunden ist, doch Nina will keine Zeit mit stundenlangem Durch-den-Sand-Gelatsche verschwenden – noch dazu bei dieser Affenhitze – und lässt ein Taxi kommen. Unterwegs macht sie mich mehrmals auf die lange Strecke aufmerksam und kann sich nicht vorstellen, dass ich all das hätte laufen wollen. Meine Überzeugung, dass das Taxi auf dem weiten Weg zum Ziel gelenkt wird, behalte ich für mich.

Auch in Los Cristianos begrüßen uns riesige Hotelkomplexe, wenngleich sie, verglichen mit denen in Las Américas, stilvoller oder pompöser sind. Das Taxi folgt einer breiten Straße, an deren Rändern ich Wasserspiele sehe. Auf dem Dach eines Hotels thronen goldene Engel mit Trompeten, in weißen Stein gemeißelte Löwen bewachen den von Säulen gesäumten Eingang eines anderen. Überhaupt ist hier sehr viel weiß, sogar der Marmor der Luxusmeile, die mit Gucci, Burberry und Just Cavalli aufwartet.

Nina bittet den Fahrer anzuhalten und ignoriert meinen verwunderten Blick.

»Willst du Lilly ein Souvenir mitbringen?«, frage ich sie, sobald wir mit unseren Flip Flops auf dem teuren weißen Marmor stehen.

»Nein. Ich will nur mal gucken«, zwitschert sie und visiert das nächste Geschäft an, über dem in edlen goldenen Lettern der Joop!-Schriftzug angebracht ist. »Gucken kostet nix.«

»In solche Geschäfte geht man nicht gucken!«

Sie zuckt die Schultern. »Warum nicht? Wenn einer kommt und uns behilflich sein möchte, sagen wir einfach, dass wir uns nur umschauen.«

»Das mögen die aber nicht.« Zur Verdeutlichung sehe ich an meinem lässigen Urlaubsoutfit herunter. »Und so, wie wir angezogen sind, wird uns niemand behilflich sein wollen. Sie werden gleich wissen, dass wir nur zum Gucken kommen und uns vielleicht sogar auffordern, das woanders zu tun.«

Nina lässt sich nicht überzeugen. In einiger Entfernung wartend, beobachte ich, wie sie ihre Nase an die Schaufenster drückt, sich schließlich für ein Geschäft entscheidet und hineingeht.

Keine zwei Minuten später ist sie wieder draußen.

»Lass uns verschwinden!«, brummt sie, schrammt

mit langen Schritten an mir vorbei und wirft ihre brünette Mähne über die Schultern.

Ich muss laufen, um sie einzuholen. »Was war denn los?«

»Nix!«, grollt sie. »Gar nix! Doofe Kuh, die!«

Los Cristianos wurde nicht künstlich angelegt, sondern entwickelte sich aus einem Fischerdorf, das vor 4.000 Jahren gegründet wurde. Las Américas gab es vor 40 Jahren noch gar nicht. Es entstand durch das Spekulationsgeschäft von Amerikanern und wurde über Nacht aus dem Boden gestampft.

Der Ortskern von Los Cristianos erzählt die Geschichte der Stadt. Die Häuser sind alt und klein und aus gelblichem Stein errichtet. Die Straßen sind eng und zumeist ungeeignet für Fahrzeuge.

Wohin ich mich wende, überall sehe ich Postkartenmotive. Das ist Spanien, wie ich es mir vorgestellt habe. Schade, dass es nur ein so winziger Fleck inmitten des Internationalismus ist.

Wir finden ein Geschäft, das mit einer witzigen Schaufensterdekoration und kultiger Musik auf sich aufmerksam macht. Ich stehe nur wenige Sekunden im Laden und habe schon das Bedürfnis, mich dumm und albern zu kaufen. Nina lacht mich aus, als ich mir lauter Schwarz auf den Arm lade. Sie hält mir ein hellblaues Teil vor, und weil ich gute Laune habe, probiere ich es an.

Ich kann das Wort ›Party‹ nicht mehr hören.

Es ist der dritte Abend, an dem es mir mit einem »Och, bitte« um die Ohren geschleudert wird. Abermals werden alle verfügbaren Argumente gebracht. Heute steht eins mehr zur Verfügung. »Du kannst dein neues hellblaues Teil anziehen!«

Mit einem Lachen plumpse ich aufs Bett. Den Kopf auf den Arm gestützt, betrachte ich meine Freundin, die bereits ihr drittes Outfit anzieht und auch an diesem etwas auszusetzen hat.

»Es geht nicht darum, dass ich nicht wüsste, was ich tragen soll«, sage ich. »Und käme ich mit, würde ich sicher nicht das blaue Teil anziehen.«

»Es sieht aber schön an dir aus. Der Kontrast des Blaus zu deinen schwarzen Haaren ist toll.« Nina stemmt die Hände in die Hüften und dreht sich vor dem Spiegel. »Mein Hintern ist gigantisch!« Verärgert schaut sie mich an. »Ist mein Hintern zu dick?«

»Nein«, antworte ich ihr mit einem Seufzen.

»Lügnerin!«

»Meine Güte, dein Hintern ist rund, aber nicht dick. Sei froh, dass du einen runden Hintern hast. Das ist doch sehr weiblich.«

»Ich will keinen runden Hintern!«

»Andere bezahlen viel Geld für einen runden Hintern.«

»Sie können meinen haben. Gratis.« Mit einem Murren steigt sie aus dem Kleid und greift sich Outfit Nummer vier. »Kommst du nun mit?«

»Nina, ich habe einfach keinen Nerv.«

»Dann zieh halt nicht das blaue Teil an!«

Mit einem Ruck setze ich mich auf. »Du treibst mich in den Wahnsinn! Wie soll ich das noch zwölf Tage aushalten?«

»Indem du das blaue Teil anziehst und mitkommst.«

Ich nehme ihr das Versprechen ab, dass sie mich nach diesem Abend nie wieder fragt. Dann kombiniere ich das blaue Shirt mit einer schwarzen, schmal geschnittenen Hose, schlüpfe in die Pumps und bin fertig. Nina trägt inzwischen die achte Version und flucht.

Mit Nummer neun ist sie endlich zufrieden.

Die Musik im Club ist eine Mischung aus kommerziellem Dance und House. Das Publikum ist gemischt. Manche scheinen gerade 18 geworden zu sein, andere sind in den 50ern. Unter den Frauen in unserem Alter entdecke ich bis zu den Zähnen gestylte Tussis, die, wie es scheint, das andere Geschlecht sogar während sie tanzen nach einem Kandidaten für die Nacht scannen. Da es auch genügend unwiderstehlich grinsende Männer mit dem gleichen Ziel gibt, kommt es unentwegt zur Paarbildung.

Besonders auffällig ist eine Gruppe von Jungs, die, seit wir hier angekommen sind, auf der Tanzfläche abrocken. Eigentlich könnte sich jeder von ihnen ein Schild um den Hals hängen, auf dem steht: ›Ich tanze auf Ecstasy!‹. Ihre wild herumspringenden leeren Blicke und das angestrengte Kaugummi-Kauen sprechen Bände.

Nina und ich sitzen an der Bar. Meine Drinks bezahle ich selbst. Ich möchte nichts spendiert bekommen, was vor allem daran liegt, dass die damit verbundenen Sprüche abgenutzt und geistlos sind. Gegen ein lockeres Gespräch hätte ich nichts einzuwenden, aber ich will nicht angemacht werden und keine falschen Hoffnungen wecken. Ohnehin befürchte ich allmählich, der einzige Mensch in diesem Club zu sein, der heute Nacht keinen Sex will.

Nina sagt mir, dass ich bescheuert bin. Ich bin ihr peinlich. Ich soll nicht so arrogant sein.

Als sie betrunken genug ist, flirtet sie mit einem niedlichen Blonden, der dann aber los muss, weil seine Freundin ins Hotel will. Später kommt es zu einem Techtelmechtel mit dem DJ, als der Pause macht und etwas trinkt.

Ich halte meine Klappe und die Stellung an der Bar. Sie soll mir nicht vorwerfen, dass ich ihr den Urlaub verderbe.

Irgendwann ist Nina verschwunden. Auch der DJ ist nicht mehr hinter dem Pult. Dort legt nun eine Frau auf.

Nachdem ich auf der Suche nach ihr eine Runde durch den Club gedreht habe, bestelle ich mir einen weiteren Cocktail und zwinge mich, nicht darüber nachzudenken. Bei dem Versuch, mir keine Sorgen zu machen, scheitere ich jedoch kläglich, denn statt – wie Nina es tun würde – mir einen anzutrinken und Spaß zu haben, male ich mir die schrecklichsten Szenen aus und werde dabei immer wütender.

Nur ein einziges Mal, für nur einen Tag, möchte ich Nina sein und das sicherlich befreiende Gefühl erfahren, das sich bei abgestelltem Verstand einstellt. Herrlich muss das sein, jeden Gedanken an Konsequenzen oder gar die Sorge anderer auszublenden und sich einfach fallen zu lassen, um das Leben auf Teufel komm raus zu erleben.

Eine Stunde später ist Nina wieder da.

Ich ignoriere sie und unterhalte mich mit einem Schwulen aus Holland, der neben mir an der Bar sitzt. Nina möchte sich ins Gespräch einklinken, was ihr aufgrund ihrer Trunkenheit nicht gelingt. Vor lauter Ärger beginnt sie näselnd zu reden und spricht den Holländer mit Detlef an, obwohl er Björn heißt.

Mir reicht es jetzt! Ich wünsche Björn noch viel Spaß, dann packe ich Nina am Kragen und bugsiere sie an die frische Luft. Natürlich ist sie sauer, aber das bin ich auch.

Pico del Teide

Am dritten Tag steht eine Jeep-Safari auf dem Programm. Wir teilen unser Fahrzeug mit zwei Norwegerinnen, die beide vor Kurzem in Rente gegangen sind und dies mit ihrem Urlaub feiern.

Ich sitze hinter dem Steuer, Nina neben mir. Die Rückbank gehört Wilma und Oda. Sie stammen aus Oslo, wo sie 40 Jahre lang für eine Bank gearbeitet haben. Da sie perfekt Englisch sprechen, unterhalten wir uns überwiegend in dieser Sprache.

Kaum ist die aus sieben Fahrzeugen bestehende Karawane gestartet, zieht Oda eine Plastikflasche aus ihrem Rucksack, in der sie einen Cuba-Libre-Mix hat. Als verantwortungsbewusster Verkehrsteilnehmer verzichte ich, aber Nina sagt nicht nein.

Zuerst fahren wir eine Landstraße entlang. Der Pico del Teide, Spaniens höchster Berg, liegt die ganze Zeit vor uns. Auf seiner Spitze in fast 4.000 Metern Höhe glitzert Schnee im Sonnenlicht, was ein unwirklich anmutendes Bild abgibt, wenn man bedenkt, dass mich angenehme 22 Grad umgeben. Die Norwegerinnen erzählen, noch nachhaltig beeindruckt, von ihrem Ausflug dorthin und schildern es wie die Reise auf einen anderen Planeten. Sie sind nicht mit der Seilbahn hinaufgefahren, wie die meisten Touristen, sondern haben den Riesen

Schritt für Schritt erklommen. Mit einer Sondergenehmigung durften sie sogar die letzten, eigentlich gesperrten Meter bis zur Spitze hinauf. Man ist nicht auf Teneriffa gewesen, wenn man nicht auf dem Teide war, behaupten sie.

Der Anblick des Berges versetzt mich in eine merkwürdige Stimmung. Christoph hatte mir vom Pico del Teide erzählt und gesagt, dass er manchmal hinauffährt. Angeblich war er viel dort, um über mich nachzudenken.

Nach einer Weile biegen die Jeeps von der Landstraße ab und fahren auf einem Weg weiter, der über Stock und Stein führt und uns in den Autos durchschüttelt. Der Cuba Libra zeigt insbesondere bei den Norwegerinnen erste Wirkung. Sie werden immer lauter und lustiger, amüsieren sich über jedes Schlagloch und beginnen norwegische Lieder zu singen, in die Nina mit deutschen Texten einstimmt.

Wir passieren einen Hain von Pinien und Mandelbäumen und gelangen nach Vilaflor, dem mit 1.400 Metern über dem Meeresspiegel höchstgelegenen Ort Spaniens. Auf dem Marktplatz stellen wir die Fahrzeuge ab, um uns die Stadt anzuschauen.

Das Zirpen von Grillen ist das einzige Geräusch, als der letzte Motor erstirbt. Mitunter hören wir auch das Meckern von Ziegen oder das Bimmeln von Glöckchen. Die Sonne scheint warm in enge Gassen, wo schwarzgekleidete Frauen vor den Häusern sitzen und Handarbeiten erledigen. Ich habe das

Gefühl, um ein Jahrhundert zurückversetzt worden zu sein.

Nach dem Besuch der Gemeindekirche haben wir eine Stunde zur freien Verfügung. Die Norwegerinnen und die meisten anderen Frauen stürmen den Souvenirshop des Ortes. Nina gesellt sich zu einer Gruppe Jungs, um eine Zigarette mit ihnen zu rauchen. Ich schlendere durch einen Ateliershop, in dem Aquarelle einer ortsansässigen Malerin zum Verkauf ausgestellt sind. Da an den Hängen rund um Vilaflor Wein angebaut wird, bietet das Atelier neben den Bildern eine Auswahl an Rot- und Weißweinen. Ich kaufe eine Flasche Weißwein, die ich meinen Eltern mitbringen möchte.

Nach dem Mittagessen im Restaurant auf dem Marktplatz wird die Tour fortgesetzt. Wenige Kilometer hinter der Stadt verlassen wir die Landstraße abermals, um die Paisaje Lunar – die sogenannte Mondlandschaft – zu besuchen, und holpern über einen Pfad, der auf einem Parkplatz endet. Der Rest des Weges führt durch den Wald und muss zu Fuß zurückgelegt werden. Nina erzählt mir von Markus, einem der Jungs, mit denen sie vorhin geraucht hat. Er ist frisch geschieden und, wie sie sich ausdrückt, total goldig. Nicht lange danach weicht sie von meiner Seite, und ich brauche mich nicht umzudrehen, um zu wissen, wo sie ist. In der Gesellschaft der nach wie vor lustigen Norwegerinnen fühle ich mich momentan sowie besser aufgehoben, denn Nina und ihre Kerle beginnen mir ernsthaft auf den Wecker zu gehen. Langsam verliere ich auch den Überblick, wer wie hieß und wann sie wen getroffen hat.

Die Paisaje Lunar ist durchzogen von sandfarbenen Tuffsteinsäulen, welche im Lauf vieler Jahre von Sand und Regen zu hohen Kegeln geformt wurden. Der Kontrast dieser Türme zu den dazwischen wachsenden Kiefern und Pinien ist sowohl in Farbe als auch in Gestalt einfach grandios. Es ist, als blicke man auf ein Bild von Salvador Dalí. Beim näheren Betrachten der Säulen fällt mir auf, dass Leute ihre Namen hineingeritzt haben. Wie kann man nur!, denke ich, und streiche mit der flachen Hand über den von der Sonne gewärmten Stein.

Wieder im Hotel schwärmt Nina von Markus. Sie ist in seinem Jeep zurückgefahren. Ich war Chauffeur für zwei total betrunkene Norwegerinnen. Wir drei hatten eine gute Zeit und waren ein wenig traurig, als wir uns vorhin voneinander verabschiedet haben.

Beim Essen eröffnet mir Nina, dass wir am folgenden Tag mit Markus und seinem Freund, der ebenfalls im Jeep saß, tauchen gehen. Dies tut sie mit einer Bestimmtheit, als sei es längst beschlossen – ohne mich und über meinen Kopf hinweg. Punkt.

»Du kannst gern tauchen gehen. Ich werde nicht mitkommen.«

»Warum nicht? Ich denke, du bist ein Tauchfreak?«

»Ich habe keine Lust.«

»Wozu hast du überhaupt Lust?« Sie knallt ihre Serviette hin und klingt erbost. »Du willst nicht tanzen gehen, du willst nicht nach draußen. Dies nicht, das nicht. Jetzt magst du nicht einmal mehr tauchen. Am liebsten würdest du wohl den ganzen Tag im Hotel hocken!«

»Wie heißt die Tauchschule?«, frage ich und ringe innerlich um Fassung, damit ich sie nicht zum Teufel schicke.

»Keine Ahnung! Meine Güte, jetzt übertreib nicht. Weißt du, wie viele Tauchschulen es hier gibt? Es wird schon nicht seine sein. Und überhaupt …«

»Ich möchte ihm nicht begegnen.«

»Das wirst du nicht«, sagt Nina leichthin, als ging es um den Kauf von schwarzen Socken, bei dem ein geringes Risiko besteht, dass man ein Paar weiße erwischt. »Markus meinte, es ist eine Tauchschule, die ein bisschen außerhalb liegt, hinter diesen Felsen am Ende des Strandes.«

Na toll! »Ich werde morgen am Pool bleiben. Ich bin heute den ganzen Tag gefahren und brauche mal Ruhe.«

Nina schnaubt. »Du bist ein langweiliger Angsthase.«

Mit bösen Worten auf der Zunge betrachte ich sie und bebe vor Verärgerung. Schließlich kann ich mich nicht mehr zurückhalten und sage es: »Und du bist eine notgeile Egoistin.«

Nina starrt mich erschrocken an. Als ich aufstehe, will sie sich entschuldigen und mich zurückhalten, doch ich schüttele sie ab und verlasse das Restaurant.

An der Hotelrezeption besorge ich mir einen Mietwagen.

Ich will raus aus dieser Stadt, einfach nur weg und allein sein!

Braune, von Dornensträuchern, Kakteen und Felsen gespickte Felder fliegen vorbei. Ich folge den Schildern, die zum Pico del Teide weisen, und fahre auf der sanft bergauf führenden Straße zum Herz der Insel. Unterwegs passiere ich Siedlungen, in denen die Zeit stehen geblieben zu sein scheint.

Das Radio dudelt leise. Das Fenster ist offen. Der warme Wind wirbelt ins Auto. Es ist bereits dunkel, und im Rückspiegel glitzern die Lichter, die Ausgelassenheit versprechen. Bald verschwinden sie hinter den Hügeln.

Hinter Vilaflor beginnt das Ende der Welt – zumindest fühlt es sich so an, als ich in den riesigen Krater des Vulkans fahre, dessen Zentrum der Pico del Teide ist, und für ein paar Sekunden halte ich den Atem an. Die Norwegerinnen hatten recht mit ihrer Behauptung, dass man meint, auf einem anderen Planeten zu landen. Auf einer scheinbar endlosen Geraden fahre ich vorbei an skurrilen, in den schwarzen Himmel ragenden Gesteinen. Nach einer letzten Kurve erreiche ich die Talstation, von wo aus die Touristen tagsüber zum Teide gondeln.

Ich parke das Auto und steige aus. Die Station liegt auf 2.300 Metern über dem Meeresspiegel, und die Luft ist verdammt kühl. Weit und breit ist keine Menschenseele zu sehen, was perfekt ist. Ich lehne mich gegen die Motorhaube und sehe hinauf zum Vulkan, dessen Ausbrüche einst von Christoph Kolumbus beobachtet wurden. Es ist die Rede davon, dass die Lava im Inneren wieder etwas ausheckt. Der Name ›Teide‹ leitet sich von Echeide ab, was übersetzt so viel bedeutet wie Hölle. Was für ein unpassender Name für solch ein grandioses Stück Natur!

Die Ruhe an diesem Fleckchen Erde ist nicht irdisch. Es ist kaum vorstellbar, dass hier noch vor wenigen Stunden Menschen aus allen Ländern Europas in Schlangen für einen Platz in der Seilbahn anstanden. Das ist kein schöner Gedanke, denn gern würde ich einmal tagsüber herkommen und genauso allein sein.

Die Zeit tickt davon. Minuten füllen eine Stunde auf, und ich lehne noch immer am Jeep und will nicht weg. Ich nehme mir vor, hierher zurückzukehren, und meine Zeit bis dahin zu genießen. Zum einen vergeht sie zu schnell und niemand kann mit Sicherheit vorhersagen, was in der nächsten Stunde geschieht. Zum anderen werde ich mir vielleicht weniger fehl am Platz vorkommen, wenn ich abschalte und auf Urlaub umstelle. Um Christoph und eine unerwünschte Begegnung brauche ich mir keine Gedanken zu machen. Ich weiß nun, wo seine Tauchschule ist und in welche Gegend ich also nicht gehen sollte.

Er ist so nah und gleichzeitig so weit weg. Ob er tatsächlich genau an diesen Platz gekommen ist? Wegen mir? Hat er seinen schönen amerikanischen Wagen hier abgestellt, sich dagegengelehnt, zum Berg hinaufgeschaut und an mich gedacht?

In der Ferne blitzen die Lichter eines Autos auf, das auf der langen Geraden näher kommt. Die Strahlen der Scheinwerfer tasten die Fahrbahn ab. Bald vernehme ich das Brummen des Motors und schlendere zum Heck des Leihwagens, um den Störenfried aus meinem Blickfeld und meinen Gedanken auszuschließen. Die Geräusche werden lauter, Schotter knirscht unter Reifen und Scheinwerferlicht beleuchtet meine Umgebung. Der Motor wird abgestellt; das Licht erlischt. Türen öffnen sich und werden wieder geschlossen. Ich vernehme Gemurmel und Schritte, blicke über die Schulter und entdecke zwei Gestalten, die in Richtung der Seilbahn schlendern. Obwohl es wieder still wird, finde ich doch nicht mehr zu meiner inneren Ruhe. Zehn Minuten später sind die beiden zurück und outen sich als deutsche Touristen.

»Seilbahn is closed?«, fragen sie mich.

Ich nicke und verkneife mir ein Grinsen.

»No speak Englisch?«, erkundigen sie sich darauf,

offenbar enttäuscht darüber, dass neben der Fahrt auf den Teide auch ein Small Talk über besucherunfreundliche Öffnungszeiten ausfällt.

Ich schüttele den Kopf.

Sie geben nicht auf. »We have us verfahren«, erklären sie, und ich frage mich unweigerlich, wie das auf Teneriffa passieren kann – vor allem, wenn man zum Teide will. »And then was the Benzin over. There passt not so much Benzin in the tank as in Germany.«

Meine Wangen schmerzen bereits, weil ich mich so bemühe, nicht zu lachen.

»Okay, dann«, beschließen sie und wenden sich zu ihrem Kleinwagen um. »Adios!«

Ich murmele ein »Buenas noches« und beobachte, wie sie davonfahren. Dunkler und dunkler werden die Rücklichter auf der langen Geraden, und gerade meine ich, zurück zu meinen Gedanken finden zu können, da entdecke ich die Scheinwerfer von gleich zwei Autos, die sich nun nähern.

Missmutig wende ich mich ab und ertrage die Prozedur ein zweites Mal: Schotter unter Reifen, eine hell erleuchtete Umgebung, abgestellte Motoren, das Licht erlischt. Türen öffnen und schließen sich, Stimmen ertönen – abermals sind es Deutsche.

Nur knapp bewahre ich mich davor »Seilbahn is closed« zu rufen. Stattdessen verschränke ich die Arme vor der Brust und sage mir im Stillen, dass sie ihr Zuspätkommen bald feststellen und wieder abdampfen werden. Zum Glück brauchen sie nicht ganz so lange und scheinen keinen Bedarf an Small Talk zu haben. Bedauerlicherweise hat einer der Wagen Startschwierigkeiten. Das immer wiederkehrende Geräusch des dienstverweigernden Anlassers striezt meine Nerven bald so sehr, dass ich schreien möchte und selbst kurz davor bin, das Weite zu suchen. Als die Kiste endlich anspringt, bin ich schlichtweg erleichtert.

Schließlich ist es wieder still. Ganz still. Herrlich ruhig. Mit Ausnahme der …

Musik?

Tatsächlich. Da ist gedämpfte Musik, die aus einem Wageninneren zu kommen scheint. Also ist nur eines der Autos gefahren. Das andere parkt noch irgendwo hinter meinem. Wahrscheinlich sitzt ein knutschendes Pärchen drin.

Noch gut fünf Minuten bleibe ich, wo ich bin, gegen den Kofferraum des Mietwagens gelehnt, die Arme verschränkt, die Augen geschlossen. Ich lausche auf Schritte, die sich entfernen, in der Hoffnung allein gelassen zu werden. Als sie nicht ertönen, breitet sich ein Unbehagen in mir aus, weshalb ich mich in Gedanken vom Teide verabschiede, mir einen Ruck gebe und zur Fahrertür gehe. Dabei fällt mein Blick auf das andere Auto.

Ein zweites Mal an diesem Abend stockt mein Atem. Adrenalin wird freigesetzt. Das Herz schlägt mir bis zum Hals. Im Licht des Mondes erkenne ich eine schwarze Corvette. Mein Blick huscht weiter zu der Person, die nicht weit davon entfernt auf einem Baumstumpf am Rande des Parkplatzes sitzt.

Ich erkenne ihn nicht in der Dunkelheit und weiß doch, dass es Christoph ist.

Da stehe ich also wie angewurzelt, unfähig, die verdammte Tür zu öffnen und einzusteigen, und starre ihn an.

Er sieht zurück, Schatten liegen auf seinem Gesicht. »Hola«, sagt er.

Ganz simpel. Ein einzelnes Wort. Ein belangloser, freundlicher Gruß. Dennoch fährt seine Stimme in meine Glieder, als wäre ich an Starkstrom angeschlossen. Eine Gänsehaut krabbelt meinen Rücken hinauf und herunter.

»Hallo«, presse ich in meiner Nervosität auf Deutsch statt auf Spanisch zwischen den Zähnen hervor.

»Du bist aus Deutschland?« Trotz der Dunkelheit erkenne ich ein Lächeln auf seinen Lippen.

»Du offenbar ebenfalls. Woher denn genau?« Die Antwort weiß ich natürlich, doch das ahnt er ja nicht.

»Aus Stuttgart, aber ich war schon lange nicht mehr dort.« Wie damals im Chat ist seine Antwort unmissverständlich kurz und das neue Thema schnell aufgegriffen. »Ist es nicht wunderschön hier oben in dieser Nacht? So ruhig.«

»Ist es in anderen Nächten weniger ruhig?«

»Irgendwie ist es heute besonders still. Vielleicht war es auch nur ein besonders lauter Tag.«

Wenngleich ich seine Vermutung, was meinen eigenen Tag betrifft, bestätigen kann, lasse ich sie zwischen uns stehen. Meine Finger tasten über den Türgriff. Ich will in dieses Auto … und will es doch nicht.

»Machst du Urlaub auf Teneriffa?«, möchte mein Gegenüber wissen.

»In Las Américas.«

»Daher komme ich auch.«

Erneut muss ich eine Frage stellen, die er mir bereits beantwortet hat: »Machst du ebenfalls Urlaub?«

»Nein. Ich arbeite dort.«

Ich werde jetzt einsteigen.

Öffne die verflixte Tür, Lena Scholl, und steig in die Karre!

In meinem Bauch beginnt es zu kribbeln. Mir wird klar, dass ich nicht einsteigen werde. Ich hätte es längst tun können und müssen. Ich kann nicht losfahren und Christoph einfach so zurücklassen, nicht einmal ahnend, mit wem er es gerade zu tun hatte. Weil ich will, dass er es erfährt.

»Was machst du?«, frage ich und gehe um den Wagen herum zur Beifahrerseite. Nichts als kühle Luft ist nun noch zwischen uns. »Lass mich raten, du bist Tauchlehrer.«

Christoph entgegnet erst einmal gar nichts. Scheinbar ist er überrascht und grübelt. »Treffer!«, meint er schließlich, und in seiner Stimme schwingt ein Klang mit, der meinen Herzschlag antreibt wie ein Jockey sein Rennpferd. Er steht er auf und kommt auf mich zu.

In meinem Kopf spult sich eine Laufzeile ab, in der das Wort ›Fehler‹ steht. Fehler, Fehler, Fehler!

Auf nicht mehr als zwei Metern Entfernung bleibt er stehen. Jetzt erkenne ich sein Gesicht. Zweifel und Verwirrung spiegeln sich darin.

Er macht einen weiteren Schritt und zieht die Stirn kraus. »Engelchen?«

Wie ist er nur darauf gekommen, mich Engelchen zu nennen?

Er wartet nicht auf eine Antwort, es war ohnehin keine Frage, die er gestellt hat. Ein breites Lächeln erhellt seine Miene. Wie in der Dokumentation über Haie sind ihm blonde Strähnen ins Gesicht gefallen, und er schiebt sie hinter das Ohr, legt dann die Hand halb vor den Mund und murmelt immer noch lächelnd: »Das glaube ich nicht!«

»Ich auch nicht«, entgegne ich leise. »Das war keine Absicht.«

»Du machst Urlaub in Las Américas?«

»Ich versuche es. Es fällt mir nicht leicht.«

Er schiebt seine Hände tief in die Taschen seiner Jeans, ganz so, als wolle er ihnen verbieten, mich an sich zu ziehen. »Hast du noch Pläne in dieser Nacht?« Mit einer Kopfbewegung weist er zum Teide. »Außer den Berg anzuschauen?«

»Ich hab gar nichts vor, schließlich habe ich mich gerade erst damit abgefunden, dass ich Urlaub mache. Hast du einen Vorschlag?«

Wir verlassen den fremden Planeten.

Im Mietwagen folge ich der Corvette in einiger Entfernung, da ich keinen Blechschaden riskieren will. Ich bin so nervös und durcheinander, und mein Denken ist von einer Leichtigkeit beseelt, als hätte ich einen Joint geraucht.

Im Hotel angekommen, gebe ich den Mietwagen ab und schaue aufs Zimmer. Nina ist nicht da. Das ist gut. Sie würde bloß Fragen stellen, die ich derzeit nicht beantworten mag.

Ein Blick in den Spiegel, den Pony zurechtgezupft, einmal tief Luft geholt und raus aus der Tür!

Christoph wartet vor dem Hotel.

Wir fahren zu seiner Finca, die noch einige Kilometer hinter der Tauchschule zwischen den Orten Las Américas und Costa Adeje liegt. Das Haus ist einstöckig und im alten kanarischen Stil aus dunklen Vulkansteinen und Holz erbaut. Während Christoph eine Decke, Gläser und eine Flasche Wein holt, laufe ich ein Stück voraus zum Meer, dessen Wellen laut gegen die Felsen rollen. Christoph holt mich ein und führt mich über in den Stein gehauene Stufen zu einer Sandbucht.

Noch immer bin ich so aufgewühlt, dass ich mich überwinden muss, am Wein zu nippen. Es ist peinlich genug, dass ich kein Wort herausbringe und zum Kettenraucher avanciere, da muss das Glas nicht auch noch gegen meine Zähne klappern.

Christoph hingegen wirkt inzwischen völlig gelassen und erzählt von einer Tour über die Insel, die Lenny und er am vorigen Sonntag auf Trikes, diesen monströsen, Motorrädern ähnelnden Dreirädern, gemacht haben. In der Stadt gibt es einen Händler, sagt er, der die Maschinen verkauft und vermietet. Wenn ich Lust habe das auszuprobieren, leiht er noch einmal eines aus.

»Was hast du bisher von Teneriffa gesehen?«, erkundigt er sich. »Außer dem Teide bei Nacht.«

Ich erzähle von der Jeep-Safari.

»Ja, natürlich!« Er lacht und zieht eine Augenbraue hoch. »Die Jeep-Safari. War das mit im All-inclusive-Paket?«

Auf diese Provokation hin widerstehe ich dem Drang, ihn in die Seite zu boxen, doch wenigstens taue ich endlich auf. »Was ist so schlimm an all-inclusive?«

»Na ja, grundsätzlich ist es eine nette Idee und in Ländern wie Ägypten oder dem Irak sicherlich empfehlenswert, wenn man nicht als Geisel enden will.« Er wendet den Blick ab, offenbar, um sein andauerndes Amüsement vor mir zu verbergen, und schaut auf den nachtschwarzen Atlantik. »Aber hier in Europa, auf einer Insel wie dieser, wo es so viel zu sehen gibt …«

»Ich habe diesen Urlaub nicht gebucht«, verteidige ich mich. »Ich wurde lediglich genötigt, mitzukommen.«

Sein Blick flitzt zu mir hin. Er hebt den Wein an den Mund, trinkt aber nicht, sondern traktiert seine Unterlippe mit dem Glasrand, derweil er über meine Aussage grübelt. »Du wurdest genötigt?«

Also erzähle ich, wie es kam, dass ich vor drei Tagen auf der Insel landete, wobei ich die Abmachung zwischen Lukas und mir nicht auslasse. Christoph ist so taktvoll, dieses Thema unberührt zu lassen.

»Und jetzt findest du es ganz furchtbar hier?«

»Gestern fand ich es noch furchtbar, und ich war deprimiert«, gebe ich zu. »Aber seit der All-inclusive-Jeep-Safari heute finde ich es schön.«

»Gut«, lautet Christophs Kommentar, bevor er wieder aufs Meer schaut. »Und du hattest nicht vor, mir ein Sterbenswörtchen zu verraten?«

»Absolut nicht.«

»Dann muss eine höhere Macht entschieden haben, dass ich trotzdem davon erfahre.«

Schicksal nennt sich diese Macht, da bin ich mir sicher. Schon beim Discovery Channel hatte es seine Finger im Spiel sowie bei Ninas und Bastians Urlaubsbuchung. Zudem hat es dafür gesorgt, dass ich ihn nicht vergesse, und es hat mich vor ein paar Stunden zum Teide getrieben. Vielleicht reibt es sich gerade die Hände, das Schicksal, nun, da es erfolgreich gewaltet hat, und plant weitere Streiche. Harmlose Streiche, hoffe ich. Bislang dachte ich immer, das Schicksal hätte eine freundliche Natur, doch inzwischen ziehe ich ein gewisses teuflisches Wesen in Erwägung.

Mit einem Seufzen, das ansteckend zufrieden klingt, lässt sich Christoph auf die Decke zurückfallen. Er verschränkt die Hände hinter dem Kopf und schaut zu mir auf. »Es ist so irre. Wir sitzen hier, als sei es selbstverständlich, als hätten wir das schon immer getan.«

Abermals spricht er mir aus der Seele, und abermals schweige ich dazu.

In mancher Sekunde, meine ich in der Gesellschaft eines vertrauten Freundes zu sein, und schon im nächsten Augenblick ist er ein Fremder. Der Klang seiner Stimme hat ein Summen in meinem Magen ausgelöst. Es sind keine Schmetterlinge, die darin herumschwirren, es sind Fledermäuse.

Christoph betrachtet mich, als sei er wunschlos glücklich. Wahrscheinlich ist er das, denn ich bin es ja auch – irritierenderweise. In diesem Moment will ich nichts mehr, als mit ihm auf der Decke zu sitzen, und muss mir immer wieder ins Bewusstsein rufen, dass es geschieht. So real uns die Bilder am Computer erschienen, so illusorisch wirken sie nun, wo die Sandkörnchen auf der Haut und das Meeresrauschen im Ohr echt sind.

»Wie viel Zeit haben wir noch?«, fragt er.

»Zehn Tage ab morgen.«

»Was habt ihr für morgen geplant, Nina und du?«

»Uns aus dem Weg zu gehen, nehme ich an. Seit wir hier gelandet sind, benimmt sie sich seltsam. Ich bin es leid, hinter ihr herzurennen, um ihr Moral zu predigen.«

Ich erzähle ihm von unserem Streit beim Abendessen und Ninas geplanten Tauchgang mit ›Deep Blue‹.

»Stimmt, die Jungs sind für morgen angemeldet.« Christoph klingt ein wenig verärgert. »Aber sie können nicht, ohne sich mit uns abzustimmen, einen weiteren Teilnehmer mitbringen. Ist Nina denn je getaucht?«

Als ich verneine, legt sich sein Ärger, und er beginnt zu feixen, in etwa so wie ich mir vorstelle, dass es das Schicksal tut. »Das macht mir jetzt schon Spaß«, schließt er mit einem Zwinkern. »Ich hoffe, du bist morgen dabei.«

In der Morgendämmerung bin ich zurück im Hotel. Nina sitzt in einem Sessel. Im Fernsehen läuft ein Musiksender.

»Wo zur Hölle warst du?«, begrüßt sich mich und schleudert mir das Kopfkissen entgegen, das sie umarmt hat. »Beinahe hätte ich die Polizei verständigt.«

Ich hebe das Kissen auf und werfe es aufs Bett. »Ich war am Strand spazieren.«

»Da hab ich nachgesehen. Da warst du nicht!«

»Der Strand ist lang.«

»Konntest du nicht einen Zettel schreiben?«

Dass ich ihr keine Nachricht hinterlassen habe, ist ausschließlich auf meine Nervosität zurückzuführen. Es war keine böse Absicht. Dennoch entschuldige ich mich nicht. Wie oft habe ich mich um sie gesorgt.

Nun weiß sie, wie sich das anfühlt.

»Wie war dein Abend mit Markus?«

Nina winkt ab und legt sich ins Bett.

Tiefes Blau

Nicht eher als zum Frühstück lässt Nina sich zu einer Konversation mit mir herab.

»Markus und Jürgen – das ist sein Freund – holen mich in einer Stunde ab«, brummt sie und spießt ein Stück Ananas auf die Gabel, als wolle sie das Obst erdolchen. »Solltest du es dir anders überlegen und uns doch begleiten wollen, bist du herzlich eingeladen.« Eine besondere Betonung liegt auf dem Wort ›herzlich‹.

»Wenn du mich unbedingt dabeihaben willst …«

Gereizt fällt sie mir ins Wort. »Ich will dich nicht unbedingt dabeihaben, schon gar nicht, wenn du miese Laune hast und jeden Mann beleidigst, der bloß freundlich sein will. Doch ich will auch nicht, dass du im Hotel versauerst und zu viel nachdenkst, über Dinge, die du im Moment nicht ändern kannst.«

»Ich kann mich irren, aber bist nicht du diejenige mit der miesen Laune?«

»Lass mich bloß in Ruhe!«, knurrt sie und wählt ein Stück Pfirsich als nächstes Opfer. Sie ersticht den Pfirsich und fuchtelt damit vor meiner Nase herum. »Wirklich, ich warne dich, wenn du dich nicht zusammenreißt und ab und zu mal lächelst …«

»Schon verstanden!«

»Na, dann ist ja alles prima!«

Als ich mit Nina, Markus und Jürgen die Tauchschule betrete, erläutert Christoph einem Kunden die Unterschiede verschiedener Neoprenanzüge und wann welcher eingesetzt wird.

Nina erkennt ihn sofort und knufft mich in die Seite, während wir zum Tresen gehen, um dort zu warten. »Ist ja der Hammer«, wispert sie und ist völlig aus dem Häuschen. »Das ist doch dein Christoph! Alle Wetter! In natura sieht er noch besser aus als im Fernsehen.«

»Zum einen ist er nicht meiner, zum anderen ist dieser Mann gewiss nicht der, für den du ihn hältst. Also sei still!«, ermahne ich sie und nehme eine der ausgelegten Broschüren zur Hand.

»Lena, mach mich nicht schwach!« Ihre Stimme wird etwas lauter, und ich bedeute ihr, die Klappe zu halten, woraufhin sie wieder flüstert. »Sag bloß, du erkennst ihn nicht!«

»Er ist es nicht!«

»Du hast bloß Schiss!« Vielsagend zwinkert sie mir zu. »Ich freu mich schon auf sein Gesicht, wenn er dich sieht.«

Als der Kunde den passenden Anzug hat, begrüßt Christoph Markus und Jürgen, teilt ihnen ihre Utensilien zu und fordert sie auf, diese für den Tauchgang vorzubereiten. Danach kommt er zu Nina und mir an den Tresen.

Nina räuspert sich. »Also, meine Freundin L-e-n-a …«, es fehlt nicht viel und sie hätte meinen Namen buchstabiert, »… wollte unbedingt tauchen gehen und hat mich überredet, mitzukommen.«

Christoph lächelt freundlich. »Welche Erfahrungen habt ihr?«

Nina kommt meiner Antwort zuvor: »Lena hat bereits so einen Lappen. Ich noch nicht, aber ich lerne schnell.«

Er schickt mir einen amüsierten Blick. »Welchen Lappen hat die Lena denn?«

»Open Water Diver.« Endlich komme ich zu Wort. Allerdings auch nur, weil Nina die Bezeichnung nicht kennt. »Die Grundausbildung also.«

»Und du bist noch nie getaucht?«, wendet sich Christoph an Nina.

Als sie verneint, checkt er die Termine im Kursbuch und knipst gedankenverloren die Miene seines Kugelschreibers rein und raus.

»Okay«, sagt er, schaut erst auf seine Uhr und dann zu uns. »Lena, wenn du magst, kannst du gleich mitkommen. Mein Kollege Lenny und ich fahren mit drei Tauchern zum Aquarium, auch bekannt als Stingray City. Wie der Name verrät, gibt's da eine Menge Rochen zu sehen.« An Nina gerichtet meint er: »Für dich käme der Schnuppertauchkurs mit Katja infrage. Der beginnt in einer Stunde.«

Nina hört ihm gar nicht zu, sonst hätte sie spätestens jetzt Protest eingelegt, schließlich will sie mit

Markus abtauchen. Sie zappelt herum und zwinkert, trippelt von einem Fuß auf den anderen und hört nicht auf zu grinsen.

Ich versuche es zu ignorieren, bis es nicht mehr geht. »Sag mal, hast du Flöhe?«

Nina schickt mir einen letzten fassungslosen Blick und schnappt nach Luft bevor alles aus ihr herausplatzt. »Sagt mal, seid ihr blind? Statt euch um den Hals zu fallen, benehmt ihr euch, als ob ihr … als würdet ihr …« Halb verzweifelt sucht sie nach Worten. »Du bist doch Christoph, oder?«

»Nein!« In perfekt gespieltem Erstaunen zieht er die Stirn kraus und schüttelt den Kopf. »Ich heiße Detlef.«

Ich muss mir auf die Lippe beißen, damit ich nicht lache, und wäre an Christophs Stelle wahrscheinlich längst geplatzt. Die Sache mit dem schwulen Björn, den Nina vor lauter Frustration Detlef genannt hat, habe ich ihm gestern erzählt.

»Detlef?«, ächzt Nina. »Du hast eine verblüffende Ähnlichkeit mit einem anderen Tauchlehrer.«

Christoph übergeht ihre Irritation und bleibt sachlich. »Also, wie sieht es nun aus? Willst herausfinden, ob der Tauchsport das Richtige für dich ist?«

Nina nickt, noch immer verwirrt. »Klar, deshalb bin ich hier.«

Christoph ruft eine Frau zu sich, die den Raum betreten hat und Flossen ins Regal sortiert. »Das ist Katja!«, stellt er sie uns vor. »Vor dem Schnuppern gibt sie eine Theoriestunde, die ich dir empfehlen würde.«

Endlich klingelt es bei Nina. »Theorie? Ich will doch keinen Führerschein machen, sondern bloß tauchen.«

Die Fahrt zu Stingray City dauert eine Dreiviertelstunde. Als der Tauchplatz erreicht ist, überprüfen alle ein letztes Mal die Geräte, wuchten die Pressluftflaschen auf den Rücken, schlüpfen in die Flossen, spucken in die Brille, spülen sie aus und ziehen sie auf.

Lenny springt als Erster und wartet, dass ihm einer nach dem anderen folgt. Markus und Jürgen haben es eilig, ins Wasser zu kommen. Ebenso der Franzose, der während der Fahrt einen etwas verschrobenen Eindruck auf mich gemacht hat. Christoph ist nach mir der Letzte, der von Bord geht.

Einen Moment später ist alles um mich herum tiefblau und voller Luftbläschen. Ein Schwarm von tausend winzigen Fischen, die in allen Farben schimmern, flitzt zwischen uns hindurch. Nach unten hin herrscht scheinbar unendliches Dunkel. Christoph verlangt von jedem das Okay, dann gleiten wir hinab. Mit jeder Faser fasziniert und immer aufs Neue erstaunt über die Möglichkeit, so etwas tun zu können, sinke ich in diese andere Welt. Wir sind noch nicht auf dem Meeresboden in 20 Metern Tiefe angekommen und schon von Rochen umgeben. Wie Christoph auf dem Boot erklärt hat, haben die Tiere kaum Scheu vor Menschen und hoffen auf Futter, da einige der ansässigen Tauchschulen es sich zu der umstrittenen Angewohnheit gemacht haben, die Rochen anzufüttern.

Der sandige Grund wimmelt von Rochen, die in Horden ihren alltäglichen Beschäftigungen nachgehen. Am häufigsten sehen wir jene Stachelrochen, die dem Spot ihren Namen verliehen haben, doch auch drei große Schmetterlingsrochen mit einer Spannweite von sicher zwei Metern geben sich die Ehre. In der Nähe eines etwas gespenstisch wirkenden gesunkenen Segelbootes beobachte ich tellergroße Schildkröten, die an Pflanzen nagen. Neben dem Rauschen des Wassers und meinem Atem kann ich sie knabbern hören.

Lenny und der Franzose erkunden ein nahes Steinfeld. Christoph behält die anderen beiden Jungs im Blick, ohne von meiner Seite zu weichen. Wir entdecken einen Schwarm kleiner Trompetenfische sowie eine Brasse, die es, auf der Flucht vor einer im Schiff lebenden Muräne, sehr eilig hat zu verschwinden. Nach einer Weile bleibt Christoph ein Stück hinter mir zurück. Per Zeichensprache gibt er mir zu verstehen, dass ich zu ihm kommen und mir etwas anschauen soll. Zuerst sehe ich gar nichts, nur Sand, doch der scheint sich mit einem Mal zu bewegen. Wir beobachten, wie sich Seepferdchen aus dem Boden ausbuddeln, da sie sich von uns bedroht fühlen. Die meisten der Tierchen schwimmen gleich weg, nur zwei bleiben und schweben dicht vor uns im Wasser. Sie sind nur wenige Zentimeter groß, etwa so lang wie mein Zeigefinger. Ihre durchsichtigen Flossen sehen aus wie Flügelchen und schillern, wenn sie damit schlagen. Es ist das erste Mal, dass ich sie unter Wasser sehe, und ich bin begeistert.

Unsere stille Faszination wird gestört, als Lenny herbeigeschwommen kommt, um Christoph per Handzeichen etwas mitzuteilen. Christoph zeigt mir an, dass die Gruppe auftaucht und er gleich nachkommt. Darauf verschwindet er im diesigen Blau.

An der Seite von Lenny, Markus und Jürgen steige ich an die Oberfläche. Die Frage, wo der Franzose ist, klärt sich, als wir auf dem Boot sind. Lenny berichtet im holprigem Deutsch, dass der Mann plötzlich beschlossen habe, den Atlantik auf eigene Faust zu erkunden, und abgehauen sei. Es ist ein absolutes No-go unter Tauchern, sich von der Gruppe oder dem Buddy abzusetzen beziehungsweise überhaupt allein zu tauchen.

Lange fünf Minuten nach uns tauchen Christoph und der Franzose auf. Seine erste Handlung auf dem Boot besteht darin, Lenny den Stinkefinger zu zeigen.

Nina wartet vor der Tauchschule. Sie ist in keiner guten Stimmung. Zu gern wäre sie mit aufs Meer gefahren, selbst wenn sie auf dem Boot hätte bleiben müssen.

Nachdem wir das Boot entladen haben, unterhalte ich mich mit Christoph über den Tauchgang. Nina quasselt ständig dazwischen und stellt Fragen wie, ob das Wasser salzig war oder ob wir einen Tiefenrausch bekommen haben. Einmal mehr fühlt sie sich aus dem Mittelpunkt verdrängt – das alte Leiden also.

Katja kommt aus dem Büro und ruft: »Hey, Christoph! Telefon für dich.«

»Ich sehe dich heute Abend«, verabschiedet er sich von mir und nickt Nina kurz zu: »Und dich vielleicht auch irgendwann demnächst. Immer schön locker bleiben!«

Als er in der Tauchschule verschwunden ist, knurrt Nina: »Detlef! Aha!« und wendet sich zum Gehen. »Verarsch mich bloß weiter!«

Auf dem Rückweg zum Hotel, im Zimmer und auch noch während des Abendessens nörgelt sie. Da ich nicht darauf eingehe, gewinnt ihre Neugier die Oberhand und sie löchert mich mit Fragen. »Wie ist er denn nun?«

»Nett.«

»Von wegen Strandspaziergang. Du warst bei ihm gestern Abend. Wo wart ihr denn nun?«

»Am Strand.«

»Was hat er so gesagt?«

»Einiges.«

»Ist was gelaufen?«

»Nein.«

»Vielen Dank für die Konversation!«

Ich resigniere. »Nina, ich will mich einfach nicht mit dir darüber unterhalten.«

Eigentlich möchte ich ihr das, was mir auf dem Herzen liegt und mich so wahnsinnig stört, nicht sagen, doch die Worte kämpfen sich ihren Weg aus meinem Mund. »Seit wir hier angekommen sind, benimmst du dich fürchterlich, als wäre das ganze Leben ein Spiel. Vielleicht trifft das auf dein Leben zu, vielleicht sind bei dir momentan keine Gefühle involviert und es kann niemand verletzt werden. Aber so ist das nicht in meinem Leben.« Ratlos hebe ich die Schultern und lasse sie fallen. »Ich wünschte, ich wollte mit dir reden, doch ich glaube, du würdest mich gar nicht verstehen, weil du im Moment nur dich siehst.«

»Hör auf damit!«, faucht sie. »Hör endlich auf, als mein Gewissen zu agieren!«

»Siehst du, du verstehst gar nichts«, sage ich in einem Ton, der das Thema für beendet erklärt.

Nina setzt noch einen obendrauf: »Ich hätte mit Lilly oder Hannah verreisen sollen. Das wäre um einiges witziger gewesen!«

Schweigend beenden wir unser Essen.

Als ich die Zimmertür aufschließe, klingelt drinnen das Telefon. Es ist Christoph, um mir Bescheid zu sagen, dass er gleich beim Hotel ist.

Ich lasse eine tobende Nina zurück. Seltsamerweise hat sie heute Abend keine Lust auf Party und empfindet es als Unverschämtheit, dass ich sie nach dem Streit allein lasse.

Während ich durch die Gänge des Hotels zum Ausgang gehe, frage ich mich, was wir mit uns angefangen hätten, insbesondere nach dieser Meinungsverschiedenheit und überhaupt all den schrecklichen Dingen, die wir uns seit Tagen an den Kopf werfen. Der Gedanke, dass es Nina so leid tut wie mir und sie das Kriegsbeil begraben wollte, gibt mir ein mieses Gefühl.

Christoph ist nicht sonderlich herausgeputzt, sondern scheint spontan angezogen haben, worin er sich wohl fühlt. Das Hemd, das er trägt, ist hell und schmal geschnitten und steckt in einer Jeans, die lässig auf den Hüften sitzt. Sein Haar ist noch feucht vom Duschen.

Ich mag, wie er mich ansieht, wie er lächelt. Ich mag, seinen Duft, den ich einatme, als wir uns mit einem Kuss auf die Wange begrüßen, und möchte ihn fragen, wie sein Parfüm heißt, doch hebe mir das für später auf. Ich mag, wie er aussieht. Zugegeben, das mochte ich vom ersten Moment an, vom ersten Blick auf sein Foto, doch erlebt man ihn live, dann ist er umwerfend und heute Abend ist er das noch dreimal mehr.

Er lässt die Corvette vorm Hotel stehen. Wir

laufen zu einem Irish Pub, der tatsächlich nur eine Kneipe ist. Es gibt Guinness, eine kleine Auswahl an Cocktails, gute Musik – und zwar ausschließlich von CD, wofür ich dankbar bin. Auf dem Weg dorthin kamen wir an anderen Bars vorbei, in denen entweder Liveshows oder Karaoke-Wettbewerbe stattfanden. Ich will nicht entertaint werden, ich möchte bloß etwas trinken und brauche keine passive Unterhaltung.

Christoph begrüßt die beiden Männer hinter dem Tresen per Handschlag und bestellt unsere Getränke.

»Ich hab dich im Fernsehen gesehen«, fällt mir ein, nachdem Bier und Wein gebracht wurden. »Diese Sendung über Haie. Ich wusste nicht, dass du einen Doktortitel hast.«

Christoph winkt ab, als sei ihm das Thema unangenehm. »Das wissen die wenigsten. Manchmal vergesse ich es sogar selbst. Es spielt keine Rolle. Es war einfach …« Er zögert und grübelt. »Es war eine Art Beschäftigung. Es hat mich abgelenkt zu einer Zeit, in der ich dringend Ablenkung benötigte. Da ich mit dem Examen in der Tasche keine Lust hatte aufzuhören, habe ich eben weitergemacht.«

»Und dabei ist schwuppdiwupp deine Dissertation entstanden, die du nachher auch noch erfolgreich verteidigen konntest?«

»Die Arbeit daran ist mir nicht schwer gefallen. Es war interessant, und Haie sind faszinierende

Geschöpfe. Die ganze Unterwasserwelt ist faszinierend.«

»Verspürst du nie den Drang, etwas zu tun, was der Bandbreite deines Wissens auf dem Gebiet der Meeresbiologie gerecht wird?«, erkundige ich mich vorsichtig, denn ich will ihn nicht verletzen. »Die Arbeit in der Tauchschule ist sicher abwechslungsreich, aber ist sie echt eine Erfüllung?«

»Absolut«, entgegnet Christoph prompt. »Ich will nichts anderes machen und nirgendwo anders sein. Ich mag mein Haus, meinen Job, meine Freunde, diese Insel. Mein Leben ist so, wie ich es mir vorstelle.«

Als ich schweige, betrachtet er mich aus zusammengekniffenen Augen, ein sanftes Lächeln auf den Lippen. »Ich kann mir vorstellen, was du jetzt fragen möchtest.«

»Ach wirklich, was denn?«

»Frag es doch einfach!«

»Warum bist du allein?«

»Ich bin nicht allein.«

Okay, dann also deutlicher: »Warum gibt es keine Frau in deinem Leben?« Das Blau seiner Augen ist zu intensiv, als dass ich seinem Blick länger standhalten könnte, also konzentriere ich mich auf meinen Wein und zwirble den Stil des Glases zwischen Daumen und Zeigefinger, bis die golden schimmernde Flüssigkeit Wellen schlägt. »Ich sehe dich an und kann es nicht verstehen. Sie müssten dir zufliegen wie Motten dem Licht.«

Christophs Lachen klingt kratzig und wenig amüsiert. »Wusstest du, dass die Motten eigentlich nur zum Mond wollen?«

»Ich habe davon gehört. Nun lenk nicht ab!«

»Die wenigsten der Motten überleben den Flug zum Licht«, sagt er in der offensichtlichen Absicht, mich aufzuziehen.

»Du meine Güte, du willst mir jetzt aber nicht erzählen, dass du gemeingefährlich bist? Ein Egozentriker? Ein unausstehlicher Mistkerl, mit dem es niemand aushält? Oder ein notorischer Fremdgeher?«

Christoph lehnt sich ein Stück vor und stützt das Kinn in die Handfläche. »Ich hoffe, dass mich niemand für einen solchen Menschen hält.«

»Lass uns das Thema wechseln!«, schließe ich und nippe zur Abwechslung am Wein. »Ich komme mir schon vor wie ein Psychologe und du musst dich wie mein unfreiwilliger Patient fühlen, dem ich ein Problem einzureden versuche.«

»Nein, schon okay. Das ist witzig. Du machst dir Gedanken über mich. Du analysierst mich. Und das ehrt mich irgendwie. Zudem hast du mit deinem Vergleich ganz nah an der Antwort auf die Frage gelegen. Die Motten lieben das Licht vielleicht, aber dem Licht sind die Motten definitiv egal.«

Auf mein »Hm!« wird es still. Wir schauen uns an, bis ich blind und taub für meine Umgebung bin. Ich sehe nur Christoph – den umwerfenden Christoph, der am liebsten unter Wasser ist und sein Herz nicht ohne Weiteres verschenkt. Zu gern würde ich erfahren, worum sich seine Gedanken in diesem Moment drehen.

»Warst du je auf den ersten Blick verliebt?«, fragt er plötzlich und setzt sich im Stuhl zurück. Nun ist er es, der mit seinem Glas spielt, doch immerhin schaut er mich dabei noch an. Wartend.

»Mit Lukas ist es mir so gegangen«, sage ich, denke an den Hugo-Strandkorb auf Rügen und den kühlen, aber sonnigen Tag im Herbst, an dem er und ich uns daran erinnerten, wie wir uns ineinander verliebt haben. Buff!

Mit einer Ahnung, dass Christoph Ähnliches erlebt hat, gebe ich die Frage zurück. Eine weitere Ahnung sagt mir, dass es weder die Studentin war, die von ihm schwanger wurde, noch die perfekte Heiratskandidatin, die seine Eltern für ihn ausgesucht hatten.

»Es ist mir passiert.« Als er das sagt, kann ich beobachten, wie ein bislang nicht da gewesener entrückter Ausdruck auf seine Miene tritt. »Eine total verrückte Geschichte war das. Willst du sie hören?«

Natürlich will ich das! Ich werde nicht von diesem Tisch aufstehen, bevor ich sie nicht gehört habe. Ich nicke.

»Sie wollte mein Auto stehlen.«

»Oh, ein perfekter Start!«

»Filmreif«, schmunzelt er. Er schenkt mir Wein

nach, bestellt für sich selbst noch ein Guinness und erzählt weiter. »Ich war dumm genug, mein Auto nicht abzuschließen, und sie dachte, sie hätte ein leichtes Spiel. Rechtzeitig bemerkte ich, dass etwas im Gang ist, und hinderte sie an ihrem Werk, indem ich in den Wagen stieg. Zuerst dachte ich, sie sei ein Mann, und war bereit, mich zu prügeln. Doch dann hat sie mich angesehen … und peng. Das war's!«

Seine Geschichte ist so süß wie traurig. Das Mädchen war keine kleine Ganovin, wie Christoph zuerst vermutete, sondern ein heftig rebellierendes Blaublut. Ihren Eltern gehörte eine bekannte, millionenschwere Confiserie in Stuttgart.

Er hat sie geliebt und sie ihn. Obwohl sie nie zueinander fanden, trennte sich Christoph von der perfekten Heiratskandidatin. Aus reiner Frustration ging er später die Beziehung zu der Studentin ein, von wo an mehrere Katastrophen ihren Lauf nahmen – sowohl in seinem als auch im Leben der vermeintlichen Autodiebin, deren Namen ich bislang nicht erfahren habe.

»Verrätst du mir, wie sie heißt?«

»Katinka.«

»Ungewöhnlich.«

»Sie war ein ungewöhnliches Mädchen.«

»Wo ist sie jetzt?«

»Ich habe keine Ahnung. Sie musste Deutschland verlassen, untertauchen, nehme ich an, um frei zu sein.« Christophs Ton verrät, dass die Geschichte hier zu Ende ist beziehungsweise nicht weitererzählt wird.

Ein Frösteln kriecht über meine Haut, und ich streiche über meine Arme, um es zu vertreiben. »Misst du an ihr alle Frauen, die in dein Leben treten?«

»Nein, ich mag nur keine Kompromisse«, antwortet er nach kurzem Zögern. »Löst eine Frau nicht früher oder später das in mir aus, was Katinka ausgelöst hat, wäre es ein Kompromiss, wenn ich mich auf sie einließe. Es wäre nicht fair.« Abermals grübelt er und schickt mir dann ein Lächeln. »Nach ihr gab es eine Frau, die das geschafft hat. Nicht blitzartig, sondern Wort für Wort. Leider war sie schon vergeben.«

Für die restlichen neun Tage überlässt Christoph das ›Deep Blue‹ der Verantwortung seiner Tauchlehrer, um mir die Insel zu zeigen.

Nina schläft noch, als ich mich an unserem fünften Urlaubstag aus dem Zimmer schleiche. Auf meinem Bett liegt eine Nachricht, die sie darüber informiert, dass ich über Nacht weg sein werde.

Im Hafen von Los Cristianos wimmelt es vor Frühaufstehern, haben auch nicht alle, wie wir, die Absicht, eine der Autofähren zu nehmen. Die alten spanischen Fischer beispielsweise scheinen schon seit Stunden am Pier zu hocken. Abseits des Fährhafens sehe ich eine Reihe von Ticketbuden, die noch nicht besetzt sind. Ihre Betreiber werden später miteinander wetteifern, um die Nachbauten von Piratenschiffen oder die Katamarane mit Touristen zu füllen.

Da Christoph keine Zeit verlieren möchte, bucht er auf einem der Schnellschiffe, das die Überfahrt nach La Gomera in 40 Minuten schafft.

Wenig später steht die Corvette zwischen anderen Fahrzeugen im Bauch der Fähre. Wir sitzen eine Etage darüber im Passagierraum, wo es sogar eine Bar und Einkaufsmöglichkeiten gibt. Zuerst wundere ich mich, dass es nicht möglich ist, an Deck zu gehen, doch Christoph meint, das wäre ein zu hohes Sicherheitsrisiko. Die Fähre schafft 42 Knoten, was ungefähr 80 km/h entspricht, und ist damit eine der schnellsten der Welt.

Die Stadt San Sebastián liegt im Süden von La Gomera an einem Hang aus vulkanischem Gestein. Zwischen dem Grün der Palmen und dem Grau der Felsen erstrahlen pastellfarbene und weiße Häuser und Hotels im morgendlichen Licht. Die Fähre verliert an Geschwindigkeit und schwimmt in den Hafen, wo hauptsächlich Sportboote und Jachten vor Anker liegen.

Von San Sebastián machen wir uns in nördliche Richtung auf. 30 Minuten später parkt Christoph in El Cedro vor dem ›La Vista‹, einer an einem Steilhang gelegenen Bar. Beim Frühstück auf der Terrasse umgibt uns das Panorama einer Landschaft, die mich an Südamerika erinnert und die ich nirgends in Europa vermutet hätte.

Etwas oberhalb des ›La Vista‹ folgen wir einem Treppenpfad. Er führt uns an den letzten Häusern des Dorfes vorüber und endet am Eingang des Garajonay-Nationalparks, der zum UNESCO Welterbe gehört. Dahinter beginnt der Lorbeerwald – ein Dschungel, der von zerklüfteten Schluchten durchzogen wird. Von den Baumspitzen senkt sich Nebel wie ein Schleier auf den von Moosen und Farnen bewachsenen Boden. Flechtenbärte hängen von den Zweigen. Sonnenstrahlen tasten über das dichte Gras kleiner Lichtungen. Hinter einer Kapelle finden wir einen Rastplatz, an dem wir pausieren, um die Natur auf uns wirken zu lassen. Ich fühle mich eigenartig, seltsam beseelt und wie verzaubert. Christoph lehnt sich gegen die Bank. Er hat die Arme verschränkt und die Augen geschlossen und scheint ein stilles Mantra zu sprechen – ein Anblick, der meine Stimmung nur verstärkt.

»Kann es sein, dass du mich gerade ansiehst?«, murmelt er, ohne die Augen zu öffnen.

Ich lache leise und antworte: »Sein kann es.«

Wasserfälle plätschern am Wegesrand. Zwei Brücken, die einen abenteuerlich morschen Eindruck machen, überqueren einen Bachlauf. Hinter ihnen wird der Weg steil und führt über Naturtreppen zu einem Aussichtspunkt, der bereits auf über 1.000 Metern Höhe liegt.

Während Christoph keine Anzeichen von Erschöpfung zeigt, schnaufe ich ziemlich, als wir eine halbe Stunde später auf dem Alto de Garajonay ankommen. Bei Sonnenschein und klarer Sicht blicken wir auf die Nachbarinseln El Hierro, La Palma und Teneriffa. Sowohl die Zeit als auch der Ort geraten in Vergessenheit. Andere Wanderer kommen und gehen, ohne dass ich sie wirklich wahrnehme. Wir sitzen auf unseren Jacken, reden oder schweigen oder hängen unseren Gedanken nach. Nach zwei Stunden macht mich Christoph auf eine Wolkenfront aufmerksam und hält es für besser, dass wir den Rückweg antreten.

Auf Höhe der Kapelle beginnt es so plötzlich und heftig zu regnen, dass Christoph und ich durchnässt sind, bevor wir die Jacken übergezogen haben. Mit der Wetteränderung erfährt auch die Stimmung im Wald eine eigenartige Wende, dies erst recht, als der Regen sich legt. Dicke Wassertropfen hängen an Blättern. Der Nebel ist dichter geworden und windet sich in Schwaden um knorrige Baumstämme. Die Lufttemperatur ist um einige Grad gesunken, doch nicht nur deshalb fröstele ich und mustere das Grün zu beiden Seiten des Pfades halb argwöhnisch, halb verzückt, aber jederzeit darauf gefasst, einen Elf zu sehen.

Über eine kurvige Höhenstraße entlang der Westküste gelangen wir nach Valle Gran Rey – dem Tal des großen Königs. Das einstige Aussteigerparadies besteht aus mehreren Ortschaften und ist das touristische Zentrum der Insel, doch selbst in diesem Sinn kaum mit den Städten auf Teneriffa zu vergleichen. Eingeschlossen von Felswänden und dem Meer finden sich hier Obstplantagen, ruhige Badestrände und Hotels, in denen nichts außer dem Frühstück und einer großen Portion Seelenfrieden inklusive ist.

In La Playa beziehen wir zwei Zimmer in der, wie Christoph sagt, legendären ›Casa Maria‹. Warum sie legendär ist, erfahre ich später am Abend, als wir auf der Terrasse sitzen, die sich mehr und mehr mit Gästen füllt.

Auch am Strand versammeln sich Leute, viele haben Buschtrommeln dabei. Als die Sonne zu sinken beginnt, schlagen sie ihre Trommeln und hören nicht auf, als sie längst am Horizont verschwunden ist. Feuertänzer gesellen sich dazu. Es ist ein atemberaubendes Spektakel.

Lukas wäre begeistert, überlege ich und blinzele ein paar Tränen fort. Sie sind hartnäckig, aber ich besiege sie. Ich will nicht traurig sein. Es gibt keinen Grund dafür, denn ich bin an einem wunderbaren Ort in Gesellschaft eines wunderbaren Mannes. Betrachtet man die Sache, wie sie ist, dann geschieht all das mit Lukas' Segen, weshalb jede Melancholie ironisch wäre.

Natürlich besitze ich keinen Freibrief und noch immer ein Gewissen. Zwar ist es von Stunde zu

Stunde leiser geworden, doch es ist da und scheucht so manchen sich einschleichenden Gedanken aus meinem Kopf.

Einen Gedanken, wie den, Christoph zu küssen.

Wie kann ich das nicht wollen?

Bei all dem Auf und Ab der vergangenen Monate bin ich inzwischen davon überzeugt, dass ich nicht zu einer Minderheit gehöre. Stattdessen glaube ich, dass jeder Mensch irgendwann in Versuchung geführt wird, ihr widersteht oder erliegt. Ich denke, die meisten erliegen ihr – und küssen.

Was ist mit der Redensart über den Appetit und das Essen zu Hause? Küssen kann als eine Form des Sich-Appetit-Holens betrachtet werden. Sicher ist es von Vorteil, wenn man die Person, bei der man Appetit bekommt, nicht gut kennt, anderenfalls läuft man wohl Gefahr, bald dort zu essen.

Dabei möchte ich mir bei Christoph nicht einmal Appetit holen, was wiederum nicht heißen soll, dass ihn nicht appetitlich finde.

Stellen wir uns eine Sahnetorte oder eine Pizza Funghi vor: Beide sind unheimlich delikat, aber schwer zu verdauen. Ihr Genuss ist mit Konsequenzen verbunden.

Ich bin ein Mensch, der lieber im Voraus über Hüftspeck nachdenkt und auf den Verzehr einer Sahnetorte oder Pizza Funghi verzichtet. Den Fall, dass einem die Torte beziehungsweise Pizza von allein in den Mund springt, will ich an dieser Stelle nicht bedenken. Es würde zu weit führen, und ich müsste mir eine neue Metapher überlegen, da eine sich verselbstständigende Torte beziehungsweise Pizza unwahrscheinlich ist. Männer, die einen küssen, gibt es hingegen nachweislich.

Christoph ist keiner von ihnen. Abgesehen von der Begrüßung und Verabschiedung berührt er mich nicht und hält die Distanz zwischen uns auf einem freundschaftlichen Abstand, ungeachtet der Elektrizität, die in bestimmten Momenten zwischen uns knistert und uns daran erinnert, dass wir irgendwann einmal mehr als Freunde sein wollten.

Zum einen gefällt mir seine Zurückhaltung. Zum anderen macht sie mich wahnsinnig.

Auch jetzt sieht er mich wieder so an und strahlt, als ich seinen Blick erwidere. Wie zu einer stummen Frage hebt er eine Braue und ein fröhliches Blitzen liegt in seinen Augen.

»Ich habe jetzt genau das, was ich wollte«, sagt er. »Eben der Wunsch, der mich vor Monaten um meinen Schlaf gebracht hat, ist in Erfüllung gegangen.« Er nimmt sein Glas und lässt es gegen meines klingen, das noch auf dem Tisch steht. »Danke für den schönen Tag!«

»Ich bin es, die zu danken hat.«

Allmählich verstummen die Trommeln und die Fackeln brennen ab. Der Strand wird leer. Eine Stunde nach Mitternacht sind wir allein auf der Terrasse.

»Manchmal möchte ich, dass alles geschieht, was geschehen soll«, sage ich. »Dabei weiß ich nur zu genau, dass nicht fähig bin, die zwei Welten zu trennen.«

Mir fällt etwas ein, das mich davor bewahrt, in eine Stimmung abzurutschen, mit der dieser Tag nicht enden sollte. Ich erzähle Christoph meine Anti-ein-Topf-ein-Deckel-Theorie:

Nicht jedes Töpfchen hat nur ein Deckelchen. Schaut man in den Küchenschrank eines gut ausgestatteten Haushalts, so entdeckt man neben alten Einzelstücken aus Emaille viele Töpfe und Deckel einer Serie. Auf einige dieser Töpfe passen stets zwei bis drei verschiedene Deckel, was sich umgekehrt natürlich ebenso verhält. Im Lauf der Zeit ist oft nicht mehr nachzuvollziehen, welcher Deckel ursprünglich zu welchem Topf gehörte.

Meine Metapher ist keinesfalls ein Plädoyer für willkürlichen Ehebruch, sondern eher ein Widerspruch gegen allgemeine Überzeugungen. Was für einige den Tod der Romantik und des Idealismus bedeutet, ist anderen möglicherweise ein Trost. Mit meiner Theorie wird das Warten auf Mr. Right mit höherer Wahrscheinlichkeit irgendwann belohnt. Begegnet man auch nicht dem einen und einzigen, dann doch zumindest einem von ihnen. Einem, der passt. Von da an sollte man hoffen, dass kein zweiter den Weg kreuzt – irgendwo auf diesem Planeten!

»Mir gefällt der Gedanke, dein Deckelchen zu

sein«, sagt Christoph. »Auch, wenn ich zu spät im Küchenschrank gelandet bin.«

Mein Herz wird schwer.

Niemals geht es um eine Entscheidung zwischen Lukas und Christoph! Ich kann kein zweites Leben führen, ohne das andere zu vergessen und zu vermissen. Das ist offenbar die Antwort auf die Frage aus ›Herr der Gezeiten‹, warum keinem Mann und keiner Frau zwei Leben zur Verfügung stehen.

Über den Tisch hinweg ergreift er meine Hand, streicht mit dem Daumen darüber.

»Mein süßes, schwarzes Engelchen!«, murmelt er.

»Engel sind immer blond!«

»Nicht für mich.«

Gewissenlos

Nach dem Frühstück treten wir den Rückweg nach San Sebastián an. Ein gutes Stück darf ich hinter dem Steuer der Corvette sitzen. Ich lasse es mir nicht allzu sehr anmerken, aber ich finde das ziemlich cool.

Die meiste Zeit fahren wir auf der Landstraße und kommen zügig voran, da so gut wie keine anderen Autos unterwegs sind. Derartige Verkehrsverhältnisse wären in Deutschland toll, überlege ich bei dem Gedanken an LKW-Kolonnen auf den heimischen Bundesstraßen und durch Baustellen sinnentfremdete Autobahnen mit 40 Kilometer langen Staus.

Mit einigem Bedauern sehe ich die ersten Häuser von San Sebastián und würde gern den imaginären Pauseknopf drücken. Ich möchte noch auf La Gomera bleiben! Ich bin verliebt in La Gomera!

Im hoteleigenen Souvenirgeschäft kaufe ich eine Postkarte, die ich Hannah schicken will.

Ein schadenfrohes Grinsen auf den Lippen schreibe ich:

›Hallo, liebste Hannah.

Meine Grüße erreichen dich von der umseitig abgebildeten Insel. Das Hotel ist schön. Der Pool ist sauber. Der Sand am Meer ist schwarz. Das Essen ist ganz vorzüglich. Das Personal ist äußerst zuvorkommend. Das Wetter – wie könnte ich das Wetter vergessen? – lässt keine Wünsche offen. Sicher wurmt dich nur eine einzige Frage, mit deren Klärung ich dich auf meine Heimkehr vertröste … falls ich denn heimkehre. Grüß Lilly, wenn ihr euch seht, und lästert nicht zu viel über uns! Wir tun hier nur, was wir nicht lassen können. Sogar Nina, von der ich dir eine Kusshand zuwerfen soll.

Deine Lena‹

Hannah wird mich umbringen wollen, wenn sie das liest, womit die Postkarte ihren Zweck erfüllt hätte. Aber sie wird sie auch an ihre Wand hängen, zwischen all die Zeitungsausschnitte, Fotos, Notenblätter und Poster von Elvis – oder an ihre Fensterscheibe zu den gefalteten Kranichen und uralten Perlenketten. Auf jeden Fall wird sie sie so lange grimmig anstarren, bis ich bei ihr bin.

Nina und Markus sind gerade bei der Sache, als ich unser Zimmer betrete. Mein offensichtlich verfrühtes Erscheinen überrascht sie. In Sekundenschnelle sind alle Blößen bedeckt und zwei Paar entsetzte Augen linsen unter der Decke hervor. Ich verdrücke mich ins Bad, um mir den Bikini anzuziehen und wieder zu verschwinden.

Eine Stunde später legt Nina sich auf die Liege neben mir an den Pool. »Wir müssen miteinander reden«, beschließt sie und schiebt ihre Sonnenbrille von der Stirn auf die Nase.

Ich packe das Buch beiseite und stelle meine Liege in die Sitzposition. »Das glaube ich auch.«

»Gut! Vorausgesetzt, du willst mir nicht wieder mit Vorschriften kommen.«

»Nein, wir sollten einfach über uns reden.« Wo soll ich beginnen? »Was meinst du, sind wir noch miteinander befreundet, wenn dieser Urlaub vorbei ist?«

Sie richtet sich ein Stück auf und runzelt die Stirn. »Natürlich«, entrüstet sie sich, doch stockt dann. »Zumindest, wenn es nach mir geht.«

»Bis gestern dachte ich, umso weniger ich dich sehe, desto weniger muss ich mich ärgern.«

»Bis gestern?«

»Aber ich hab dich viel zu lieb ... Ich wünschte nur, du wärst ...«

»Lena!« Nun klingt sie verärgert. »Fass dich an deine eigene Nase! Seit du Christoph getroffen hast, bin ich abgeschrieben. Lass mich hier meinen Spaß haben und ich lasse dir deinen!«

»Genau das meine ich. Du und dein Spaß! Wie sahen denn die ersten Tage aus? Wer war da abgemeldet?«

»Ich habe immer versucht, dich einzubinden, aber du wolltest ja lieber im Hotel hocken und Trübsal blasen.«

»Weil ich keine Lust hatte mit anzusehen, wie du dich aufführst. Natürlich hast du recht, in den vergangenen Tagen habe ich dich links liegen gelassen.

Das geschah jedoch hauptsächlich, weil du mich wütend gemacht hast.«

»Oh! Na dann, entschuldige vielmals!«

Das Gespräch nimmt einen vollkommen falschen Verlauf. Es bewirkt das Gegenteil von unserer Absicht. Wenn wir nicht gleich die Biege bekommen, verhärten sich unsere Fronten und eine von uns wird ihr Handtuch nehmen und abhauen.

Nina ist noch nicht am Punkt der Einsicht angelangt. Sie grollt vor sich hin, setzt sich dann mit einem Ruck auf und nimmt die Sonnenbrille ab. »Und wenn ich jeden männlichen Einwohner dieser Insel vögeln würde«, knurrt sie mit gedämpfter Stimme. »Es hätte dich nicht zu interessieren.«

Schlagartig ist mein Unmut wie weggeweht. Ich muss mir sogar Mühe geben, nicht loszulachen. »Vor mir aus vögele sie alle!«, sage ich und mache es mir wieder bequem. »Nur lass die Finger von Christoph!«

Auch ihr Zorn verpufft. Was bleibt, ist ein schiefes Grienen. »Das kannst du gefälligst selber machen.«

»Das habe ich aber nicht vor.«

»Pah«, schnaubt Nina. »Im nächsten Leben möchte ich du sein.«

»Und ich du.«

In einem Ton, der nicht nur entschuldigend, sondern ein wenig resignierend klingt, greift Nina ihre letzte Aussage auf: »Lena, ganz ehrlich, ich habe keine Ahnung, was mit mir los ist. Manchmal wünsche ich mir wirklich, ich wäre wie du oder Hannah oder Lilly! Ihr alle habt irgendwelche Prinzipien. Meines scheint allein das Chaos zu sein.«

»Nina …«

»In meinem Leben ist einiges schiefgelaufen, das weißt du so gut wie ich. Und als ich endlich Glück hatte, habe ich es mit Füßen getreten.« Sie schüttelt den Kopf, scheinbar über ihre eigene Dummheit. »Wie dämlich kann man sein? Wie dämlich bin ich, dass ich es jetzt nicht besser mache?«

Ich strecke die Hand nach ihrer aus und sie nimmt sie, umschlingt meine Finger mit ihren.

»Schon okay, du hast immer noch uns«, sage ich leise. »Wir bremsen dich, auch wenn du das nicht magst.«

Nina seufzt lautlos. »Gib mir Zeit!«

Nina hat ihre Theoriestunden nach dem ersten Kurs an den Nagel gehängt. Sie gibt zu, dass ihr Interesse an der Unterwasserwelt nicht so groß ist, um dafür im Urlaub zu büffeln.

Nach einem Tag, den sie und ich am Strand verbringen, fahre ich am darauffolgenden Mittag ein zweites Mal mit Christoph aufs Meer. Diesmal begleiten uns lediglich Lenny und Jasper, die später keine Kurse mehr haben und einen Dive zu ihrem eigenen Vergnügen unternehmen wollen.

Von Las Américas schippern wir gen Nordwesten und gelangen zur Punta Blanca, die wenige Kilometer unterhalb des Ortes Puerto de Santiago liegt. Auf der Fahrt klärt mich Christoph darüber auf, dass der Tauchplatz aufgrund der Strömung einen höheren Schwierigkeitsgrad hat. Er bittet mich, ihm unbedingt das Zeichen zum Auftauchen zu geben, falls es mir zu anstrengend wird oder etwas nicht in Ordnung ist.

Mit dieser Information kribbelt die Aufregung noch ein wenig heftiger durch meinen Magen, als ich den Schritt über Bord wage.

Mein Mut wird belohnt, denn die Tiefe birgt spektakuläre Bilder. Die Steilwand, an der wir entlangsinken, reicht in beeindruckenden Formationen bis auf knapp 30 Meter. Mehrere Male geraten wir in schillernde Fischschwärme. In Höhlen und Felsspalten entdecken wir mir bislang unbekannte Meeresbewohner, aber auch zwei Muränen und auf dem Grund einen Stachelrochen. Als Christoph nach nicht ganz 45 Minuten zur Oberfläche deutet, habe ich überhaupt keine Lust, diese faszinierende Welt zu verlassen.

Zurück an Deck verteilt Jasper Erfrischungen und wir plaudern über unsere Eindrücke. Lenny klopft mir auf die Schulter und sagt im schönsten britischen Akzent: »Pretty fly for a lady!«

Christoph wirft ihm und mir einen amüsierten Blick zu. Dann startet er den Motor und bringt uns nach Las Américas.

Christoph gäbe einen hervorragenden Reiseführer ab. Im Spaß rate ich ihm, einen alternativen Geschäftszweig zu eröffnen, falls ihn der Alltag in der Tauchschule wider Erwarten einmal anödet. Darauf winkt er ab. Er hat keine Lust auf Touristengruppen, die ihn mit Lunchpaketen und Fotoapparaten bewaffnet verfolgen.

Da in der Corvette nur zwei Personen Platz haben, mieten Nina und ich einen Jeep. Christoph bietet mir an, zu fahren, doch ich bestehe darauf, hinter dem Steuer zu sitzen. Immerhin kenne ich die Strecke, necke ich ihn. Also rutscht er auf den Beifahrersitz, während sich Nina und Markus die Rückbank teilen.

An der Talstation des Pico del Teide angekommen, lassen wir uns per Seilbahn hinauf zu La Rambleta, dem Krater des Vulkans, gondeln. Der eigentliche Gipfel des Berges liegt noch 150 Meter darüber, doch darf an diesem Tag nicht einmal mit Sondergenehmigung betreten werden.

Wir alle sind dick angezogen, Nina, Markus und ich tragen Turnschuhe und mehrere Schichten sommerlicher T-Shirts übereinander. Mit Schnee haben wir beim Kofferpacken nicht gerechnet und den Rollkragenpullover zu Hause gelassen. Christoph, der sich natürlich nicht aus dem Koffer, sondern aus seinem Schrank bedient, ist um einiges professioneller gekleidet.

Die Kälte ist erträglich und der Ausblick entschädigt für jedes Frösteln. Dunkle Steilwände begrenzen die Einsturzkessel des Vulkans, der sich auf einem Durchmesser von 17 Kilometern um den Teide erstreckt. Bei Tag sehen die Lavafelder ganz anders aus, jedoch nicht weniger außerirdisch. Die Gesteinsformationen werfen düstere Schatten. Die Touristenbusse auf der langen Geraden könnten Mondfahrzeuge sein. In der Ferne sehe ich den Atlantik und die Nachbarinsel La Gomera, an die ich so bewegende Erinnerungen habe.

Seit wir hier oben angekommen sind, ist Christoph schweigsam und hält sich abseits. Lange Zeit steht er an das Geländer gelehnt, dem ich wegen meiner Höhenangst nicht einmal nahe komme. Ich setze mich auf eine Steinstufe, die nicht mit Schnee bedeckt ist, und betrachte ihn. Meine Gedanken kehren zu dem Abend vor wenigen Tagen zurück, als ich zum Fuß des Teide kam, um meine Ruhe zu haben. Hier begann alles, und auf gewisse Weise ist der Pico del Teide zu einem Wahrzeichen geworden. Ein Denkmal für all das, was war, was ist und was nicht sein wird.

Christoph dreht sich um und sieht mich an, die Hände in den Taschen seiner Jeans verborgen. Dann wendet er sich an Nina und Markus. »Wollt ihr's wie echte Touristen handhaben oder habt ihr Lust auf mehr?«

»Kommt drauf an«, überlegt Nina. »Eigentlich hab ich immer Lust auf mehr.«

»Schön, das zu hören«, sagt er und stiefelt los. »Dann vergesst die Seilbahn! Machen wir uns an den Abstieg! Wasser und Gummibärchen habe ich im Rucksack, falls einer Bedarf hat.«

»Moment mal!« Markus holt ihn ein. »Wie lange dauert das denn?«

»Keine Panik, pünktlich zum Abendessen bist du im Hotel.«

Nina ergreift Markus' Hand und führt ihn mit sich. »Nun hab dich nicht so! Sind doch nur 1.718 Meter. Das haben wir in fünf Minuten erledigt.«

Ich bilde das Schlusslicht. Auf dem Weg nach unten wende ich mich mehrmals um, um sicherzugehen, dass ich das Bild verinnerliche, und schließlich, kurz bevor ich in den Jeep steige, um mich vom Teide zu verabschieden.

Die närrischen Tage werden auf allen Kanarischen Inseln mit großem Aufwand gefeiert, der auch vor den Touristenhochburgen im Süden keinen Halt macht. Überall finden Umzüge statt, sowohl Einheimische als auch Urlauber tragen Kostüme und feiern noch ausgelassener als ohnehin.

Am Karnevalsdienstag fahre ich mit Christoph nach Santa Cruz. Teneriffas Hauptstadt wird in diesem Zusammenhang als das europäische Rio beschrieben, und ich bin gespannt, auf das, was mich erwartet.

Wieder buchen wir zwei Hotelzimmer. Der Umzug,

›Coso‹ in der Landessprache, beginnt um 16 Uhr, und wir wollen nichts verpassen. Schnell ziehe ich mich um – ein Kostüm habe und will ich nicht, aber die schlichte Urlaubskleidung erscheint mit anlässlich eines Karnevals dieser Größe unangebracht. Also schlüpfe ich in meine schwarze Röhrenhose und die Pumps, ziehe eine graue Bluse an und lasse eine Krawatte locker darüber baumeln. Die Ärmel meines schwarzen Jacketts schlage ich einmal um und stülpe sie nach oben über die Blusenärmel. Nachdem das Make-up aufgebessert wurde, kann es von mir aus losgehen. Christoph war ebenso schnell und klopft an meine Zimmertür. Über einem weißen Langarmshirt trägt er einen graue Leinenweste und eine dazu passende Hose. Sein Haar hat er zu einem winzigen Zopf gebunden, einzelne lose Strähnen fallen ihm seitlich ins Gesicht. Sein Lächeln ist die Wucht, sein Duft ist eine einzige Versuchung.

Als wir vor das Hotel treten und sofort in einen Pulk aus jubelnden Menschen geraten, die einem Festwagen folgen, nimmt er mich bei der Hand.

Es ist seltsam, mit welcher Selbstverständlichkeit ich diese Berührung, diese Geste, hinnehme, mit welchem Automatismus sich meine Finger um seine Hand schließen und ich ihm folge. Und es ist alarmierend, wie ausgeglichen und wohl ich mich mit ihm fühle. Im Getümmel der Feiernden wendet er sich zu mir um und feixt und sieht in diesem Moment aus wie ein Spiegelbild meiner Seele.

Mein Atem wird immer kürzer, während ich mich durch das Spektakel führen lasse, denn die Luft steht vor Hitze. Eine Stunde später würde ich die Wasserflasche, an der ich nippe, wann immer ich genügend Platz habe, am liebsten über meinem Kopf ausschütten. Meine Blicke schnellen von einem Punkt zum nächsten, von Kostümgruppen, zu Tänzern und spärlich bekleideten Schönheiten, die zu Salsarhythmen ihre runden Hüften schwingen. Ein Schwarm Travestiekünstler zieht vorbei. Ihre Bewegungen sind so anmutig und ihre heillos überschminkten Gesichter so wirkungsvoll, dass ich nicht anders kann, als sie anzustarren. Besucher aus allen Ländern Europas haben sich versammelt, um den Karneval zu feiern. Das tun sie mit einer Euphorie, die sich wie eine La-Ola-Welle ausbreitet. Jeder wird angesteckt, jeder feiert und tanzt und singt. Als es dunkel wird, erhellen Lichtstrahlen die Nacht. Im Abstand von Sekunden werden die Gesichter um mich herum von aufzuckenden Blitzen erhellt, ganz als würde meinem Hirn eine Fotografie nach der anderen präsentiert. Mal ist es eine Miene im Freudentaumel, mal ein Erschöpfter, der sich den Schweiß von der Stirn wischt. Mal ist es ein Kuss zwischen zweien, die sich gefunden haben, mal eine Umarmung unter Freunden. Der Lärm wird ohrenbetäubend, und im abrupten Wechsel von Licht und Dunkelheit spielt mein Verstand mir alsbald Streiche, die mich blinzeln und überlegen lassen, ob das alles real ist.

Mit einem weiteren Blinzeln falle ich durch dichten Nebel hinab auf Watte. Ein Seufzen steigt aus meiner Brust auf, erklimmt meine Kehle und verlässt meinen Mund. Meine Hände schließen sich um einen Nacken, meine Stirn liegt an einer Schulter. Ich halte die Augen geschlossen, atme tief ein und lächle, weil mir der Duft so gut gefällt, weil mich das Gefühl, gehalten zu werden, so vereinnahmt. Ich will nicht gehen lassen.

Lukas?

Ich sehe auf und weiche zurück, als ich nicht das beruhigende Grün von Lukas' Augen vor mir habe, sondern die wilde, blaue See, die in Christophs Blick tobt.

»Du bist ohnmächtig geworden«, ruft er, um den Lärm des Karnevals zu übertönen, und lässt mich los.

»Ich bin was?«, stottere ich.

Das ist mir noch nie passiert. Ich, ohnmächtig? Na, aber hallo! Eben war ich doch … Was war eben gleich noch mal? Du meine Güte!

»Das ist hier nicht ungewöhnlich. Zu wenig Sauerstoff in den Massen und zu viele Eindrücke. Sollen wir zum Hotel zurück?«

Als ich nicke, nimmt er mich abermals bei der Hand und führt mich aus dem Gedränge.

Auf dem Gang, an dessen entgegengesetzten Enden unsere Zimmer liegen, wünschen wir uns eine Gute Nacht. Alle fünf Schritte wende ich mich nach

Christoph um. Ich vermisse die Wärme seiner Hand, seine Nähe. Ich vermisse das Gefühl seines Körpers unter meinen Fingern, den ich für die Dauer meiner Rückkehr aus der Ohnmacht zu spüren bekam. Mit jedem Schritt, den wir uns voneinander entfernen, erscheint es mir verkehrter.

Bei meinem Zimmer angelangt, drehe ich mich ein letztes Mal um und sehe, dass er im Gang steht und ebenfalls zu mir schaut. Er lächelt, hebt die Hand zum Gruß und geht zu seiner Tür, um sie aufzuschließen.

Der letzte Ausflug führt auf Trikes, jenen berüchtigten motorisierten Dreirädern, in den Nordwesten der Insel. Nina und Markus haben sich entschlossen, mich und Christoph zu begleiten, und ebenfalls ein Fahrzeug gemietet.

Von Las Américas fahren wir auf einer schmalen Küstenstraße in Richtung Playa de San Juan und gelangen nach Santiago de Teide, einer Gemeinschaft von mehreren Urlaubsorten, die wie so einige der Touristikzentren einst nicht mehr als ein Fischerdorf war. Hier befinden sich die Klippen der Riesen, besser bekannt als Acantilados de Los Gigantes – schwarze Felswände, die 500 Meter senkrecht in den Atlantik abfallen. Christoph erzählt uns von dem Tauchspot in der Bucht und einem Tauchwettbewerb, der hier jährlich abgehalten wird.

Hinter Santiago del Teide gabelt sich die Straße.

Bei einem Stopp an einer Tankstelle macht mich Christoph auf das vor uns liegende Tenogebirge aufmerksam sowie auf eine sich durch das Grün und Grau windende, steil ansteigende Linie.

»Was ist das?«, frage ich und setze die Sonnenbrille ab, in der Hoffnung, ohne sie besser sehen zu können. »Doch nicht etwa ein Wanderpfad?«

»Nein, Engelchen. Das ist unsere Straße«, sagt Christoph mit einigem Amüsement und nimmt seinen Helm ab, um einen Mann an der Zapfsäule etwas auf Spanisch zu fragen. Der Spanier antwortet und Christoph bedankt sich.

»Wie meinst du das, unsere Straße?« Mit einem Nicken weise ich zur schönen breiten, absolut unaufregenden Landstraße. »Ich dachte, das wäre unsere Straße?«

»Die Strecke ist so langweilig, ich würde beim Fahren einschlafen.«

»Ich habe Höhenangst. Ich werde die ganze Zeit schreien«, drohe ich ihm im Spaß, doch er lacht nur weiter.

»Schrei ruhig! So weiß ich, dass du noch da bist.«

Als Nina und Markus aus dem Shop der Tankstelle kommen, steigen wir auf unser Trike.

»Was hast du den Spanier gefragt?«, erkundige ich mich und setze meinen Helm auf.

»Um welche Uhrzeit der Linienbus von Masca fährt.« Über die Schulter schickt er mir ein neues

Grinsen, das mich auf Schlimmes vorbereitet. »Wir wollen so wenig wie möglich Gegenverkehr auf dieser Strecke und vor allem die Begegnung mit dem Bus vermeiden.«

Als Nina die Serpentinen entdeckt, ruft sie: »Hey, schaut mal, da oben ist eine Straße. Wäre das nicht cool, wenn wir dort lang fahren könnten?«

»Wunsch erfüllt«, antwortet Christoph und fährt los.

Ich schreie tatsächlich sehr viel. Nicht, um irgendwen zu ärgern, und auch nicht durchgehend, sondern immer nur in den Rechtskurven. Die Straße ist so schmal, das unsere Trikes sie komplett in Beschlag nehmen. Voll Panik denke ich an den Bus und bete, dass der Spanier eine korrekte Auskunft gegeben hat. Mein Grauen wird geschürt durch die seitliche Straßenbegrenzung, denn sie besteht aus in regelmäßigen Abständen gesetzten Steinklötzen, die nicht einmal 50 Zentimeter hoch sind. Dank ihnen habe ich, insbesondere in den Kurven, eine ganz fabelhafte Aussicht – zum einen auf den noch vor uns liegenden Weg, zum anderen auf die Schluchten.

Als uns hinter einer solchen Stelle ein Auto entgegenkommt, schlägt mein Herz bis zum Hals. Christoph warnt mich, dass er zurücksetzten muss, da die Kurve etwas breiter ist, und fährt dann wirklich rückwärts. Ich halte die Luft an und kneife die Augen zu. Näher kann ich nicht an ihn heranrutschen, und am liebsten möchte ich die Arme zweimal um ihn schlingen. Mit geschlossenen Augen wird das Gefühl zu fallen nur extremer, also öffne ich sie wieder und schreie abermals, denn wir parken dicht an diesen zweifelhaften Steinen namens Straßenbegrenzung.

Als das Manöver überstanden ist, würde ich mich gern vergewissern, dass Markus und Nina die Situation gut meistern, doch ich bin wie festgefroren, nicht fähig, mich zu bewegen, und umklammere Christoph wie einen Rettungsboje.

Obwohl ich den Nervenkitzel kaum aushalte, macht die Tour doch wahnsinnig viel Spaß. Sie ist zu vergleichen mit einer Fahrt auf der Achterbahn oder einem ähnlichen Erlebnis, das Angst und Euphorie zu einer Emotion vermischt. Nach einer Runde Achterbahn sagen die wenigsten, dass sie nie wieder einsteigen würden, obwohl sie konstant nach ihrer Mami gebrüllt haben, sondern möchten am liebsten im Wagen sitzen bleiben.

Was den Achterbahnen fehlt, ist das Panorama des Tenogebirges. Von einigen Stellen aus sehe ich den Pico del Teide, gehüllt in diesiges Sonnenlicht, und so furchterregend die Klippen und Täler auch auf mich wirken, sie geben doch ein malerisches Bild ab. Die Gegend ist nur dünn besiedelt, denn zwischen den Felswänden und Schluchten finden sich kaum landwirtschaftlich nutzbare Ebenen. Die Straße, auf der wir fahren, wurde erst Anfang der 90er fertiggestellt. Nicht eher hielt die Zivilisation zumindest teilweise Einzug. Bis dahin konnten die Gebirgsdörfer ausschließlich über Feldwege und per Esel erreicht werden.

In einem Tal entdecke ich verstreut liegende Bauernhöfe, von denen einige so kompliziert an den Hang gebaut wurden, dass die Eingänge nur über Holztreppen zu erreichen sind. In ihrer Mitte befindet sich ein von Palmen umsäumter Ortskern, das Dorf Masca, dessen Gebäude so dicht aneinandergedrängt stehen, dass man sie für eins halten möchte.

Wir parken in Masca. Bei einem Bummel durch die Gassen erzählt Christoph von der Comunidad de Agua, einer Art Wassergemeinschaft, die jede Finca des Dorfes zu bestimmten Zeiten berechtigt, Wasser aus den Wasserstollen, sogenannten Galerias, zu nutzen, um Vorräte zu schaffen oder Felder zu bewässern. Es liegt auf der Hand, dass diese Übereinkunft der zuständigen Stadtverwaltung von Buenavista del Norte ein Dorn im Auge ist. Seit beinahe 20 Jahren versucht sie erfolglos, das Wasser zu enteignen und Wasseruhren in den Fincas anzubringen.

Wir kosten Ziegenkäse und Palmsaft. Christoph unterhält sich mit einer alten Frau, die vor ihrem Haus sitzt und ein Huhn rupft, was mich wünschen lässt, einen Volkshochschulkurs in Spanisch belegt zu haben. Es wäre eine sinnvolle Beschäftigung für den vergangenen Herbst gewesen. Ich wäre nie in meinen Blues verfallen und hätte diesen Mann nie kennengelernt. Viele traurige Momente hätte es mir erspart. Doch schaue ich Christoph jetzt an und höre ihm zu, ohne ein Wort zu verstehen, weiß ich, ich würde diesen Fehler immer wieder machen.

Nach Masca gelangen wir nach Buenavista del Norte. Von dort aus cruisen wir auf einer weiteren abenteuerlichen Straße durch in Felsen gehauene Tunnel in Richtung Westen, um zu einem Aussichtspunkt zu gelangen, an dem ein Leuchtturm steht. Oberhalb der Punta Morro del Diablo machen wir Halt auf einer Plattform. Der Wind weht so kräftig, dass wir beinahe umgepustet werden, als wären wir Pappmännchen. Mit ausgebreiteten Armen lehnen Nina und ich in einem Winkel dagegen, der uns normalerweise zu Fall brächte. Nicht so bei diesem Wind. Die Haare wedeln wie Luftschlangen um unsere Köpfe, unsere Kleider werden am Körper platt gedrückt.

Mit einem Mal ist Christoph hinter mir. Er umarmt mich und schiebt mich behutsam vorwärts, sodass wir uns der Felskante nähern und in die Tiefe schauen können, was abermals an meinen Nerven zehrt. Das Meer liegt etwa 100 Meter unter uns, grollt und peitscht die Wellen gegen die Klippen wie ein wütendes Raubtier. Der westlichste Zipfel der Insel, auf dem der Leuchtturm steht, ist von hier aus bereits zu sehen. Ein Windpark wurde darauf errichtet, was in bizarrem Kontrast zu der Wildnis um uns steht. Christophs Umarmung wird fester, und er legt sein Kinn auf meine Schulter. Ich spüre sein Herz schlagen, seine Atmung in meinem Rücken und lehne die Wange gegen seine.

Nach einem Besuch des berühmten Drachenbaums in Icod de los Vinos, gelangen wir nach Garachico, wo wir Proviant für ein Picknick einkaufen. Ein paar Kilometer außerhalb der Stadt halten wir am Strand.

Christoph und Markus sind die ersten, die Jeans und T-Shirt ausgezogen haben und ins Meer stürmen. Nina folgt ihnen wenig später. Ich kann mich noch nicht überwinden, schaue den dreien erst einmal zu und esse Brot mit Käse.

Christoph kommt aus dem Wasser. Da die scheinheilige Miene seine Absicht verrät, springe ich auf, nicht ohne vorher einen weiteren Bissen Käse genommen zu haben.

»Ich will erst aufessen!«, rufe ich mit vollem Mund.

Wie befürchtet, schreckt es ihn nicht ab, sondern bewirkt eher das Gegenteil. Also stopfe ich mir den restlichen Käse in den Mund und laufe los.

Er braucht nur wenige Schritte, um mich einzuholen.

»Gegessen wird später!«, beschließt er, wirft mich über seine Schulter und läuft los. Den Mund voller Käse trommele ich zum Protest mit den Fäusten auf seinen Rücken. Auch das bringt ihn nur zum Lachen.

Wasser spritzt auf, als er ins Meer sprintet. Er watet tiefer, bis es ihm an den Bauch reicht, dann nimmt er mich von der Schulter und hält mich in beiden Armen, sodass sein Gesicht ganz nah vor meinem ist. Tropfen hängen in seinen Wimpern und träufeln aus seinen Haarspitzen. Seine Brust hebt und senkt sich atemlos, was vermutlich auf den Sprint und mein Gewicht zurückzuführen ist.

Statt mich loszulassen, taucht er mit mir unter.

Nachts liege ich schlaflos im Halbdunkel des Hotelzimmers und starre an die Decke.

»Es ist seltsam, dich mit Markus zu sehen«, überlege ich laut, als ich merke, dass auch Nina wach ist.

Ihr Bettzeug raschelt, als sie sich zu mir dreht. Sie stößt einen verdrießlich klingenden Laut aus und murmelt: »Ich kann mich genauso wenig an den Anblick gewöhnen, den du und Christoph abgebt.«

Als ich still bleibe, fragt sie: »Habt ihr wirklich nicht miteinander geschlafen, drüben auf der Insel oder beim Karneval oder wo auch immer?«

Zur Antwort schüttele ich den Kopf.

»Ihr habt heute ausgesehen wie ein Liebespaar. Wie zwei, die herausgefunden haben, dass sie zueinander gehören.«

Nun bin ich diejenige mit dem verdrießlichen Schnauben. »Wir haben nicht nur so ausgesehen, es nicht heute erst herausgefunden. Dass wir zueinander gehören, wissen wir schon lange.«

Sie stützt den Kopf in die Handfläche und streckt die andere Hand aus, um über meine Wange zu streichen. »Wie kannst du dich so vom Verstand leiten lassen? Das musst dir doch ständig wehtun?«

Ich zucke die Schultern und lächle. »Nein, nicht ständig. Aber im Moment, tut es sehr weh.«

Antworte nicht

Am Mittag des letzten Tages packe ich meinen Koffer. Unser Rückflug geht am nächsten Morgen. Der Transferbus zum Flughafen holt uns schon um 7 Uhr ab.

Nina kommt vom Strand. »Du hast es aber eilig zu verschwinden«, wundert sie sich.

»Nicht wirklich. Ich weiß nur nicht, ob mir später Zeit bleibt.«

Sie setzt sich aufs Bett und sieht zu, wie ich meine Schuhe in den Stoffsäcken verstaue. »Habe ich heute Nacht wieder sturmfrei?«

»Ich denke nicht, dass ich hier sein werde.« Ich klappe den Koffer zu und schiebe ihn in eine Ecke, wo er niemanden stört. Dann gehe ich ins Bad und sammele meine Kosmetika ein.

Lenny hat Geburtstag und mich eingeladen, Christoph zu begleiten. Er bewohnt eine Finca im sechs Kilometer von Las Américas entfernten La Caleta. Als Christoph vor dem Haus parkt, muss ich über das Mosaik in der Grundstücksmauer schmunzeln. Es zeigt sowohl den Union Jack als auch den Namen der Finca: Casa del Gringo – Das Haus des Ausländers.

Lennys Gäste sind Engländer, Deutsche, einige Nordeuropäer und viele Spanier. Unter letzteren sind zwei Gitarrenspieler, die nach dem Essen ihre Instrumente holen, darauf spielen und dazu singen. Manche Gäste beginnen zu tanzen, wo sie gerade sind, andere tingeln von Gespräch zu Gespräch. Viele sind neugierig auf mich, und oft zeigen sie ein bisschen zu überschwängliche Freude oder sogar Erleichterung darüber, dass Christoph mit einer Frau an seiner Seite erschienen ist. Die meisten sind überrascht zu hören, dass ich bloß eine Urlauberin bin, und betrübt über meinen bevorstehenden Heimflug. Zwei Däninnen entdecken den Ehering und vermuten eine heimliche Hochzeit zwischen mir und Christoph. Als ich sie wissen lasse, dass der Mann, der mir diesen Ring an den Finger gesteckt hat, gerade einen Trip durch eine afrikanische Wüste macht, verstummen sie und verabschieden sich.

Um zur Ruhe zu kommen und nichts mehr erklären zu müssen, schlendere ich in den hinteren Teil des Gartens. Dort gibt es eine zweite Steinmauer, hinter welcher der Boden ein paar Meter abfällt und in einen Steinstrand ausläuft. Als es dunkel wird, sieht man in der Ferne die Lichter von La Gomera.

Eine Frage, die mich beschäftigt, ist, was all diese Leute dazu bewegt hat, nach Teneriffa zu ziehen. Unter welchen Umständen und aus welchem Antrieb haben sie ihr Land verlassen? Was hat den Ausschlag gegeben, dass sie sämtliche Zelte hinter sich abbrachen? Ist es allein der ewige Frühling, der sie auf dieser Insel glücklich sein lässt? Sind sie hier tatsächlich glücklicher, als sie es früher waren? Ein Teil von mir beneidet sie um das sonnige, vielleicht ungezwungenere Leben, doch einen anderen Teil stimmt es traurig, insbesondere wenn ich daran denke, wen oder was sie zurückgelassen haben.

Welches Chaos würde ich auslösen, ginge ich von Deutschland fort?!

Ein riesiger Schlamassel wäre das! Meine Eltern wären außer sich und würden sich schämen. Mein Großvater verfiele in dumpfes Brüten und meine Großmutter einem Beruhigungsmittel. Spätestens in einer Woche wären die Italiener hier, um mich nach Hause zu eskortieren.

Niemand von ihnen könnte mich aufhalten, hätte ich mich entschieden, Deutschland zu verlassen – wegen eines einzigen Menschen. Wie es ein einziger Mensch ist, für den ich nicht bleibe.

Welten liegen zwischen diesen beiden. Welten, die sich niemals zu einer verbinden werden.

Ich spüre, dass Christoph hinter mir steht, noch bevor er etwas sagt. Als er vorschlägt, die Party zu verlassen, damit wir irgendwo allein sein können, bin ich einverstanden.

Wir fahren zur Tauchschule, nehmen das Boot und schippern auf den Atlantik in die Meerenge zwischen Teneriffa und La Gomera.

Christoph holt Decken aus der Kajüte. Wir mummeln uns hinein, lehnen uns gegen die Bootswand und schauen in den sternenklaren Nachthimmel. Wie eine Wiege schaukelt die Schaluppe auf dem Wasser. Wellen gluckern dagegen, der Wind pfeift leise.

Wir sagen kein Wort und hängen unseren Gedanken nach, die ziemlich wahrscheinlich die gleichen sind und sich um dieselben Dinge drehen. Ich denke daran, wie Christoph unterhalb des Pico del Teide auf dem Baumstumpf gesessen hat, im Halbdunkel, nicht ahnend, wer ich bin. Und ich erinnere mich an seine ersten Worte damals ich Chat: ›Ich bin auf Teneriffa‹ – mit denen alles begann.

So wenig ich zu Beginn des Urlaubs begreifen konnte, dass es geschieht, so wenig kann ich nun glauben, dass es zu Ende ist. Konfusion übernimmt und beherrscht mein Denken. Wie wird es weitergehen, mein Leben mit dem Gedanken an Christoph? Kann ich einfach so umschalten auf Deutschland? Muss ich ihn einmal mehr vergessen, bis ich mir irgendwann sage, dass alles eine verrückte, aber schöne Einbildung war? Werde ich nach der letzen Kuppe, hinter der die Kirchtürme Mühlhausens auftauchen, seinen Namen flüstern, mehrmals, als würde ich meditieren, wie es Nick Nolte in ›Herr der Gezeiten‹ mit ›Lowenstein‹ getan hat?

Christoph bricht das Schweigen, indem er sagt, dass in seinem Kopf nur ein Gedanke ist, nämlich der, mich wiederzusehen, und dass dieser Gedanke unweigerlich von der Erkenntnis beiseitegeschoben wird, dass es dazu nicht kommen wird.

Verstohlen wische ich eine Träne aus meinem Gesicht und blinzele in den Himmel. Zwischen den Sternen blinken dort oben die Lichter eines Flugzeuges im Landeanflug auf Reina Sofia.

Ich will ihn nicht ansehen. Ich kann ihn nicht ansehen und hefte meinen Blick auf das Flugzeug. Christoph wickelt sich aus seiner Decke und setzt sich vor mich. Als er meine Hände in seine nimmt, atme ich tief ein.

»Du musst nicht gehen!«, höre ich ihn sagen.

»Wie simpel das klingt«, antworte ich und weine ein bisschen mehr.

»Ich wünschte, du würdest nicht weinen.«

Endlich kann ich mich dazu durchringen, den Himmel loszulassen und ihn anzublicken. Ich habe ihn 100-mal lächeln sehen in den zehn Tagen, die wir miteinander verbracht haben. Dies ist sein erstes trauriges Lächeln.

»Mir wäre es lieber, wenn ich jetzt lachen könnte.«

»Dann lach doch! Denk an die gute Zeit, die wir hatten.«

»Ich denk ja daran, und deshalb weine ich.«

Christoph öffnet die Lippen zum Sprechen, doch er schließt sie wieder, und ich weiß, dass ich nie hören werde, was er sagen wollte. Seine Hände lassen meine gehen, streichen meine Arme hinauf, umschließen mein Gesicht. Mit den Daumen wischt er die Tränen von meinen Wangen.

In seinen Augen liegt ein dunkler Glanz, eine Frage und ein Geständnis, das mein Herz umkrempelt.

Als Christoph mich küsst, explodiert etwas in meinem Inneren. Winzige, bunte Lichter tanzen vor meinen geschlossenen Augen. Ich rutsche zu ihm hin, um ihm so nahe zu sein, wie es eben geht, um ihn zu spüren. Meine Hände tänzeln in seinen Nacken, fahren in sein weiches, blondes Haar und fliegen über den Stoff seines Hemdes, ertasten die Muskulatur darunter.

Zu Beginn ist sein Kuss zögerlich und sanft, seine Lippen spielen mit meinen, seine Zunge kostet mich. Als ich meine Beine über seine schiebe, ihn umschlinge, ihn so fest halte, wie ich nur kann, wird sein Kuss dringender, flehender. Seine Hände wandern über meine Arme abwärts und legen sich um meine Hüfte, ziehen mich an ihn.

Mit einem Keuchen lösen sich unsere Münden voneinander und wir starren uns an. Er streicht mir eine verirrte Strähne aus dem Gesicht, und ich umschließe seines mit beiden Händen, um die Linie seiner Lippen nachzuziehen. So lange, bis er wieder lächelt.

Den Rest der Nacht suchen wir die Sternbilder, entdecken die Milchstraße, beobachten den Flug eines Satelliten und warten darauf, dass die ISS vorbeikommt.

Vor uns schickt der Atlantik seine Wellen an den Strand. Hinter uns ist alles, was vorher war.

»Du musst nicht gehen.«
»Ich weiß.«
»Wenn ich dir schreibe, dann antworte nicht.«

Klirrende Kälte begrüßt uns in Hannover. Berge von Schnee säumen die Straßen, auf denen wir nach Hause fahren. Seit wir das Flugzeug verlassen haben, hält Nina ihr Mobiltelefon umklammert und textet, als ginge es um ihr Leben. Markus wird in zwei Tagen nach Hause fliegen, nach Bielefeld. Ich bin gespannt, was daraus wird.

Eigentlich bin ich noch gar nicht angekommen. Den Schnee halte ich für eine optische Täuschung und die Kälte für die ersten Anzeichen eines grippalen Infektes.

Blaue Autobahnschilder mit ach so deutschen Städtenamen fliegen vorbei. Hinter den Schallstoppwänden vermutet man Wohngebiete, in denen die Polizei gerade Verkehrskontrollen durchführt, und Haltestellen, an denen der Schulbus parkt, um einen Schwarm Erstklässler in die Obhut der Mütter zu entlassen.

Hildesheim – Northeim – Göttingen – Heiligenstadt. Next Stop: Mühlhausen in Thüringen. Willkommen zu Hause!

»Weißt du, welches die beste Liebe von allen ist?«, fragt Nina, klappt ihr Handy zu und wirft es in ihre Tasche.

Ich schalte einen Gang herunter, um ein Fahrzeug zu überholen. »Welche denn?«

»Die unerfüllte. Sie bleibt dir ein Leben lang erhalten.«

Lilly hat uns erwartet und öffnet das Tor für uns. Wann immer ich den langen, von Bäumen gesäumten Weg zum Haupthaus fahre, muss ich an südamerikanische Sklavenplantagen denken.

»Ich wohne nun zwar schon ein paar Wochen hier«, murmelt Nina. »Aber gewöhnen werde ich mich wohl nie daran. Echt der Hammer, was für Schotter man mit Schlafanzügen verdient.«

Lilly wartet vorm Haus und lädt mich ein, auf einen Tee oder Kaffee zu bleiben, doch ich vertröste sie auf ein anderes Mal, denn nach dem Flug und der Autofahrt mit Nina möchte ich eine Weile allein sein.

Die Maschine mit Lukas und Bastian an Bord dürfte in zwei Stunden auf dem Frankfurter Flughafen landen. In fünf Stunden, Punkt 21 Uhr sind wir verabredet.

Da meine Eltern nur einige Blocks von Lilly entfernt wohnen, stoppe ich dort, um Momo abzuholen. Sie sind noch bei der Arbeit, worüber ich erleichtert bin. Als ich Ihnen vor dem Urlaub mitteilte, dass Lukas und ich getrennt verreisen – angeblich um Bastian und Nina in Zeiten der Trennung zur Seite zu stehen –, reagierten sie misstrauisch und wenig verständnisvoll.

Auch mein Kater begrüßt mich nicht. Er zeigt sich

nicht einmal, was mich nicht überrascht. Es spielt keine Rolle, ob Lukas und ich drei Tage verreisen oder vierzehn, bei unserer Rückkehr haben wir immer eine beleidigte Leberwurst als Haustier.

Ich rufe und rufe, kein Momo erscheint.

Ob er wieder abgehauen ist? Wie im letzten Jahr, als Lukas und ich auf Hawaii waren? Meine Eltern sind vor Sorge beinahe gestorben. Sie haben Fotos von ihm ausgehängt und sind nachts über benachbarte Gartenzäune gestiegen. In einem Akt totaler Verzweiflung haben sie sogar bei der Straßenreinigung angerufen, um sich zu erkundigen, ob ein überfahrener Kartäuser aufgesammelt wurde.

Wenn das Tier das noch einmal gemacht hat, werden Lukas und ich ab sofort Urlaub mit Kater buchen müssen.

Auf allen vieren krieche ich durch die Wohnung. Ein Geräusch lässt mich aufhorchen, doch es ist nicht Momo, sondern meine Großmutter, die mir aufgelauert haben muss und nun gekommen ist, um das Frage-Antwort-Spiel zu spielen. Ich widerstehe der wirklich verlockenden Versuchung, lautlos hinter der Couch versteckt zu bleiben, gebe mir einen Ruck und stehe auf. Meine Großmutter erschrickt so sehr, dass sie einen Satz macht und mich verflucht – was wiederum den Kater aus seinem Versteck scheucht. Mit einer Durchschnittsgeschwindigkeit von 200 Kilometer pro Stunde wetzt er vom Wohnzimmer ins Esszimmer und verkriecht sich abermals, womit er den perfekten Anlass zum Stillsein gibt. Kaum hat sich meine Großmutter beruhigt und die erste Frage zum Urlaub gestellt, lege ich also den Zeigefinger über meine Lippen und schleiche dahin, wo ich Momo vermute. Die Bitte um Schweigen wiederhole ich noch einige Male, denn meine Großmutter ist sehr hartnäckig.

Als ich endlich meinen Kater im Arm halte, muss ich ihn natürlich dringend nach Hause bringen – so verstört wie er ist. Auch meine Großmutter ist jetzt verstört, aber sie kann warten.

Zu Hause angekommen, drehe ich alle Heizungen auf und unternehme einen weiteren, endlich erfolgreichen Versuch, den Kater versöhnlich zu stimmen. Eine extragroße Portion seiner Lieblingscracker funktioniert immer.

Nachdem ich die Missionen ›Katers Gemüt besänftigen‹ und ›Koffer auspacken‹ erledigt habe, ziehe ich meine Fahrradkleidung an, darüber noch einen Pullover und eine Jacke, und borge mir Lukas' Schneeketten, um sie an den Reifen meines eigenen Fahrrads zu befestigen.

Eine halbe Stunde später bin ich am Stadtwald – ohne Musik diesmal. Heute brauche ich alles pur: Das Knirschen des Schnees unter den Rädern, das Krächzen der Raben und Krähen, das Kreischen einer Motorsäge, meinen Atem, meinen Herzschlag im Ohr. Mit jedem Tritt in die Pedale wird mein Lächeln breiter, mein Gemüt ruhiger und mein Gewissen stummer. Auf ebener Strecke lehne ich mich im Sattel zurück, breite die Arme aus und schließe die Augen.

»Lowenstein«, murmele ich. »Lowenstein.«

Zurück in der Stadt bemerke ich, während ich an einer Fußgängerampel halte, einen jungen Mann in einem Auto. Auch er wartet auf Grün. Die Musik im Wageninneren dröhnt so laut, dass ich die Boxen durch die Karosserie knistern höre. Natasha Bedingfield singt ›Soulmate‹. Das Ungewöhnliche ist, der Mann weint. Bitterlich. Ihm ist egal, wer ihn sieht. Er schluchzt, dass es ihn schüttelt, und wischt sich Tränen von den Wagen. Wäre seine Ampel nicht auf Grün gesprungen, ich hätte mein Fahrrad hingeworfen, wäre zu seinem Fahrzeug gelaufen, hätte die Tür aufgerissen, ihn umarmt und ihm gesagt, dass alles gut wird. Ganz sicher.

Als es 20 Uhr ist, ziehe ich mich um.

Ich bin aufgeregt wie ein frisch verliebter Teenager und durchwühle meinen Kleiderschrank, ohne etwas Passendes zu finden. Einer Erleuchtung folgend, entschließe ich mich für eine neue schwarze Hose, meine Stiefel mit den Pfennigabsätzen und mein altes Lederjackett, das seit fünf Jahren missachtet auf dem letzten Bügel hängt.

Unterwegs stoppe ich bei einem Supermarkt und kaufe eine Tüte Nimm 2. Im Auto wickele ich ein orangefarbenes Bonbon aus, stecke es in den Mund, lutsche es etwas runder und spucke es in meine Hand. Ich muss über mich selbst lachen, als ich das Bonbon säuberlich auf meinem Shirt zentriere, sodass es dort festklebt und funkelt wie ein unbezahlbarer Bernstein.

Fünf Minuten vor 21 Uhr bin ich bei McDonald's. Ich gehe hinein, kaufe einen kleinen Erdbeermilchshake und warte an einem Tisch am Fenster.

Eine Stunde später hole ich mir einen weiteren Shake – einen großen diesmal. Die Bedienung hinter der Theke schielt auf mein Bonbon, ich versuche, darüber zu lächeln, doch es fällt mir nicht mehr ganz so leicht. Auf dem Weg zurück zum Tisch ist mir endgültig zum Heulen zumute.

Abwechselnd starre ich zur Eingangstür und auf den Parkplatz, warte auf die richtige Form der Scheinwerfer, auf die richtige Wagenfarbe, auf den richtigen Mann, der aussteigt.

Lukas kommt nicht!

Das kann doch nicht sein!

Was zur Hölle ist in diesem Wüstenurlaub passiert?

Er will mich nicht mehr?

Soll ich ihn anrufen?

Ich krame mein Handy aus der Tasche, suche seine Nummer heraus, klappe es aber zu, bevor es fertig gewählt hat. Einen halb verzweifelten Laut ausstoßend, werfe ich es neben mich.

Ich kann ihn nicht anrufen und fragen, wo er bleibt. Wir müssen beide hier sein – freiwillig –, um es gutzumachen. Wenn einer von uns fehlt … nun ja, dann hat derjenige für sich entschieden.

Um 23 Uhr rupfe ich das Bonbon von meinem T-Shirt und stecke es in meinen Mund. Ich lutsche es nicht, sondern beiße darauf und zerkaue es.

Am Nachbartisch sitzen vier Mädchen, die Hannah, Nina, Lilly und ich vor zehn Jahren hätten gewesen sein können. Sie beobachten mich und kichern. Besonders, als ich mein Bonbon esse. Wahrscheinlich halten sie mich für verrückt.

Wahrscheinlich bin ich das.

Was mache ich hier überhaupt noch?

Warum fahre ich nicht nach Hause, schnappe meinen Kater und heule in sein Fell?

Bedaure ich, mich auf diesen Deal eingelassen zu haben? War es von vornherein Lukas' Absicht, nicht zu erscheinen?

Bereue ich es, nach Teneriffa geflogen zu sein?

Nein, Lowenstein, dich bedauere ich nicht. Du hast mir gutgetan.

Würde ich hier sein, wenn ich geahnt hätte, dass Lukas nicht kommt?

Ja, auch dann. Es ist ein Statement. Mein Statement. Ich will mit ihm mein Leben verbringen – und das wird er jetzt nie erfahren.

Kurz vor Mitternacht gehe ich.

Du hast verloren, Lena Scholl, sage ich mir im

Stillen, als ich in die kalte, klare Winternacht trete, und wische eine Träne weg, die sich endlich freigekämpft hat. Es folgen mehr. Sie lassen die Lichter des Parkplatzes verschwimmen. Schniefend gehe ich in Richtung meines Wagens.

Ein Fluch löst sich aus meiner Kehle, als mein Absatz in einer Rille zwischen zwei Pflastersteinen stecken bleibt – wahrscheinlich ist es dieselbe verdammte Rille wie damals. In all den Jahren hätte das ja eigentlich mal ausbessert werden können!

Mit einem weiteren Fluch, einem Schluchzen und einem Ruck befreie ich den Stiefel.

Und stolpere. Einen Schritt. Noch einen. Während ich versuche, meine Balance wiederzufinden, sehe ich das Auto, das in einer schon fahrlässigen Geschwindigkeit um die Kurve biegt. Seine Scheinwerfer kommen näher und näher, und ich strecke die Hände aus, wie zum Schutz oder als könnte ich den Zusammenprall aufhalten, kneife die Augen zu und warte.

Bremsen quietschen. Der Motor erstirbt. Vorsichtig linse ich zwischen den Wimpern hindurch.

Ich kenne diesen Wagen!

Natürlich kenne ich diesen Wagen!

Mein Herz startet einen so wilden Galopp, dass es schmerzt, und mit einem Gefühl, das einem Schock am nächsten kommt, bette ich meine Wangen in den Händen. Und heule. Vor Freude. Vor Erleichterung. Vor Glück. Noch nie war ich so froh darüber, beinahe überfahren worden zu sein.

Lukas steigt aus. Er kommt zu mir. Ohne ein Wort nimmt er mich in die Arme, drückt mich fest an sich und küsst meine Stirn.

»Himmel, ich bin so froh, dass du noch da bist«, flüstert er.

»Wo warst du denn nur?«, flüstere ich zurück.

»Wir sind mit drei Stunden Verspätung gestartet.«

»Warum hast du nicht angerufen? Ich bin halb wahnsinnig geworden.«

»Dann hätte ich unsere Abmachung gebrochen.«

Minutenlang verharren wir in unserer Umarmung. Lukas' Wagen blockiert die Straße und zwei dahinter wartende Autos beginnen zu hupen. Es stört uns nicht.

Lukas löst sich von mir, um mich anzusehen. Da sind sie, seine schönen grünen Augen, die ich so liebe. Wie ich alles an diesem Mann liebe.

Er küsst mich, betrachtet mich wieder und beginnt zu grinsen.

»Was ist so lustig?«, frage ich und muss lachen, bevor ich überhaupt weiß, worüber.

»Du hast das Bonbon vergessen.« Er küsst mich wieder und nuschelt an meine Lippen. »Nein, hast du nicht. Du hast es aufgegessen.«

ENDE

Weitere Romane finden Sie auf den folgenden Seiten und im Internet: www.gmeiner-verlag.de

ULRIKE KRONECK
Das Frauenkomplott

371 Seiten, Paperback.
ISBN 978-3-8392-1270-7.

RACHE IST SÜSS Die Berliner Kunsthistorikerin Karoline Brauer und ihre frisch geschiedene Cousine Ruth verbindet eine tiefe Freundschaft. Während sich jedoch Karoline auf ihrer Suche nach dem »richtigen« Mann ständig selbst im Wege steht, ist Ruth ihren langweiligen Ehemann endlich los. Als nach der Scheidung deutlich wird, dass Ruth keinen Cent von dem gemeinsam erwirtschafteten Vermögen sehen wird, gehen die beiden Freundinnen gemeinsam mit ihrer Bekannten Mari, die in Beziehungsdingen ihre ganz eigene Kosten-Nutzen-Rechnung durchzusetzen weiß, zum Angriff über …

MARGIT HÄHNER
Spielball der Götter

226 Seiten, Paperback.
ISBN 978-3-8392-1269-1.

DIE LIEBESGÖTTIN Was geschieht, wenn sich eine gelangweilte griechische Göttin in das Leben und Lieben einer frustrierten Singlefrau einmischt? Lena, Ende 30 und Leserbriefredakteurin bei einer großen Kölner Zeitung, ist davon alles andere als begeistert. Doch sich gegen eine Göttin zur Wehr zu setzen, die ihr zu Liebesglück verhelfen will, entpuppt sich als Ding der Unmöglichkeit. Vor allem, wenn sich diese auch noch mit der besten Freundin verbündet. Richtig turbulent wird Lenas Leben, als auch noch andere göttliche Herrschaften auf den Plan treten …

GMEINER

Wir machen's spannend

CHRISTINE RATH
Butterblumenträume

420 Seiten, Paperback.
ISBN 978-3-8392-1273-8.

WENDEPUNKTE Maja Winter lebt mit ihrer Tochter in Überlingen am Bodensee. Sie ist mit Erben eines großen Weingutes liiert und beruflich erfolgreich. Alles läuft in geordneten Bahnen, doch wirklich glücklich ist sie nicht. Eines Tages entdeckt sie ein malerisches Haus am See und träumt davon, dort ein kleines Café zu eröffnen. Ihre neue Freundin, die alte und lebenskluge Nachbarin Frieda, ermuntert sie, ihren Traum zu verwirklichen. Als Maja schließlich ihren Job verliert und sich in den Gärtner des Hauses verliebt, wird ihr ganzes Leben auf den Kopf gestellt und sie steht vor der schwersten Entscheidung ihres Lebens …

PETRA M. KLIKOVITS
Vollmondstrand

275 Seiten, Paperback.
ISBN 978-3-8392-1268-4.

FERNWEH Psychologin Rosa landet mit dem Ferienflieger wieder in ihrer Heimat Österreich, aber nicht mehr in ihrem alten Leben. Eigentlich sollte sie zufrieden sein mit ihren großartigen Freundinnen, dem finnischen Lebensabschnittspartner, ihren Katzen und einer Praxis am See. Plötzlich ist alles anders und sie möchte nicht mehr nur für andere da sein. Als ihr geliebtes Ferienhaus auf Ibiza verkauft werden soll, ist die Katastrophe perfekt. Doch es gibt einen Hoffnungsschimmer: Rosas eigens kreierte Wein-Therapie …

GMEINER

Wir machen's spannend

SIGRID HUNOLD-REIME

Das Haus am Deich

277 Seiten, Paperback.
ISBN 978-3-8392-1274-5.

IM UMBRUCH Tomke ist wieder allein. Paul hat sich nun doch für seine Frau entschieden. Frustriert stürzt sich Tomke in die Arbeit in ihrer Frühstückspension, doch am liebsten würde sie auf ihre Homepage schreiben »Paare unerwünscht, Singles bevorzugt.« Zu ihren Gästen gehört die verträumte Liebesromanautorin Anne, die gedrängt wird, endlich realitätsnahe Geschichten zu schreiben. Außerdem ist da Monika, perfekt organisierte Ehefrau und Mutter von Zwillingen. Als ihre Kinder sich entschließen fernab der Heimat zu studieren, fehlt Monika eine Aufgabe und auch in ihrer Ehe beginnt es zu kriseln …

GABRIELE DIECHLER

Vom Himmel das Helle

282 Seiten, Paperback.
ISBN 978-3-8392-1271-4.

HIMMELSSTÜRME Lea Einsiedel, Ende 40, arbeitet als Notfallpsychologin für die Mordkommission. Eines Tages hört sie eine männliche Stimme. Sie gehört zu Mark, einem Toten, der ohne Körper lebt und sich in Lea verliebt hat. Anfangs glaubt sie, sie sei überarbeitet und fantasiere. Doch als sie am nächsten Tag von ihrem Kollegen zu einem Mordfall gerufen wird, den ihr Mark angekündigt hat, muss sie sich der Wahrheit stellen. Am Tatort trifft sie auf ihre ehemalige Schulkameradin Almut, deren Mann erschossen wurde. Mit Marks Hilfe kommt sie einem grausigen Geheimnis auf die Spur …

GMEINER

Wir machen's spannend

KAROLIN PARK
Stilettoholic

255 Seiten, Paperback.
ISBN 978-3-8392-1209-7.

MODELS, MORD UND MANOLOS Sophie Schwarz ist am Ziel ihrer Träume. Das Wiener Model hat den Sprung auf das Titelblatt der Vogue geschafft und steht kurz vor der Unterzeichnung eines Vier-Millionen-Dollar-Vertrags. Ihr Höhenflug nimmt ein jähes Ende, als der berühmte Modefotograf Philipp Margold in dem noblen Wiener Stundenhotel »Orient« tot aufgefunden wird und Sophie unter Mordverdacht gerät. Es scheint das Aus ihrer Karriere. Wäre da nicht ihre Freundin Elli Weitzman, Stilettoholic mit Fashion-Faible und untrüglichem Spürsinn …

CHRISTINE SYLVESTER
Sachsen-Sushi

228 Seiten, Paperback.
ISBN 978-3-8392-1208-0.

KARRIEREKNICK Werbeprofi Ella kann einfach alles, nur nicht mit Menschen umgehen. Das konnte man an keiner Eliteuni dieser Welt studieren. Und nun verschlägt es sie ausgerechnet nach Dresden. Eine Stadt, die sie so gar nicht mag. Dann erfährt sie auch noch, dass ihr neuer Arbeitgeber, die Werbeagentur »Sack & Sohn«, kurz vor der Insolvenz steht. Ellas einziger Lichtblick: Der geheimnisvolle Retter, der ihr bei einem nächtlichen Überfall zu Hilfe kommt und dann spurlos verschwindet. Doch leider ist der genauso schwer zu finden wie eine rettende Idee für die Agentur.

GMEINER

Wir machen's spannend

Alle Gmeiner-Autoren und ihre Romane auf einen Blick

Naschmarkt-Morde **MADER, RAIMUND A.**: Schindlerjüdin • Glasberg **MARION WEISS, ELKE**: Triangel **MAXIAN, JEFF / WEIDINGER, ERICH**: Mords-Zillertal **MISKO, MONA**: Winzertochter • Kindsblut **MORF, ISABEL**: Satzfetzen • Schrottreif **MOTHWURF, ONO**: Werbevoodoo • Taubendreck **MUCHA, MARTIN**: Seelenschacher • Papierkrieg **NAUMANN, STEPHAN**: Das Werk der Bücher **NEEB, URSULA**: Madame empfängt **NEUREITER, SIGRID**: Burgfrieden **ÖHRI, ARMIN / TSCHIRKY, VANESSA**: Sinfonie des Todes **OSWALD, SUSANNE**: Liebe wie gemalt **OTT, PAUL**: Bodensee-Blues **PARADEISER, PETER**: Himmelreich und Höllental **PARK, KAROLIN**: Stilettoholic **PELTE, REINHARD**: Abgestürzt • Inselbeichte • Kielwasser • Inselkoller **PFLUG, HARALD**: Tschoklet **PITTLER, ANDREAS**: Mischpoche **PORATH, SILKE / BRAUN, ANDREAS**: Klostergeist **PORATH, SILKE**: Nicht ohne meinen Mops **PUHLFÜRST, CLAUDIA**: Dunkelhaft • Eiseskälte • Leichenstarre **PUNDT, HARDY**: Bugschuss • Friesenwut • Deichbruch **PUSCHMANN, DOROTHEA**: Zwickmühle **RATH, CHRISTINE**: Butterblumenträume **ROSSBACHER, CLAUDIA**: Steirerherz • Steirerblut **RUSCH, HANS-JÜRGEN**: Neptunopfer • Gegenwende **SCHAEWEN, OLIVER VON**: Räuberblut • Schillerhöhe **SCHMID, CLAUDIA**: Die brennenden Lettern **SCHMÖE, FRIEDERIKE**: Rosenfolter • Lasst uns froh und grausig sein • Wasdunkelbleibt • Wernievergibt • Wieweitdugehst • Bisduvergisst • Fliehganzleis • Schweigfeinstill • Spinnefeind • Pfeilgift • Januskopf • Schockstarre • Käfersterben • Fratzenmond • Kirchweihmord • Maskenspiel **SCHNEIDER, BERNWARD**: Todeseis • Flammenteufel • Spittelmarkt **SCHNEIDER, HARALD**: Blutbahn • Räuberbier • Wassergeld • Erfindergeist • Schwarzkittel • Ernteopfer **SCHNYDER, MARIJKE**: Stollengeflüster • Matrjoschka-Jagd **SCHÖTTLE, RUPERT**: Damenschneider **SCHRÖDER, ANGELIKA**: Mordsgier • Mordswut • Mordsliebe **SCHÜTZ, ERICH**: Doktormacher-Mafia • Bombenbrut • Judengold **SCHUKER, KLAUS**: Brudernacht **SCHWAB, ELKE**: Angstfalle • Großeinsatz **SCHWARZ, MAREN**: Treibgut • Zwiespalt • Maienfrost • Dämonenspiel • Grabeskälte **SENF, JOCHEN**: Kindswut • Knochenspiel • Nichtwisser **SKALECKI, LILIANE / RIST, BIGGI**: Schwanensterben **SPATZ, WILLIBALD**: Alpenkasper • Alpenlust • Alpendöner **STAMMKÖTTER, ANDREAS**: Messewalzer **STEINHAUER, FRANZISKA**: Sturm über Branitz • Spielwiese • Gurkensaat • Wortlos • Menschenfänger • Narrenspiel • Seelenqual • Racheakt **STRENG, WILDIS**: Ohrenzeugen **SYLVESTER, CHRISTINE**: Sachsen-Sushi **SZRAMA, BETTINA**: Die Hure und der Meisterdieb • Die Konkubine des Mörders • Die Giftmischerin **THIEL, SEBASTIAN**: Wunderwaffe • Die Hexe vom Niederrhein **THADEWALDT, ASTRID / BAUER, CARSTEN**: Blutblume • Kreuzkönig **THÖMMES, GÜNTHER**: Malz und Totschlag • Der Fluch des Bierzauberers • Das Erbe des Bierzauberers • Der Bierzauberer **TRAMITZ, CHRISTIANE**: Himmelsspitz **TRINKAUS, SABINE**: Schnapsleiche **ULLRICH, SONJA**: Fummelbunker • Teppichporsche **WARK, PETER**: Epizentrum • Ballonglühen **WERNLI, TAMARA**: Blind Date mit Folgen **WICKENHÄUSER, RUBEN PHILLIP**: Die Magie des Falken • Die Seele des Wolfes **WILKENLOH, WIMMER**: Eidernebel • Poppenspäl • Feuermal • Hätschelkind **WÖLM, DIETER**: Mainfall **WOLF, OLIVER**: Netzkiller **WUCHERER, BERNHARD**: Die Pestspur **WYSS, VERENA**: Blutrunen • Todesformel

GMEINER

Wir machen's spannend